Henrike Jütting

Schweigende Wasser

Roman

wesText
Verlag

Impressum

www.westext.de

Jütting, Henrike: Schweigende Wasser
1. Auflage

Gestaltung & Coverdesign:
© Dirk Paulsen • wesText Verlag
Autorenfoto: © Britta Roski
Coverfoto: Bruno Glätsch

Printed in Germany
Gedruckt auf Papier mit FSC-Mix Zertifizierung

Print ISBN 978-3-944972-31-2
E-Book ISBN 978-3-944972-32-9

Prolog

30. August 1995

Irgendetwas war anders. Katharina stand dicht am Ufer, krallte ihre Zehen ins Gras und starrte über den See, der vor ihr lag wie eine dunkle ovale Scheibe.

Hinter ihrem Rücken hörte sie die anderen palavern. Doros Stimme. Durchdringend und ungeduldig. Noch gereizter als sonst. „Was bist du nur für'n kleiner Schisser?"

Die Strahlen der untergehenden Sonne setzten den Kran an der gegenüberliegenden Seite scheinbar in Flammen. Wie ein riesiges Urtier, dachte Katharina und schlug einen von diesen unzähligen summenden Plagegeistern, die an diesem Abend in Wolken unterwegs waren, von ihrem nackten Oberarm.

Sie wusste, was anders war. Der Sommer ging zu Ende. Trotz Mücken und Sonnenuntergang kündigte sich der Herbst an, streckte seine Finger nach den sorglosen Sommerabenden aus. Sein feuchter würziger Geruch hatte den Duftcocktail aus trockenem Gras, Sonnenöl und Hitze bereits verdrängt und damit auch das unbeschwerte Gefühl, das mit sechseinhalb Wochen Sommerferien einherging.

Katharina warf einen Blick über die Schulter. Doro ließ ein T-Shirt, das sie zu einem schmalen Streifen gedreht hatte, wie ein Pendel hin- und herschwingen. Die freie Hand hatte sie in die Taille gestützt. Ihr Haar war schon fast wieder trocken und fiel ihr – von Wasser und Luft gekräuselt – bis über die Schultern.

„Von verbundenen Augen habt ihr aber gestern nichts gesagt." Uli stocherte mit einem Ast im Feuer herum. Funken flogen auf. Winzige glühende Pünktchen.

„Von verbundenen Augen habt ihr aber gestern nichts gesagt", äffte Doro ihn nach. „Dann haben wir das wohl vergessen zu erwähnen. Mit verbundenen Augen einmal zur anderen Seite und zurück. Dann gehörst du zu uns."

„Kannste knicken, das mach ich nicht. Nicht mit verbundenen Augen."

„Waschlappen." Doro sah Uli verächtlich an.

„Aber recht hat er. Von verbundenen Augen habe ich auch nichts gehört." Lorenz hielt Rieke ein abgerissenes Stück Papier unter die Nase.

„Oh Mann, Lorenz!", maulte Rieke. „Warum kannst du uns nicht mal richtig zeichnen. Ich sehe soooo scheiße aus."

Frederik linste Rieke über die Schulter. „Und die Oberweite kommt auch nicht ganz hin, so ’nen Vorbau hast du doch gar nicht“, feixte er.

„Blödmann!“ Rieke streckte ihm die Zunge heraus.

„Hallo? Könnt ihr vielleicht mal euren Arsch bewegen, damit wir anfangen können?“ Doro fuchtelte wieder mit dem T-Shirt in der Luft herum.

„An uns liegt es nicht.“ Lorenz hob beide Hände. „Wir sind bereit. Verbundene Augen oder nicht, mir ist das ganz egal.“ Er angelte eine weitere Dose Bier aus seinem Rucksack und öffnete sie mit einem leisen Zischen. Schaum sprudelte aus der Öffnung, lief über den Rand der Dose und über seine Hand. Schnell hielt Lorenz sich das Bier an den Mund. „Boah, was für ein Mist und dann ist es auch noch pisswarm.“

„Mach doch nicht so’n Stress, Doro. Ist doch grad so gemütlich.“ Manu fing an, vor sich hin zu summen: Oh, oh, oh, oh, I’m feeling like sunday morning …

„Ihr seid echt solche Lahmärsche.“ Doro verdrehte die Augen.

Katharina wandte sich vom Ufer ab und setzte sich wieder zwischen Rieke und Manu. „Wir haben ja schon ganz schön was weggezogen heute Abend.“ Sie deutete mit einer Kopfbewegung zu der Ansammlung leerer Bierdosen. Es ertönte ein trockenes Klackern, als sie ihre leere Büchse auf den Haufen warf. „Ich habe jedenfalls genug." Sie musste aufstoßen und schmeckte bitteren Hopfen.

Doro stand immer noch. Sie hatte das T-Shirt unter den Arm geklemmt und zündete sich eine Zigarette an. „Was ist jetzt, Uli? Wird das heute noch was?" Sie ließ einen Rauchkringel in den Abendhimmel steigen.

Frederik sprang auf. „Doro hat recht. Los, Uli, kleine Badesession."

„Was ist das eigentlich für'n ein Scheiß mit dieser Aufnahmeprüfung. Seid ihr eine Babybande oder was? Aufnahmeprüfung, Mutprobe, das ist doch was für Zehnjährige." Uli schielte von unten zu Doro hinauf. Doro schaute auf ihn hinunter. Dann ging sie in die Hocke und kam ganz nah an sein Gesicht heran.

„So? Für Zehnjährige, ja?" Sie sprach ganz leise. Die anderen hatten Schwierigkeiten, sie zu verstehen. „Seit Wochen hängst du dich ungebeten an uns dran und gestern kommst du auf meine Party, obwohl ich dich nicht eingeladen habe. Denkst du, du kannst das umsonst haben? Nee, mein Lieber. Wir kennen uns alle seit der ersten Klasse. Wenn du bei uns mitmachen willst, dann lässt du dir jetzt die Augen verbinden und schwimmst einmal durch diesen scheiß See."

„Mach lieber, was sie sagt." Manu hatte sich auf den Rücken gelegt, die Beine angewinkelt, die Arme hinter den Kopf verschränkt. „Sonst bekommt sie schlechte Laune und das ist gaaaaanz übel. Außerdem ist es gleich dunkel."

Doch Uli rührte sich nicht. Katharina lehnte sich zurück, stützte sich auf die Unterarme und ließ ihren Blick wieder über das Wasser gleiten. Rieke hatte recht. Nicht mehr lange, dann würde es stockdunkel sein.

Den ganzen Sommer über waren sie hierher zum Baggersee gekommen, zu einer kleinen Lichtung direkt am Ufer, mitten zwischen dichtem, in sich verwachsenem Buschwerk. Auf dieser Seite des Sees war das Baden eigentlich verboten. Schilder wiesen auf Lebensgefahr hin, wegen der Tiefe und unterschiedlicher Temperaturzonen im Wasser.

„Okay", sagte Doro jetzt übertrieben seufzend. „Wenn du jetzt nicht willst, dann warten wir, bis du genug Mumm gesammelt hast, und vertreiben uns die Zeit hiermit." Aus ihrer Strandtasche zog sie eine durchsichtige Flasche mit einem roten Verschluss in Form eines Sombreros. „Lasst uns Flaschendrehen machen. Auf wen die Flasche zeigt, der muss den Tequila exen." Doro schnippte ihre Zigarettenkippe auf den sandigen Boden.

„Die ganze Flasche ist ein bisschen heftig", sagte Rieke. „Die Halbe und die dann auf ex."

„Okay. Und danach", Doro wandte sich an Uli, „bist du endlich dran, denn irgendwann müssen wir ja auch mal wieder nach Hause."

Uli verzog spöttisch das Gesicht. „Jaja, Frau Gebieterin."

„Dir wird das Grinsen noch vergehen. Schmeiß mal die Wasserflasche rüber, Kati. Und wir müssen uns alle in einen Kreis setzen."

Sie rückten ein Stück vom Feuer weg. Warum machen wir immer das, was Doro in den Kopf kommt? Katharinas Würgereflex meldete sich schon allein bei dem Gedanken, noch einen einzigen Schluck Alkohol trinken zu müssen.

Doro schob mit der Hand kleine Äste und Steinchen zur Seite und legte die Flasche in die Mitte. „Jemand was dagegen, wenn ich drehe?"

„Nein, nein, mach nur", sagte Lorenz.

„Dass eins klar ist …" Doro schaute eindringlich in die Runde. „Auf wen die Flasche zeigt, der muss den Schnaps trinken. Keine Ausreden dann."

„Klar." Frederik zog geräuschvoll die Nase hoch.

Doro setzte die leere Wasserflasche in Bewegung. Wie ein Kinderkreisel drehte sie sich. So schnell, dass die Schrift auf dem Etikett verschwamm. In Katharinas Magengegend marschierte eine Armee von Ameisen auf und ab. Sie hielt den Atem an. Die Flasche wurde langsamer und langsamer. Nun war es abzusehen. Sie würde genau bei ihr anhalten. Katharina schloss die Augen und öffnete sie sofort wieder. Der Flasche fehlte der Deckel. Die Öffnung zeigte wie ein kleiner, kreisrunder Schlund auf … Katharina spürte, wie ihr Magen ein Stück absackte. Nein! Die Flasche zeigt nicht auf sie, sondern auf die leere Stelle zwischen Rieke und ihr.

„Ha!“, rief Rieke, „das zählt nicht. Das kann man nicht eindeutig erkennen, ob Kati oder ich.“

Doro nickte. „That's right. Noch mal. Aber wir müssen näher zusammenrücken, sonst haben wir gleich wieder dasselbe Problem.“

Doro drehte die Flasche ein weiteres Mal. Diesmal nicht mit ganz so viel Schwung. Sie kreiste ein paar Mal um sich selbst, verlor schnell an Geschwindigkeit und hielt bei – Katharina drückte ihre Daumen so fest, dass es wehtat – bei Uli.

Allgemeines erleichtertes Geseufze. Uli starrte Doro finster an. „Das hast du extra gemacht.“

„Nee, mein Lieber. Bei diesem Spiel kann man nicht tricksen.“ Doro hielt Uli die Flasche hin. „Bitte schön, Uli, wohl bekomms.“

Uli blieb reglos sitzen. „Ich mach das nicht. Ich sauf doch nicht die Flasche leer. Ich bin doch nicht bekloppt.“

Doros Augen waren nur zwei schmale Schlitze. „Oh doch, das machst du jetzt. Da sei dir mal ganz sicher.“

Uli rappelte sich auf. „Ich hau ab. Bis Montag in der Schule." Er drehte sich um.

Wie ein Pfeil schoss Doros Fuß nach vorne. Uli kam ins Straucheln und fiel hin. Katzengleich sprang Doro auf ihn und krallte sich an ihm fest. Über die Schulter rief sie: „Los! Bewegt euren Arsch! Der haut sonst ab!"

Lorenz war in null Komma nichts bei Doro und setzte sich mit seinem ganzen Gewicht auf Ulis Beine, der rücklings auf dem Boden lag. Frederik brauchte ein bisschen länger, um auf die Füße zu kommen. Er hielt Ulis Arme fest, damit er nicht länger um sich schlagen konnte. Uli war eingeklemmt wie in einen Schraubstock. Hasserfüllt starrte er Doro an, die auf seinem Brustkorb thronte. „Du miese kleine Schlampe", zischte er.

„Na, na." Lorenz verlagerte sein Gewicht.

Doro beugte sich zu Uli hinunter, sodass ihr Haar ihn am Kinn kitzelte. Er konnte ihr Parfüm riechen. Irgendwas Fruchtiges. Und er konnte die Ansätze ihrer Brüste sehen.

„Gefällt dir der Anblick, du kleiner Wichser?" Sie kam noch näher an Ulrich heran. Ihre Nasenspitzen berührten sich fast.

„Du bist 'n Miststück. Ich hasse dich!" Uli sammelte Speichel in seinem Mund zusammen, aber bevor er Doro ins Gesicht spucken konnte, saß Doro schon wieder aufrecht.

„Kati, gib mal den Schnaps rüber. Jetzt wollen wir doch mal sehen, wie viel unser Uli-Boy verträgt. Und danach ist Schwimmstunde." Sie schleuderte ihr schwarzes Haar nach hinten. „Kati! Pennst du oder was?"

Katharina rührte sich nicht. Ihr Blick war auf Ulrich geheftet, der wehrlos am Boden lag. Wie festgetackert. Das ging alles überhaupt nicht.

„Kati, verdammt. Mach schon!" Doro. Genervt. Ungeduldig. Katharina rührte sich immer noch nicht. Zu Hause war sie immer die Brave. Die Vernünftige. Die Rücksichtsvolle. Sie war es so leid.

Ein Schatten strich über ihre Köpfe hinweg. Kurz darauf ein heiseres Rufen. Katharina schaute fragend zu Rieke und Manu hinüber. Schulterzucken. Sie griff nach der Flasche und erhob sich, ging langsam auf Doro zu, blickte aber Uli an. In seinen Augen war nichts als Panik. Wieder zögerte sie. „Bitte, Kati, sag ihnen, die sollen mich loslassen."

Doro streckte eine Hand aus. „Gib schon."

Zu Hause musste sie immer nur funktionieren. Im Zeitlupentempo reichte sie Doro die Flasche.

„Das könnt ihr nicht machen!", schrie Uli plötzlich aus vollem Hals. „Ihr könnt mich nicht zwingen!" Er schleuderte seinen Kopf von einer auf die andere Seite und zuckte mit dem ganzen Körper. Es sah grotesk aus.

„Ach, Uli-Boy, was meinst du denn, was wir alles können“, sagte Doro mit sanfter Stimme und drehte die Flasche auf.

Hinter ihnen lag der See wie eine ovale Scheibe. Dunkel und still.

– 1 –

22 Jahre später

Der Schmerz kam unvermittelt, fuhr wie ein Blitz in ihre Lendenwirbelsäule. Katharinas Hände umklammerten den Rand der Behandlungsliege.

„Die Frau Kommissarin darf nicht so verkrampfen. Das verschlimmert den Schmerz nur. Wenn Sie hier …“, Klaas ten Venne, staatlich anerkannter Physiotherapeut, drückte mit seinem Daumen auf eine Stelle etwas oberhalb des Steißbeins, „locker bleiben, dann tut es auch nicht so weh. Also ausatmen … und … loslassen …“

„Ist etwas schwierig“, stieß Katharina zwischen zusammengebissenen Zähnen hervor. „Wenn man das Gefühl hat, es stecke einem ein Messer im Rücken.“

„Ja, es kann mal zwicken bei dieser Art von Behandlung. Aber das wird schon. Wenn Ihre Hüfte und Wirbelsäule erst mal wieder richtig mobilisiert sind, dann werden Ihre Schmerzen bald weggehen.“

„Ich kann's kaum erwarten.“

Der Therapeut tastete Rücken, Schultern und

Nacken ab. „Sie sind aber auch extrem verspannt. Sie müssen mal locker lassen, Frau Kommissarin. Immer schön easy. Ich werde jetzt noch mal versuchen, Ihre verklebten Faszien zu lockern und dann haben Sie es für heute geschafft."

Katharina legte den Kopf zur Seite und schloss die Augen. Das weiche Frottee der Unterlage roch waschmittelfrisch und kitzelte sie beim Einatmen an der Nase. „Nur zu, Herr Physiotherapeut. Verklebte Faszien, das klingt ja grausig."

Klaas ten Vennes warme, ölige Hände bearbeiteten sanft ihre untere Rückenpartie und lösten ein angenehmes Ziehen zwischen ihren Beinen aus. Gerade noch rechtzeitig konnte Katharina einen wohligen Seufzer unterdrücken. Du lieber Himmel, dachte sie. So weit ist es schon gekommen, dass ich die Behandlung beim Physiotherapeuten als erregend empfinde.

„Waren Sie denn jetzt mal mit Ihrem Mountainbike unterwegs?", fragte Klaas.

Katharina hielt die Augen geschlossen. „Ich fahre ziemlich viel damit, aber nur in der Stadt, und dafür ist es ja eigentlich nicht da. Aber ich bin immer heilfroh, wenn ich eine Parklücke für mein Auto gefunden habe, die noch einigermaßen fußläufig zu meiner Wohnung ist. Und dann mag ich es dort nicht mehr wegbewegen. Das ist der Nachteil, wenn man in der Stadt wohnt."

„Wo wohnen Sie denn?“

„Im Erphoviertel. Lönsstraße, Ecke Manfredstraße.“

„Ach, schau an, die Frau Kommissarin. Jetzt sagen Sie nicht, dass Sie in einem von diesen Häusern aus den Dreißigerjahren wohnen. Sandsteinfarben und mit dunkelbrauner Holztür?“

„Genau.“

„Beneidenswert. Ich komme da manchmal mit dem Rad vorbei.“

„Wohnen Sie in der Nähe?“

„Ja, aber einmal über den Ring rüber. Brüderstraße.“

„Kenne ich. Direkt am Café Kling Klang. Auch eine nette Gegend.“

„Das Kling Klang ist meine Stammkneipe.“

„Dann hätten wir uns eigentlich schon mal dort treffen müssen.“ Katharina hielt kurz inne. „Ich komme einfach nicht dazu, mal raus zu fahren mit dem Rad“, bemerkte sie dann.

Klaas’ Hände arbeiteten sich in sanften Knetbewegungen ihren Rücken hinauf. „Das kenne ich. Ich nehme mir das auch jedes Wochenende vor und dann kommt doch wieder was dazwischen. Man müsste sich mal verabreden zu einer Ausfahrt, dann gäbe es keine Ausrede mehr.“

„Mmh.“ War das ein konkretes Angebot? Oder ein allgemeiner, in den Raum geworfener Gedanke? Und hatte das, was ständig dazwischen kam, mit der zierlichen, asiatisch aussehenden Kollegin zu tun? Katharina hatte sich schon öfter gefragt, ob die beiden mehr als eine gemeinsame Praxis verband. Sie kam bereits mit ihrem dritten Rezept hierher und bei jedem Behandlungstermin hatte sie mehr von ihrem Physiotherapeuten erfahren und er von ihr. Es machte Spaß, sich mit ihm zu unterhalten und nicht nur das. Klaas ten Venne begann sie zu interessieren, und wenn sie nicht völlig daneben lag, dann war das umgekehrt genauso.

„Wie war denn die Fortbildung letzte Woche?“, fragte sie schläfrig, weil sie nicht wusste, was sie zu dem Fahrradthema sagen sollte.

„Mäßig. Die Dozentin erinnerte mich ganz unangenehm an eine Großtante von mir, aber Berlin ist natürlich immer einen Besuch wert. Wann waren Sie das letzte Mal dort?“

Katharina wollte gerade antworten, als sich ihr Handy meldete. Sie tastete nach dem Hocker, der neben der Liege stand. Darauf lagen ihr Pullover, Unterhemd, BH und ganz zuoberst vibrierte ihr Handy, das von dem Kleiderstapel zu rutschen begann.

„Tut mir leid, aber ich konnte es nicht abstellen“, sagte sie über die Schulter. „Ich bin im Dienst.“

„Kein Problem. Wir sind sowieso fertig. Wenn Sie sich angezogen haben, machen wir vorne einen neuen Termin."

Katharina wischte über das Display. „Katharina Klein."

„Kati? Hier ist Manu. Manuela Meißner." Unsicheres Lachen. „Du erinnerst dich hoffentlich?"

Stille. Eine Sekunde, zwei, drei.

„Kati? Bist du noch dran?"

„Äh, ja. Manu? Das ist ja wirklich eine …"

„Überraschung, ja. Ich habe die Handynummer von deiner Mutter. Ich habe dich nicht im Telefonbuch gefunden."

Katharina hatte sich aufgesetzt. Durch die hauchfeinen Gardinen konnte sie sehen, wie feiner Nieselregen die Fensterscheiben besprühte.

„Manu, das ist echt … also, ich weiß gar nicht … Wie lange …?"

„Zweiundzwanzig Jahre", sagte Manu.

Katharina klemmte das Handy zwischen Ohr und Schulter und angelte nach ihrem BH. „Und? Lebst du in Münster? Was machst du?"

„Ich bin Tierärztin und habe eine Praxis am Rand von Wolbeck."

„Dann also doch Tiermedizin und nicht Jura." Katharina schlüpfte in ihre Jeans.

„Genau, Tiermedizin in Wien, weil es dort ohne Numerus clausus ging und seit sechs Jahren wieder hier. Kati, es gibt einen Grund, warum ich anrufe und sei mir nicht böse, dass ich dich damit so überfalle. Ich habe Uli gesehen."

Um ein Haar wäre Katharina das Handy weggerutscht. „Wie bitte?"

„Uli. Ulrich Sobowski."

Katharinas Herz stolperte und wummerte dann mit doppelter Geschwindigkeit gegen ihren Brustkorb. Da war es. Dieses Gefühl, das sie manchmal morgens nach einem dieser Träume auch hatte. Es legte sich wie ein Eisenring um ihre Brust und nahm ihr die Luft zum Atmen.

„Kati?"

„Ich bin noch dran. Das ist Quatsch, Manu. Uli ist tot. Du kannst ihn nicht gesehen haben."

„Wenn ich es dir sage. Der lief höchst lebendig vor mir her. Erst dachte ich, ich hätte eine Erscheinung."

„Du hattest eine." Katharina lehnte sich mit dem Po gegen die Liege. „Wo soll das denn gewesen sein und wann?"

„In der Innenstadt. Gestern. In dieser schmalen Gasse, die von der Überwasserkirche zum Domplatz führt. Da lief er vor mir her. Zuerst bin ich wegen seines Gangs auf ihn aufmerksam geworden. Erinnerst du dich? Er hat immer so nachgefedert beim Gehen. Seemannsgang, oder wie nennt man das? Und dann seine Haare. So häufig ist dieses Fuchsrot ja nicht."

„Aber er ist ertrunken, Manu. Vor unseren Augen."

„Er ist vor unseren Augen untergegangen, ja. Seine Leiche hat man aber nie gefunden, wenn ich dich daran erinnern darf. Er könnte also noch leben. Ich habe auch sein Profil gesehen. Das war Uli!"

„Aber gesprochen hast du nicht mit ihm?"

„Nein. Auf dem Domplatz habe ich ihn aus den Augen verloren. Es war Markt."

Katharinas Herzschlag normalisierte sich. Der Druck auf ihrem Brustkorb blieb jedoch.

„Ich weiß nicht. Hast du schon mit den anderen darüber geredet? Hast du überhaupt noch zu irgendjemandem Kontakt?"

„Nein. Ganz am Anfang in Wien noch ein bisschen zu Rieke. Ich habe ihre Nummer gegoogelt, aber niemanden erreicht. Von dir habe ich ja nur deine Durchwahl im Polizeipräsidium gefunden. Kommissarin Klein, nicht schlecht! Dann habe ich Frederiks Nummer im Netz ausfindig gemacht. Und der Witz war, als ich ihn angerufen habe, hatte ich auf einmal Doro am Hörer."

„Ach was."

„Ich war auch ziemlich baff. Sie allerdings auch."

„Die wohnen zusammen?"

„Nicht nur das. Sie haben vor einigen Jahren geheiratet und leben außerhalb von Münster auf einem Resthof."

„Ist ja witzig."

„Ich habe Doro das mit Uli erzählt. Sie meinte natürlich, ich hätte Halluzinationen gehabt, und hat mich tatsächlich gefragt, ob ich Drogen nehme. Sie ist noch ganz die Alte."

„Um ehrlich zu sein, so richtig kann ich mir das mit Uli auch nicht …"

Manu fiel Katharina ins Wort. „Doro hat vorgeschlagen, sich bei ihnen auf dem Hof zu treffen. Sie war Feuer und Flamme für ihre Idee. Auch da ist sie noch ganz wie früher. Ich konnte kaum einen Satz zu Ende sprechen. Sie hat den kommenden Samstag vorgeschlagen und wollte versuchen, Rieke und Lorenz zu erreichen, und ich sollte es bei dir versuchen."

Katharina ging in die Hocke und band sich die Schnürsenkel zu. Ein Treffen mit der alten Clique? Nach so vielen Jahren Funkstille?

„Ich habe auch erst gezögert", hörte sie Manu sagen. „Wer weiß, wie das wird? Vielleicht haben wir uns gar nichts mehr zu sagen. Und dann gleich mit Übernachtung. Das war nämlich Doros Vorschlag. Wenn, dann über Nacht, meinte sie. Damit sich das auch lohnt und wir auch was trinken können. Sie war gar nicht mehr zu bremsen."

Katharina richtete sich auf. „Ach, warum nicht. Ich hätte Zeit. Ist doch ganz schön, alle mal wieder zu sehen."

„Okay, dann bin ich auch dabei." Manu hielt kurz inne. „Kannst du dir vorstellen, wie mir das mit Uli zugesetzt hat? Ich hab am ganzen Körper gezittert und bin anschließend sofort nach Hause. Auf einmal war alles wieder da. Dieser schreckliche Abend am See."

Die Tür öffnete sich und Klaas' Kopf erschien. Er gab Katharina durch Handzeichen zu verstehen, dass er das Behandlungszimmer für den nächsten Patienten brauchte.

Katharina nickte ihm zu und sagte zu Manu: „Doch, das kann ich mir gut vorstellen. Am Samstag können wir ja noch mal darüber reden. Ich muss jetzt aufhören."

Sie verabschiedeten sich und vereinbarten, noch einmal zu telefonieren, wenn Manu mit Doro gesprochen hatte.

Katharina verließ das Behandlungszimmer. Hinter dem Empfangstresen stand Klaas über ein Terminbuch gebeugt. Er schaute hoch und lächelte sie an. „Der nächste Termin wäre am 19. Oktober um elf Uhr. Können Sie das einrichten?"

„Ja, das wird schon gehen."

Klaas kritzelte das Datum auf ein Zettelchen und reicht es Katharina. „Und wegen des Radfahrens – am Wochenende bin ich nicht da, aber wie wäre es denn am Montag um siebzehn Uhr? Dann ist es noch ungefähr eine Stunde hell. Ansonsten hätte ich auch zwei Stirnlampen. Ich hole Sie ab."

„Äh … Montag?" Sie warf einen schnellen Blick hinüber zu Klaas' Kollegin, die neben ihn getreten war und nun auch in dem Terminbuch blätterte. „Ich glaube, das passt", sagte Katharina. „Aber ich bin völlig aus der Form. Also versprechen Sie sich nicht zu viel davon."

„Geht mir genauso, aber wir werden schon von der Stelle kommen. Bis Montag also!" Klaas strahlte Katharina an, während seine Kollegin ihre fein geschwungenen Augenbrauen zusammenzog.

Sechs Kilometer Luftlinie von Katharina entfernt legte Manu das Telefon aus der Hand und schaute gedankenverloren aus dem Fenster. Das Grundstück, auf dem ihr Holzhaus stand, reichte bis hinunter zur Werse. Zwischen den Zweigen der beiden Trauerweiden hindurch konnte sie die grüne Wasseroberfläche sehen. Zwei Wasserhühner zogen vorüber, wurden durch irgendwas aufgeschreckt und verschwanden eilig im Dickicht des Ufers.

Ob es wirklich eine gute Idee war, ein ganzes Wochenende miteinander zu verbringen? Mit Rieke, Lorenz, Frederik, Kati und vor allem mit Doro? Menschen, mit denen sie über zwanzig Jahre keinen Kontakt hatte? Andererseits brannte sie darauf, ihnen die Einzelheiten von ihrer Begegnung mit Uli zu erzählen. Obwohl Begegnung ja nicht ganz das richtige Wort war.

Um sich abzulenken, setzte sie sich auf das Sofa, klappte ihren Laptop auf und loggte sich bei der Online-Partnervermittlung Find The Right ein. Sie überprüfte ihr Postfach. Noch immer hatte sich niemand gemeldet, der sie näher interessiert hätte. Sie fuhr den Laptop wieder herunter.

Manu erhob sich und machte sich daran, in der Küche ein wenig Ordnung zu schaffen. Dabei dachte sie erneut über den kommenden Samstag nach und wie es wohl sein würde, die anderen wiederzusehen. Ein Klopfen an der Tür ihres Häuschens riss sie aus ihren Gedanken. Thies, ihr Nachbar, im farbbesprenkelten Blaumann und mit diesem wunderbar schüchternen Lächeln auf den Lippen wollte wissen, ob er sich ihren Rasenmäher ausleihen konnte.

„Nur wenn du noch auf einen Tee hereinkommst", sagte Manu und hielt ihm die Tür auf. „Ich muss erst heute Mittag in der Praxis sein." Als sie hinter Thies ins Wohnzimmer ging, beschloss sie, nicht mehr über das Treffen nachzudenken, sondern es einfach auf sich zukommen zu lassen.

– 2 –

Katharina saß mit Wolldecke auf dem Schoß und einem Glas Rotwein in der Hand vorm Fernseher und versuchte vergeblich, einem Bericht zu folgen. Doch ihre Gedanken kreisten immer wieder um das Gespräch mit Manu und ihre Behauptung, Uli gesehen zu haben. Das plötzliche Türklingeln riss sie aus ihren Gedanken.

Katharina schälte sich seufzend aus ihrer Decke. Hin und wieder kam es vor, dass ihre Mutter Edith ihr einen unangekündigten Besuch abstattete. Meistens war sie dann auf dem Weg nach Hause von einem geselligen Abend mit Schülern ihres Sprachinstituts und machte dabei einen Abstecher ins Erphoviertel. Im Gegensatz zu Katharina fand sie immer einen Parkplatz vor der Tür.

„Was riecht hier so komisch?“, hörte Katharina ihre Mutter aus dem Flur rufen. Sie hatte die Tür geöffnet und war wieder ins Wohnzimmer zurückgegangen, um sich in ihre Decke zu kuscheln.

„Das kommt aus dem Abfluss der Badewanne“, rief sie zurück. „Ich habe Herrn Wuttke schon Bescheid gesagt.“

„Du musst da Kaiser Natron reinkippen. Das hilft immer. Hallo erst mal." Etwas atemlos kam Katharinas Mutter ins Wohnzimmer. Ihre Wangen waren gerötet, das Haar feucht. Sie beugte sich zu ihrer Tochter hinunter und küsste sie auf die Wange. Dann ließ sie sich aufs Sofa fallen. „Puuuh, die Treppen schaffen einen aber echt."

„Regnet es immer noch?"

„Ach, hör auf. Das ist furchtbar draußen. Immer wieder diese Schauer. Meinen Spaniern vergeht schon der Spaß."

„Auch ein Glas?"

„Ja, bitte. Aber nur ein Halbes, sonst muss ich das Auto noch stehen lassen. Wir waren in der Altstadt etwas essen. Ist 'ne muntere Truppe diesmal."

Katharina erhob sich und schlurfte in ihren dicken Socken und Jogginghose in die Küche.

„Hast du was mit deinen Haaren gemacht?", fragte sie, als sie zurückkam.

Edith zupfte mit ihren Fingerspitzen an ihrem Pagenkopf herum. „Nur etwas Farbe ins Spiel gebracht."

„Etwas ist gut. Du bist komplett blond! Das fällt selbst in diesem Schummerlicht auf." Katharina reichte ihrer Mutter das Glas.

„Wenn du den ganzen Tag mit jungen Menschen zusammen bist, dann willst du nicht aussehen, als hättest du nur noch ein Jahr bis zur Rente."

Sie nahm das Glas entgegen und prostete Katharina zu. „Mmh, der ist gut. Wirklich." Sie ließ den Wein im Glas kreisen. „Wo ist der her?"

„Vom Aldi."

„Kaum zu glauben." Edith nahm noch einen Schluck. Dann neigte sie den Kopf zur Seite und musterte ihre Tochter. „Siehst abgespannt aus. Du arbeitest zu viel. Es ist Donnerstagabend. Warum gehst du nicht aus?"

„Weil Donnerstagabend ist. Ich muss morgen arbeiten."

„Sag ich doch. Du denkst nur an die Arbeit. Warum verabredest du nicht mal wieder mit Martina und ihrer Clique. Ich weiß, dass ihr nicht genau die gleiche Wellenlänge habt, aber wenigstens ist sie unternehmungslustig."

Nicht die gleiche Wellenlänge – so kann man es auch bezeichnen, dachte Katharina. Noch heute erinnerte sie sich nur mit Grauen an jenen Samstagabend vor zwei Jahren, an dem sie mit ihrer Cousine aus Fuestrup und deren überdrehten Freundinnen auf einer Ü-30-Zeltparty in Angelmodde gelandet war. Ihre schlimmsten Befürchtungen in puncto Musik und Aufdringlichkeit der Männer waren noch übertroffen worden. Nach der dritten Runde Schlüpferstürmer hatte Katharina ein Taxi zurück nach Münster genommen.

„Übrigens!“, Edith schien nicht wirklich eine Antwort auf ihre Frage zu erwarten. „Gestern ist ja was passiert – ich war völlig von den Socken.“

„Mmh, lass mich raten: Irgendeine deiner Freundinnen ist Oma geworden?“

„Quatsch. Nein, Manu hat gestern bei mir angerufen und nach deiner Nummer gefragt. Die Manu von früher. Hat sie dich schon erreicht?“

Katharina stellte ihr Glas ab. „Ja, hat sie. Heute Mittag.“

„Ja und? Was wollte sie? Ihr habt doch lange gar keinen Kontakt mehr gehabt.“

„Sie wollte mir sagen, dass sie Uli gesehen hat.“

Edith ließ das Glas, das sie gerade zum Mund geführt hatte, wieder sinken. Katharina lächelte in sich hinein. Es kam selten vor, dass es ihrer Mutter die Sprache verschlug.

„Ulrich? Aber … das …“

„… ist gar nicht möglich“, vervollständigte Katharina den Satz. „Das habe ich ihr auch gesagt. Sie wird ihn verwechselt haben. Aber sie schwört, dass es Uli war.“

„Ojemine, ich dachte, das Kapitel hätten wir abgehakt. War ja schlimm genug. Meine Güte, was wart ihr damals alle mit den Nerven runter. Und kein Mensch hat verstanden, warum er unbedingt betrunken schwimmen gehen wollte. Was haben wir Eltern uns für Sorgen um euch gemacht, nachdem er ertrunken ist. Ich glaube, ich habe an die hundert Mal mit den Eltern von Manu und Rieke telefoniert, die ja unbedingt wollten, dass ihr allesamt zum Schulpsychologen marschiert, aber das kam für euch ja gar nicht in die Tüte."

„Richtig. Wir treffen uns übrigens nächsten Samstag alle bei Doro und Frederik. Die haben geheiratet und leben etwas außerhalb auf dem Land."

„Ach, das ist ja für Kinder auch schön. Oder haben die etwa auch keine?"

„Weiß ich nicht."

„Und Manu?"

„Mama, ich weiß es nicht, ich glaube nicht. Jedenfalls hat sie nichts davon gesagt."

„Na ja, egal. Aber schön, dass ihr euch mal wiederseht. Dann kommst du wenigstens mal raus."

„Ich komm genug raus, Mama."

„Aber du hast keine Freunde und kaum soziale Kontakte."

„Ich habe Eva und Tim. Ich mag meinen Job und bin sehr zufrieden mit meinem Leben, so wie es ist. Es ist alles gut."

Edith zuckte mit den Schultern. „Wie du meinst." Sie schaute auf ihre Armbanduhr. „Ich muss wieder los. Aber eine Sache noch. Ich war gestern kurz bei deinem Bruder. Da hat mal wieder die Bezugsbetreuerin gewechselt. Diesmal ist es eine ganz junge

Frau. Ich fand sie etwas überengagiert, um ehrlich zu sein."

„Wie kann man denn im Umgang mit Menschen wie Johann überengagiert sein?"

„Ach, ich weiß nicht. Mach dir selbst ein Bild. Mir ging sie jedenfalls auf die Nerven."

„Die Vorgängerin ging dir auch auf die Nerven."

„Allerdings. Mir liegt einfach dieses Pädagogengetue nicht." Edith erhob sich. „Ich werd dann mal wieder. War ein langer Tag."

Eine halbe Stunde später lag Katharina im Bett. Müde von den zwei Gläsern Rotwein fand sie trotzdem keinen Schlaf. Edith hatte recht. Es war tatsächlich ein Drama gewesen – damals. Alle hatten sie bemitleidet, die armen Jugendlichen, die hilflos mit ansehen mussten, wie ihr waghalsiger Freund vor ihren Augen ertrank. Niemand kam auf die Idee, ihnen Vorwürfe zu machen, denn niemand hatte ihre Geschichte bezweifelt. Weder ihre Eltern noch Sobowskis oder die Polizei. Und Ulis Leiche wurde trotz Einsatz aller zur Verfügung stehenden technischen Möglichkeiten in den Untiefen des Baggersees nicht gefunden.

Die Jugendlichen blieben bei jeder Befragung bei ihrer abgesprochenen Geschichte. Uli hatte Tequila mitgebracht, sie hatten alle davon getrunken, aber Uli am meisten und er hatte sich nicht davon abbringen lassen, auf den See hinauszuschwimmen, wo er dann plötzlich von der Bildfläche verschwunden war, als hätte ihn jemand an den Beinen nach unten gezogen.

Keiner von ihnen verplapperte oder widersprach sich, und ihre Eltern sorgten dafür, dass man sie bald in Ruhe ließ.

Sie hatten sich geschworen, nie den wahren Ablauf des Abends zu verraten. Auch Katharina hatte sich in all den Jahren daran gehalten. Nachdem sie Ulis Trauerfeier hinter sich gebracht hatten, erwähnten sie den Abend am See auch untereinander nicht mehr. Die Vorklausuren für das Abitur standen an und damit hatten sie sowieso nicht mehr viel Zeit, sich zu treffen.

Zu dem Zeitpunkt begann Katharina damit, die Sache mit Uli zu verdrängen, denn anders wusste sie nicht mit dem bohrenden Schuldgefühl umzugehen. Mit jedem Jahr, das ins Land ging, verblasste die Erinnerung an diesen Spätsommerabend mehr und mehr. Nur die Träume blieben – und ihre Abneigung gegen Baggerseen.

Katharina drehte sich auf den Rücken und verschränkte die Arme hinter dem Kopf. Ihr Schlafzimmer war nur durch die Nachttischlampe erhellt.

Edith hatte noch mit etwas anderem recht gehabt. Sie hatte es in zwei Jahren nicht geschafft, sich einen Freundeskreis aufzubauen. In Köln, wo sie nach dem Ende ihrer Ausbildung hängen geblieben war, hatte sie einen riesigen Freundes- und Bekanntenkreis gehabt und war jeden Abend unterwegs gewesen, trotz des Berufes.

Immer mal wieder dachte sie darüber nach, ob es ein Fehler gewesen war, nach Münster zurückzugehen. Aber nach dem plötzlichen Tod ihres Vaters hatte sie den Wunsch verspürt, dem Rest ihrer Familie und vor allem ihrem Bruder Johann nah zu sein. Und im Großen und Ganzen war sie ja auch zufrieden. Sie hatte Eva und Tim. Sie waren zwar Kollegen, aber auch Freunde. Und über diese total verpfuschte Beziehung mit Frank war sie inzwischen hinweg.

Katharinas Gedanken wanderten zurück zu Manu. Es hatte sie überrascht, als ihr Anruf in null Komma nichts alles Verdrängte wieder hervorgeholt hatte.

Nur mal angenommen, Manu hatte sich nicht getäuscht und es war Uli, den sie gesehen hat, dann würde das bedeuten … dann hieße das …

Katharina erlaubte sich zum ersten Mal, seit sie mit Manu gesprochen hatte, den Gedanken zu Ende zu denken. Dann hieße das, sie wären nicht verantwortlich für den Tod eines Menschen!

– 3 –

„Kann ich Ihnen vielleicht helfen?“ Die Verkäuferin lächelte professionell und schaute die Kundin über ihre halben Brillengläser hinweg an.

Rieke ließ den Blick über das Regal mit den Babyschlafsäckchen gleiten. Ihre Schwester hatte ihr genau beschrieben, welchen sie sich zur Taufe für ihre Tochter wünschte. „Ich suche einen …“

„Schlafsack fürs Kleine? Für Ihr Baby oder soll es ein Geschenk sein?“ Die Verkäuferin hatte bereits einen Schlafsack aus dem Regal gezogen und auseinander gefaltet. „Das hier ist zum Beispiel einer der Marke ‚Sweet Dreams‘. Der hat den Vorteil …“. Sie redete scheinbar, ohne Luft zu holen. Ohne aufzublicken fragte sie: „Wie alt ist das Kleine denn?“

Rieke zögerte kurz. „Neun Monate.“ Warum sagte sie das?

„Ah, okay. Dieses Modell gibt es auch noch zwei Nummern größer. Aber wenn der kleine Schatz schon neun Monate ist, dann kann ich Ihnen auch noch was anderes zeigen. Dieser hier wird auch sehr gerne genommen. Da haben die Kleinen etwas mehr Bewegungsfreiheit. Das brauchen sie ja in dem Alter."

„Stimmt", sagte Rieke. „Sie ist ganz schön quirlig." Ihr Kopf wurde heiß.

„Ein Mädchen also. Dann lag ich ja mit der Farbe schon mal gar nicht so falsch."

Die Verkäuferin zeigte Rieke noch verschiedene Modelle. Unifarben, mit Blümchen, mit Teddys. Rieke schaute gar nicht richtig hin. Sie zeigte auf einen dunkelblauen Schlafsack mit kleinen gelben Sternen. „Ich nehme den da." Sie wollte nur so schnell wie möglich raus aus dem Laden. „Und dann brauche ich noch ein bisschen Babygeschirr."

An der Kasse roch sie den Schweiß unter ihren Achseln. Sie drehte langsam durch. „Äh … wegen des Schlafsacks …"

„Ja?" Die Verkäuferin hielt mitten in ihrer Bewegung inne.

„Kann ich ihn für einen Tag zurücklegen? Ich möchte es mir gerne noch mal überlegen."

„Natürlich geht das", sagte die Verkäuferin mit gerunzelter Stirn und legte den Schlafsack zur Seite. „Aber bei dem Geschirr darf's bleiben?"

„Ja, klar, das nehme ich." Rieke hatte diese dezidierten Geschenkebestellungen ihrer Schwester noch nie sonderlich gemocht. Sollte sie sich doch selbst einen Schlafsack kaufen.

Während die Verkäuferin das bunte Plastikgeschirr einpackte, ließ Rieke den Blick über runde Kleiderständer gleiten, die dicht behangen mit Babyjäckchen und Stramplern für jeden Geschmack etwas boten. Es gab so hübsche Anziehsachen für Babys.

Drei Monate war es nun her, dass sie ihre Fehlgeburt hatte. Als sie erfuhr, dass sie nach Jahren vergeblichen Versuchens endlich schwanger war, da waren Babyfachgeschäfte zu ihren Lieblingsorten geworden. Sie verströmten eine ganz eigene Atmosphäre. Die zarten Farben, der Geruch nach neuen Textilien – überall war der unvergleichliche Zauber des Anfangs zu spüren.

Jetzt bekam sie beim Anblick all dieser Dinge Atemnot. Warum konnte diese lahme Kuh von Verkäuferin nicht ein bisschen schneller machen?

„Das wären dann 31,95."

Rieke kramte in ihrem Portemonnaie nach Kleingeld, als die Tür des Geschäfts aufgestoßen wurde. Automatisch warf Rieke einen Blick zum Eingang. Eine stark geschminkte Frau in den Sechzigern im Kamelhaarmantel und Lederhandtasche über dem Arm betrat den Laden. Rieke wandte schnell den Kopf ab. Die Frau war ihre Tante Brigitte, die Schwester ihres Vaters.

„Rieke!" Brigitte kam strahlend auf sie zu. „Kaufst du was für die Taufe?" Sie umarmte ihre Nichte.

Rieke wurde fast schwindelig von dem schweren Parfüm ihrer Tante. „Ja, ich hab's mir gerade einpacken lassen."

Brigitte umfasste Riekes Schultern und musterte sie eingehend. „Wie geht's dir denn, Kind? Deine Mutter hat mir gestern erzählt, dass Christoph ausgezogen ist. Das tut mir so leid."

„Es geht schon", murmelte Rieke und warf einen verstohlenen Blick zur Verkäuferin, die so tat, als sei sie mit der Kasse beschäftigt.

„Das renkt sich bestimmt wieder ein. Gib ihm eine kleine Auszeit und du wirst sehen, er kommt zu dir zurück."

Rieke spürte, wie ihr die Tränen in die Augen traten. Warum musste Brigitte gerade hier und jetzt damit anfangen? Warum musste sie gerade heute Nachmittag in dieses verfluchte Geschäft kommen?

„Ihr habt ja nun auch wirklich keine leichte Zeit hinter euch. Da kann die beste Ehe in eine Krise geraten", plapperte Brigitte weiter. Es störte sie offenbar überhaupt nicht, dass die Verkäuferin alles mitbekam. „So viele Versuche und dann die Fehlgeburt. Das muss man erst mal verkraften."

Der Kopf der Verkäuferin schnellte hoch. Rieke stopfte das Geschenk in ihren Bastkorb. „Ich muss weiter."

„Es ist schon ungerecht. Manche bekommen ein Kind nach dem anderen und sind dann mit allem überfordert und andere, denen man von Herzen ein Kind gönnt, können keins bekommen", posaunte Brigitte indiskret heraus.

„Machs gut, Brigitte. Wir sehen uns bei der Taufe." Rieke stürmte aus dem Laden und dabei liefen ihr die Tränen übers Gesicht.

Als sie sich im quirligen Marktcafé einen Cappuccino und ein Glas Leitungswasser bestellte, hatte Rieke sich wieder halbwegs gefangen. Sie saß an einem Zweiertisch am Fenster und beobachtete das rege Treiben draußen. Studenten auf Fahrrädern, Rentner und die obligatorischen gut gekleideten Münsteraner Ehepaare auf dem Weg zu einer der vielen Boutiquen rund um den Prinzipalmarkt. Ein jüngerer Mann kam mit einem Kleinkind an der Hand vorbei spaziert. Beide hielten ein Eis in der Hand. Das Kind strahlte seinen Papa an und er schaute fürsorglich zu ihm hinunter. Rieke wandte schnell den Blick ab. Aus ihrer Handtasche kramte sie ein weißes Röhrchen mit blauer Aufschrift heraus, schüttete sich zwei Tabletten in die Hand und spülte sie mit einem Schluck Wasser hinunter.

Fehlte nur noch, dass sich zwei Hochschwangere am Nebentisch niederließen und sich lauthals über ihre letzte Sitzung beim Geburtsvorbereitungskurs austauschten.

Es stimmte, was eine ihrer Freundinnen über selektive Wahrnehmung gesagt hatte. Seit sie beschlossen hatte, dass es Zeit für eigene Kinder wurde, war die Stadt bevölkert von Schwangeren oder glückseligen Muttis, die ihre Babys wie Trophäen vor sich herschoben.

Rieke hielt die Cappuccinotasse zwischen beiden Händen und trank einen Schluck. Die gleiche Freundin hatte ihr auch geraten, sich nicht zu Hause zu verkriechen, sondern abzulenken. An Besuche in Babyläden hatte sie dabei wahrscheinlich aber nicht gedacht.

Die Einladung von Doro zielte doch wohl in Richtung Ablenkung pur. Rieke hatte einen Moment gebraucht, bis sie verstanden hatte, wer da am Telefon war. Doro lud die alte Clique zu sich ein und Manu behauptete, Uli gesehen zu haben. Rieke war so perplex gewesen, dass sie die Einladung ohne Zögern angenommen hatte. Später dachte sie dann, dass ein Wochenende auf dem Land vielleicht genau das Richtige war. Mal was ganz anderes sehen. Andere Leute. Alte Freunde. Freunde?

Es gab natürlich einen Haken bei der Sache. Aber vielleicht gelang es ihr ja, darüber hinwegzusehen.

—

Lorenz Hofmann saß in seinem Büro in der Firma seines Schwiegervaters und starrte auf ein gerahmtes Foto, das vor ihm auf dem Schreibtisch stand. Es zeigte einen dunkelhaarigen Jungen und ein blond gelocktes Mädchen – seine Kinder. Die Haarfarbe des Jungen hatte seinen Schwiegervater in den ersten Jahren immer wieder zu der Frage animiert: „Wo hat der Junge nur dieses Dunkle her? Anja, welche Haarfarbe hat doch gleich euer Postbote?"

Lorenz nahm das Foto in die Hand. Auf dem Bild waren David und Leonie fünf und drei Jahre alt. Das Foto hatte er vor fünf Jahren gemacht. Wo war nur die Zeit geblieben? David würde im nächsten Jahr schon auf eine weiterführende Schule wechseln. Anja machte sich deswegen schon seit Wochen verrückt. Beim letzten Elternsprechtag hatte die Lehrerin angedeutet, dass sie David keine Gymnasialempfehlung aussprechen werde. Für Anja eine Katastrophe.

Ob die anderen auch Kinder hatten? Doro hatte ihn gestern am späten Nachmittag im Büro angerufen und war sehr kurz angebunden, da sie noch einen Termin hatte. Er selbst hätte allerdings auch kaum länger mir ihr sprechen können, da sein Schwiegervater just in diesem Moment ins Büro kam. Ein Anruf einer ehemaligen Schulfreundin hätte ihn umgehend zu einer seiner süffisanten Bemerkungen provoziert.

Um sich das zu ersparen, fasste sich Lorenz bei dem Telefonat sehr kurz, sagte nur: „Das ist ja nett

… Ich habe Zeit und komme gern … Bis dann. Ich freue mich". Sogar auf Doros Bemerkung hin, Manu behaupte steif und fest, vor einigen Tagen Uli gesehen zu haben, reagierte er cool. „Soll sie dann mal erzählen", war sein einziger Kommentar. Tatsächlich hatte ihn Manus Behauptung nicht weiter aus der Fassung gebracht. Sie hatte sich getäuscht, das war ganz klar.

Sein Schwiegervater reagierte auf das kurze Telefonat mit fragendem Blick und hochgezogenen Augenbrauen.

„Mein Tennispartner", erklärte Lorenz, als er aufgelegt hatte.

Der Alte lächelte ihn mit zusammengebissenen Zähnen an und war dabei einem zähnefletschenden Pitbull nicht unähnlich.

Lorenz seufzte und stellte das Foto wieder zurück. Er hatte noch jede Menge zu tun und konnte es sich eigentlich nicht leisten, tatenlos herumzusitzen, wenn er heute rechtzeitig nach Hause kommen wollte. Aber er konnte sich einfach nicht konzentrieren. Immer wieder schweiften seine Gedanken ab. Was wohl aus den anderen geworden war? Kati, das wusste er noch genau, war an der Polizeischule in Köln angenommen worden. Sie hatte die Zusage am Tag der Ausgabe der Abiturzeugnisse bekommen. Rieke war mit Sicherheit Lehrerin geworden.

Bei Doro und Manu konnte er sich nicht erinnern, was sie nach der Schule machen wollten. Doro wollte auf jeden Fall weg aus Münster. Weit war sie ja nicht gekommen, wenn sie jetzt in Hoove wohnte. Und dann mit Frederik? Die beiden ein Paar? Wie das zustande gekommen war, darauf war er nun wirklich gespannt.

Was die anderen wohl zu seinem Werdegang sagen würden? Eins war auf jeden Fall klar: Sie würden überrascht sein. Nix mit Karikaturist bei einem Satiremagazin, sondern Technischer Zeichner im Büro seines Schwiegervaters. Dazu ein Eigenheim, zwei Kinder, Bausparvertrag und Urlaub an der Ostsee.

– 4 –

„Ja, dann …“, Doro hob ihr Sektglas, „seid willkommen auf Drei Eichen. Auf unser Wiedersehen nach zwanzig Jahren.“

Klirrend stießen die Gläser aneinander. Sie standen auf der Terrasse, nachdem Frederik mit ihnen einen Rundgang durch das Haus und über den Hof gemacht hatte.

„Zweiundzwanzig“, korrigierte Manu.

„Mmh?“ Doro schaute sie fragend an.

„Zweiundzwanzig Jahre haben wir uns nicht gesehen.“

„Du nimmst es immer noch ganz genau, was?“ Doro lächelte Manu an, aber das Lächeln erreichte ihre Augen nicht. „Und ansonsten? Erfolg im Beruf, aber Pech in der Liebe, wenn ich dich richtig verstanden habe.“ Doro trug ihr Haar immer noch lang und nicht ein einziges davon war grau. Schwarz und glänzend fiel es ihr bis über die Schultern.

Manu überging Doros Bemerkung und wandte sich an Katharina. „Du lebst auch allein, oder?“

Katharina nickte. „Kurz, nachdem ich von Köln hierhergezogen bin, habe ich jemanden kennengelernt. Leider stellte sich nach einiger Zeit heraus, dass er verheiratet ist und Familie hat."

„Ach, Scheiße", meinte Manu. „Und seitdem hat sich nichts mehr ergeben?"

„Von einem ganz passablen Physiotherapeuten, der sich einmal in der Woche meiner Rückenschmerzen annimmt, nein." Katharina hob ihr Glas.

„Aber gib zu Manu, du bist auf der Suche, oder?", sagte Doro. „Genau wie früher."

Manu warf Doro einen Blick zu und Katharina fand, dass etwas in ihm lag, was schwer zu deuten war. Freundlich war er jedenfalls nicht. Manu hatte eine scharfe Erwiderung auf der Zunge, verkniff sie sich dann aber. Stattdessen sagte sie leichthin in die Runde: „Das stimmt. Warum soll ich daraus ein Geheimnis machen. Ich bin in mehreren Partnerbörsen registriert. Bis jetzt allerdings mit wenig Erfolg."

„Ich kenne einige, die übers Internet ihren Traumpartner gefunden haben", meinte Lorenz.

„Na also", sagte Manu. „Dann kann ich ja noch hoffen und immerhin habe ich einen netten Nachbarn."

„Ja und?", fragte Lorenz. „Was ist mit ihm? Ist er schwul?"

„Das glaube ich nicht", sagte Manu. „Aber er ist etwas, na ja, speziell. Eher so ein schüchterner Typ, lebt sehr zurückgezogen und kann überhaupt keine größeren Menschengruppen ertragen. Er ist Künstler. Ab und zu trinken wir einen Tee zusammen."

„Das klingt ja hochspannend", meinte Doro. „Die eine trinkt Tee, die andere lässt sich den Rücken massieren. So wird das aber nix, Mädels." Sie wandte sich an Lorenz. „Ich habe dich übrigens kürzlich gesehen. Ich war mir nicht ganz sicher, deshalb habe ich dich nicht angesprochen. Deine Fastglatze und die Nickelbrille haben dich sehr verändert. Aber jetzt weiß ich, dass ich mich nicht geirrt habe. Du warst es."

Lorenz schaute Doro überrascht an. Sein Blick flackerte ein wenig. „Wo hast du mich denn gesehen? In der Innenstadt?"

Doro ließ sich mit der Antwort einen Moment Zeit. Der Anflug eines Lächelns umspielte ihre Lippen. „Nein, nicht in der Innenstadt. Außerhalb." Sie erhob zum zweiten Mal ihr Glas. „Auf unser Wiedersehen."

„Es ist so schön hier", sagte Rieke und ließ ihren Blick über die üppig bepflanzten Terracottakübel gleiten, die auf der Terrasse verteilt waren. „Die reinste Landlustidylle. Von wann ist das Haus?"

Sie waren beim zweiten Glas Sekt und Doro hatte kleine Schälchen mit Oliven und Pistazien nach draußen geholt.

„Von 1857“, sagte sie.

„Essen wir eigentlich hier draußen?“ Katharina deutete auf den runden Gartentisch, auf dem eine Tischdecke aus grobem Leinen lag.

„Ja. Wir machen gleich den Feuerkorb an. Dann können wir bis Mitternacht hier sitzen“, sagte Doro.

„Das hier ist ein Paradies“, sagte Frederik. „Ihr müsstet es mal im Frühling sehen. Aber leider weiß Madame das ja nicht zu schätzen.“

Doro zuckte die Schultern. „Ich bin eben ein Stadtkind.“

„Ist ja schon ein bisschen weit ab vom Schuss“, bemerkte Manu.

„Ja, allerdings. Und das nervt mich auch. Manchmal brauche ich bis nach Münster über eine Stunde. Meine Werbeagentur ist in der Hafenstraße. Sehr ungünstig während des Berufsverkehrs.“

„Ach, Doro“, sagte Frederik. „Morgens gehst du nie vor halb zehn aus dem Haus und abends kommst du nicht vor neun Uhr zurück. Von welchem Berufsverkehr redest du?“

„Trotzdem.“ Sie wandte sich an die anderen. „Wir wohnen jetzt fünf Jahre hier und ich tue mich inzwischen ein bisschen schwer mit dem Landleben. Ich brauche – auch in meinem Wohnumfeld – wieder etwas mehr Urbanität. Ehrlich gesagt haben Frederik und ich schon seit einiger Zeit ziemlich unterschiedliche Vorstellungen darüber, wo wir zukünftig leben wollen."

„Wie seid ihr beiden eigentlich zusammengekommen? Seid ihr die ganze Zeit in Kontakt geblieben?", fragte Lorenz.

Frederik goss sich noch einen Schluck Sekt nach. „Nein, ich habe im Scusi gejobbt und eines Abends kam Doro mit zwei Geschäftspartnern dort hereinspaziert, um einen Absacker zu trinken."

„Und hinter der Bar", fuhr Doro fort, „stand Frederik und hat uns den besten Mai Thai gemixt, den ich je getrunken habe."

Lorenz nahm eine Handvoll Pistazien aus der Schüssel. „Hast du dort neben deinem Studium gearbeitet?"

Frederik schüttelte den Kopf. „Nee, das hatte ich zu diesem Zeitpunkt schon geschmissen. Meine Unikarriere ist nicht sehr erfolgreich verlaufen. Ich habe mit Gartenlandschaftsbau begonnen, aber das gefiel mir nicht so richtig. Dann habe ich es mit Agrarwissenschaften probiert. Das lief ganz gut zuerst, aber irgendwie ..."

„... irgendwie hat er auch das nach den ersten vier Semestern wieder gelassen", fiel ihm Doro ins Wort.

„Ah, okay." Lorenz fiel eine Pistazienschale aus der Hand. Er kickte sie mit dem Fuß zur Seite.

„Aber dein Plan mit dem Hofladen hört sich wirklich gut an."

„Pff", kam es von Doro. „Davon redet er, seit wir hierhergezogen sind, aber passiert ist noch gar nichts."

Frederik verzog die Mundwinkel. „Wird es aber. Und zwar sehr bald."

Doro zog eine ihrer perfekt geschwungenen Augenbrauen in die Höhe. „Themawechsel", sagte sie dann. „Ich finde, dass wir uns alle ziemlich gut gehalten haben. Die Männer sind ein bisschen lichter geworden, aber sonst …"

„Trifft das auch auf Uli zu?" Frederik zwinkerte Manu zu. „Um mal auf den Auslöser unseres heutigen Wiedersehens zu kommen."

„Ich habe mir schon gedacht, dass ihr mir nicht glauben werdet. Aber ich schwöre, das war Uli!"

Frederik waren die Zweifel deutlich anzusehen. „Aber jetzt mal ehrlich, Manu. Wenn das wirklich Uli war, würde das ja bedeuten, dass er irgendwie aus dem Wasser gekommen und dann anschließend spurlos verschwunden ist. Wohin? Und wo war er all die Jahre?"

„Was weiß ich denn? Aber er war's."

„Ich habe ihr gleich gesagt, dass das totaler Quatsch ist", sagte Doro.

Lorenz drehte sein Sektglas zwischen den Fingern. „Ich kann mir das auch nicht vorstellen, obwohl der Gedanke, auch etwas … na ja … wie soll man es sagen … Verlockendes hat. Wir wären in dem Fall nicht schuld an seinem Tod und bräuchten keine Gewissensbisse mehr zu haben, was dieses Kapitel unserer Jugend angeht."

„Habt ihr wirklich so wenig Fantasie?" Manu schüttelte den Kopf. „Es ist doch vorstellbar, dass Uli es irgendwie bis ans Ufer geschafft hat. Und dann hat er sich überlegt, von zu Hause abzuhauen. Vorzutäuschen, er sei ertrunken und dann durchzubrennen auf Nimmerwiedersehen. Schräg genug war er doch für so etwas. Und bei ihm zu Hause, da lief doch irgendwas quer, das haben wir doch alle gewusst."

Frederik zog zweifelnd die Augenbrauen zusammen. „Ich weiß nicht. Wenn ich so an Uli denke, wie er so war … ich traue ihm nicht zu, so etwas durchzuziehen. Und wie gesagt, wo soll er hingegangen sein?"

Manu zuckte mit den Schultern.

Frederik hat völlig recht, dachte Katharina. Es war zwar möglich, dass Uli nicht ertrunken war, aber doch sehr unwahrscheinlich.

„Ist denn die Sache mit Uli wirklich immer noch ein Thema für euch?", fragte Doro. „Ich meine, das ist über zwanzig Jahre her. Wir waren jung und da ist einfach etwas aus dem Ruder gelaufen. Also Frederik und ich, wir haben irgendwann beschlossen, einen Haken dran zu machen und die Sache zu vergessen."

„Etwas aus dem Ruder gelaufen?" Rieke stellte ihr Sektglas etwas zu schwungvoll ab. „Da ist ein Schulkamerad vor unseren Augen ertrunken, weil wir ihn abgefüllt und dann dazu gezwungen haben, auf den See rauszuschwimmen. Wir haben ihn quasi umgebracht und du sagst, da ist etwas aus dem Ruder gelaufen?"

„Nun mach aber mal 'nen Punkt, Rieke. Gezwungen haben wir ihn nicht zum Schwimmen. Etwas nachgeholfen ja, aber nicht gezwungen."

Rieke schaute Doro an. Die schöne, gewissenlose Doro, die sich um nichts anderes sorgte, als dass ihr wunderschönes Bauernhaus ein paar Kilometer zu weit außerhalb lag.

„Darüber haben wir ja damals schon gestritten", sagte Rieke. „Da wolltest du das Ganze auch schon verharmlosen. Wir haben ihn auf dem Gewissen. Und soll ich dir mal ganz ehrlich was sagen? Wenn du damals nicht diese dämliche Idee gehabt hättest mit dem Flaschendrehen, dann wäre das alles überhaupt nicht passiert."

„Ach so, ich bin also immer noch die Schuldige, was?", brauste Doro auf. „Ich hätte mir die Einladung wohl besser geschenkt. Ich wollte mit euch ein nettes Wochenende verbringen und nicht über den Abend am See diskutieren."

„Das Treffen war allerdings ganz allein deine Idee“, warf Manu ruhig ein.

Doro schüttelte den Kopf. „Eins möchte ich doch mal klarstellen. Ich lass mir hier nicht die Schuld für Ulis Ertrinken in die Schuhe schieben. Zumindest als es darum ging, dass er schwimmen sollte, da wart ihr auch mit dabei. Und zwar alle drei.“ Sie zeigte auf Katharina, Manu und Rieke.

„Da hat sie recht“, sagte Katharina.

„Aber sie hat ihn doch reingeschubst; und überhaupt – wer wollte denn unbedingt eine Mutprobe für Uli?“ Röte kroch Riekes Hals hinauf.

„Ach, Leute“, Frederik hob beide Hände. „Jetzt lasst uns nicht wieder dieses alte Fass aufmachen. Wir sind sicherlich einen Schritt zu weit gegangen, aber umgebracht haben wir Uli nicht, denn er ist von alleine auf den See rausgeschwommen.“

Rieke fühlte, wie Wut, Ohnmacht und Trauer sich in ihr zu einem gefährlichen Gebräu vermischten. Als würde man es erhitzen, fing es an, zu blubbern und Blasen zu werfen. Sie hatte angenommen, sich besser im Griff zu haben. Aber sie konnte es nicht aufhalten, nicht zurückdrängen. Schon stand sie ganz dicht vor Doro. „Soll ich dir was sagen? Diese verfluchte Geschichte mit Uli verfolgt mich bis heute. Ich versuche seit fünf Jahren, ein Kind zu bekommen. Aber es will einfach nicht klappen. Wir haben uns von den Ärzten auf den Kopf stellen lassen, aber man hat weder bei Christoph noch bei mir etwas finden können.

Wir haben dann alles versucht, was es an Möglichkeiten gibt. Nichts hat funktioniert. Und dann hat es plötzlich doch geklappt, aber ich habe unser Kind im fünften Monat verloren. Mein Mann ist vor drei Tagen ausgezogen, weil von unserer Beziehung nichts geblieben ist als Vorwürfe und ratloses Schweigen."

Rieke starrte Doro mit fiebrigem Blick an und Doro starrte zurück. Kühl und beherrscht. Aber sie machte einen Schritt zurück. „Ja, und? Was hat das mit dem Thema ‚Uli' zu tun?"

„Ha!", schnaubte Rieke. „Es hat ganz viel damit zu tun, wie ich seit Kurzem weiß. Wie gesagt, es gibt keine medizinische Erklärung dafür, warum ich Ewigkeiten nicht schwanger wurde. Und genauso wenig dafür, warum es im fünften Monat zu einer Fehlgeburt gekommen ist."

„Komm zum Punkt, Rieke", sagte Doro.

„Ich bin seit einiger Zeit in Behandlung bei einer Heilpraktikerin, die zig Zusatzausbildungen in alternativer Medizin und Psychologie hat. Sie hat die Ursache gefunden, warum ich solche Probleme habe, schwanger zu werden. Ich bin voller Blockaden. Blockiert durch Dinge, die früher passiert sind."

„Und jetzt lass mich raten“, feixte Doro. „Die Esotante hat dir eingeredet, dass du keine Kinder kriegst, weil Uli ums Leben gekommen ist. Das ist doch lächerlich.“

Rieke starrte Doro noch immer unverwandt an. Als sie zum Reden ansetzte, sprach sie so leise, dass alle Mühe hatten, sie zu verstehen. „Frau Malenke ist keine Esoterikerin. Aber du hast genau recht. Meine psychischen Blockaden rühren von diesem Ereignis her. Und sie stehen meinem sehnlichsten Wunsch im Weg, Kinder zu bekommen. Genau genommen habe ich es dir zu verdanken, Doro, dass mein Leben inzwischen ein einziger Scherbenhaufen ist.“

Doro warf einen Blick in die Runde. „Was machen wir mit ihr? Die ist ja gar nicht mehr auf dem Dampfer.“

Aus Riekes Gesicht wich alle Farbe. Die Hände zu Fäusten geballt, machte sie einen weiteren Schritt auf Doro zu. Sie waren gleich groß, fast berührten sich ihre Nasenspitzen. Zwei schöne Frauen. Die eine rothaarig, die andere schwarzhaarig. Rieke sprach immer noch leise. Sie bewegte kaum die Lippen. „Du warst immer schon eine herrschsüchtige und kaltherzige Egomanin, der andere Menschen scheißegal sind. Und das hat sich bis heute nicht geändert. Du bist nicht nur für Ulis Tod verantwortlich, sondern auch für den Tod meines Babys und dafür werde ich dich immer hassen."

Niemand sagte etwas. Alle in der Runde hielten förmlich den Atem an, als erwarteten sie, dass die beiden Frauen wie zwei Wildkatzen aufeinander losgehen würden. Doch Rieke trat einen Schritt zurück. Es schien, als erwache sie aus einer Trance. Sie schaute die anderen an. „Tschuldigung." Sie hob in einer hilflosen Geste die Hände und ließ sie wieder fallen. „Ich will keine schlechte Stimmung machen. Ich habe etwas schwache Nerven. Mir geht's nicht besonders gut in letzter Zeit und diese Sache mit Uli ist kein gutes Thema für mich im Moment."

„Dann lassen wir das doch einfach", sagte Doro leichthin. Sie hatte sich Riekes Vorwürfe angehört, ohne mit der Wimper zu zucken. „Ich schlage vor, Frederik macht mit euch noch einen kleinen Spaziergang durch die Felder und ich kümmere mich um die Lammkeule und den Feuerkorb."

„Das klingt doch gut", meinte Lorenz. Er klang erleichtert. „Übrigens, in dem Sperrmüll vorm Haus, habe ich vorhin im Vorbeigehen einen alten Baseballschläger gesehen. Kann ich den für meinen Sohn mitnehmen? Der hätte Spaß daran."

„Klar", sagte Frederik. „Das ist lauter Krempel von den Leuten, die hier vorher gelebt haben. Ich habe das Zeug neulich vom Dachboden geschleppt. Kannst du gerne mitnehmen, das Ding."

Als sie an dem Gerümpelhaufen vorbei kamen, zog Lorenz den Schläger zwischen zwei muffig riechenden Matratzen und einem verbogenen Lampenschirm hervor. Spielerisch ließ er das Holz durch die Luft sausen.

Doro schaute der Fünfergruppe nachdenklich hinterher.

– 5 –

„Du hast also zwei Kinder?“ Katharina griff nach ihrem Weinglas.

„Ja“, antwortete Lorenz. „Zwei Kinder – und ein Einfamilienhaus“, fügte er mit einem ironisch klin genden Unterton hinzu.

„Was will man mehr“, sagte Rieke.

Die Stimmung hatte sich deutlich verbessert. Fröhlich schwatzend waren die Spaziergänger zurückgekehrt. Auf Riekes Wangen lag jetzt ein zartrosa Hauch und sie wirkte wieder entspannter.

Doro hatte in der Zwischenzeit die Soße für die Lammkeule zubereitet und den Tisch gedeckt. Die Teller wurden gefüllt und allen schmeckte das Essen vorzüglich. Die Gespräche drehten sich zumeist darum, wer was in der Vergangenheit gemacht hatte.

„Was war denn bei dir mit Berlin und Grafikdesign?“ Katharina schaute Lorenz fragend an.

„Beziehungsweise Karikaturist bei der Titanic? Das war doch dein Traum. Du wolltest doch ein Praktikum dort machen“, ergänzte Frederik.

„Ja, da war ich aber nicht der Einzige. Die haben mich nicht genommen. Genauso wenig wie die

Fachhochschule in Berlin, an die ich unbedingt wollte. Ich habe dann noch an einer Ausschreibung einer privaten Schule für Grafik und Gestaltung teilgenommen. Wer auf den ersten drei Plätzen landete, hat für drei Jahre ein Stipendium an der Schule bekommen. Ich war auf Platz fünf."

„So 'n Pech", meinte Manu.

„Diese Absagen haben mir ziemlich zugesetzt und ich war auf einmal gar nicht mehr sicher, ob ich wirklich so unschlagbar gut war, wie ich dachte."

„Und dann bist du auf Nummer sicher gegangen und hast Technischer Zeichner gelernt." Rieke legte als Letzte das Besteck auf ihren leeren Teller.

„Ja, genauso. Irgendwas musste ich ja machen und ich habe dann gedacht, eine Lehre wäre eine ganz gute Grundlage. Der Plan war, erst die Ausbildung zum Technischen Zeichner zu machen und es dann noch mal mit Grafikdesign zu versuchen. Dann habe ich zum Ende meiner Ausbildung meine jetzige Frau Anja kennengelernt, und wie es der Zufall wollte, suchte ihr Vater für sein Büro einen Technischen Zeichner. So ist dann eins zum anderen gekommen."

„Manchmal kommt es eben, wie es kommt", sagte Rieke.

„Ja." Lorenz wollte noch etwas hinzufügen, zögerte aber.

„Ja?“, fragte Katharina.

„Ach, ich habe gerade ein bisschen Stress mit meiner Frau. Ist nicht immer ganz einfach. Das unbezahlte Haus, der Job, die Kinder.“

Doro hatte damit begonnen, die Teller zusammenzustellen. „Da siehst du es, Rieke. Kinder sind kein Garant für ein glückliches Leben. Wir haben einige Bekannte mit Kindern und was die manchmal so erzählen, da kann man froh sein, dass man keine hat. Da bleibt einem so manches erspart.“

Rieke reagierte nicht auf diese Bemerkung, aber Frederik sagte mahnend: „Doro, lass es gut sein.“

„Ich kann nur sagen“, warf Lorenz ein, „es gibt kein größeres Wunder als die Geburt eines Kindes. Und sorry, Doro, das kann man wirklich nur beurteilen, wenn man es selbst erlebt hat.“ Er sah Rieke an. „Ich will jetzt wirklich nicht in deiner Wunde stochern.“

Rieke winkte ab. „Nein, nein ist schon gut. Ich habe kein Problem damit, dass du Kinder hast. Im Gegenteil, es freut mich für dich.“

„Ich sage das auch nur, weil man das so wirklich nicht stehen lassen kann, was Doro gesagt hat. Sicher, Kinder bedeuten viel Arbeit und kosten auch eine Menge Nerven. Aber man bekommt auch so viel zurück. Die Kinder heranwachsen zu sehen, wie sie sich entwickeln und zu eigenen Persönlichkeiten werden, das ist wunderbar. Mit nichts in der

Welt zu vergleichen und das würde ich auch nicht missen wollen."

„Jaja, Lorenz. Friede, Freude, Familienleben", bemerkte Doro spitz. „Das ist ja sooo erfüllend, da braucht man gar nichts anderes mehr, oder? Und schon gar keine intimen Abendessen bei teuren Italienern." Sie hielt inne. „Ach, was rede ich. Wie sieht's denn mit Nachtisch aus?"

„Mmh, das ist richtig lecker." Katharina kratzte den letzten Rest Himbeermascarpone aus ihrer Schüssel. Sie hatten das Thema gewechselt und die letzte Dreiviertelstunde über andere Dinge geredet. „Selbst gemacht, oder?"

„Was denkst du denn? Das sind Himbeeren aus dem Garten. Ich hatte sie eingefroren."

„Wenn du mal nicht schon eine richtige Landfrau bist, Doro", meinte Katharina und leckte ihren Löffel ab.

„Ist euch eigentlich noch warm genug?" Frederik stocherte mit einem Eisenstab zwischen den brennenden Holzscheiten herum. „Wir haben auch noch einen zweiten Feuerkorb. Wir könnten auch ins Haus gehen."

„Kalt ist es nicht." Manu gähnte und schaute auf die Uhr. „Ich bin allerdings schon ziemlich müde."

„Das macht die Landluft", sagte Doro.

„Erwartet ihr noch jemanden?", fragte Lorenz

plötzlich. Er schaute in den dunklen Garten. „Da kommt nämlich jemand den Weg entlang."

Frederik schob seinen Stuhl zurück, erhob sich und trat an den Rand der Terrasse.

Jetzt konnten alle sehen, dass eine alte Frau, die sich auf einen Gehstock stützte, auf sie zukam.

„Frau Holtmann!", sagte Frederik überrascht.

„Ja, ich bin das", sagte die alte Frau und blieb im Lichtkegel stehen, den der Terrassenstrahler auf den Gartenweg warf. Verlegen fuhr sie mit der Hand über ein paar Strähnen ihres weißen Haares, die sich aus dem Knoten an ihrem Hinterkopf gelöst hatte. Sie trug einen Rock, einen dünnen Pullover und Hausschuhe, die ihr etwas zu groß waren. „Entschuldigung, ich wollte nicht stören, aber ich muss euch doch zumindest sagen, dass ich diesen vermaledeiten Vogel gesehen habe. Es ist kein gutes Zeichen, wenn er auftaucht."

„Vogel?", frage Doro. „Was für 'n Vogel?"

Die alte Elisabeth nahm den Stock in beide Hände und stütze sich darauf ab. „Na, der Kauz. Ich habe … ich habe ihn wieder gesehen. Genau wie vor acht Jahren. Wenn er kommt, dann passiert ein Unglück."

„Einen Kauz?", fragte Frederik freundlich. „Aber die sind doch hier gar nicht so selten. Man sieht doch immer wieder mal einen."

„Aber er saß genau an der gleichen Stelle wie damals. Auf dem untersten Ast unserer ältesten

Eiche. Er saß da und schrie. Er ist ein Unglücksbote. Wenn er auftaucht, dann passiert etwas auf Drei Eichen."

„Wer ist das?", wisperte Rieke Doro zu.

Doro raunte zurück: „Das ist unsere Nachbarin. Sie ist manchmal etwas verwirrt, aber völlig harmlos."

„Das ist Zufall, Frau Holtmann. Eulen sitzen gerne im Geäst. Hier passiert kein Unglück. Kommen Sie, ich begleite Sie wieder nach drüben."

Frederik legte einen Arm um Elisabeth Holtmanns Schultern, doch sie bewegte sich nicht von der Stelle. „Ihr müsst auf euch aufpassen", sagte sie. „Ich weiß, wovon ich rede. Ich habe den Anblick von Irmchen und Karl-Heinz bis heute nicht vergessen. So viel Blut überall."

Frederik bugsierte Frau Holtmann sanft Richtung Gartentor. „Kommen Sie. Hier passiert gar nichts. Ich bringe Sie heim. Meine Güte, Sie sind viel zu dünn angezogen für dieses Wetter. Sie holen sich noch den Tod. Das wäre dann ein Unglück."

„Wovon hat sie gesprochen, um Himmels willen?" Rieke schaute Doro mit großen Augen an.

Doro winkte ab. „Sie meinte Irmgard und Karl-Heinz Reuter, die hier vor acht Jahren auf Drei Eichen ums Leben gekommen sind."

„Wie denn ums Leben gekommen?", fragte Katharina.

„Ach, das ist eine ganz tragische Geschichte. Irmgard Reuter hat ihren Mann erschlagen und sich dann mit Schlaftabletten das Leben genommen."

„Mein Gott, Doro", hauchte Rieke. „Das ist nicht dein Ernst!"

„Doch. Und so pietätlos sich das jetzt auch anhört, deshalb war der Hof überhaupt für uns erschwinglich. Der Makler hatte ziemliche Schwierigkeiten, ihn zu verkaufen. Drei Jahre hat das Anwesen leer gestanden. Ich habe es von der Erbschaft meiner Eltern gekauft. Sie sind kurz hintereinander gestorben, als ich Anfang dreißig war. Ich wollte weder die Apotheke noch die Immobilien behalten."

„Wieso hat die Frau ihren Mann umgebracht?" Manu hob schaudernd die Schultern und zog den Reißverschluss ihrer Fleecejacke bis obenhin zu.

„Als wir hierher zogen, haben uns die Leute im Dorf die Geschichte natürlich ausführlich erzählt. Dem alten Reuter saß die Hand wohl ziemlich locker. Es heißt, er habe seine Frau misshandelt und sie hat ihn dann in Notwehr erschlagen und sich anschließend das Leben genommen."

„Na, dann …", Lorenz hob sein Glas. „Wünsche eine angenehme Nacht auf dem Mordhof."

„Hat euch das gar nicht gestört, in ein Haus zu ziehen, wo so etwas Schreckliches passiert ist?", fragte Manu.

„Ach was …", antwortete Doro. „Das Haus ist so alt. Wer weiß, was sich hier im Laufe der Zeit noch alles zugetragen hat."

„Du hast echt Nerven, Doro", sagte Rieke.

„Aber so ist es doch. Die alte Elisabeth war mit Irmgard Reuter befreundet. Sie hat die Toten gefunden und ist seitdem nicht mehr die Alte, sagen die Leute im Dorf."

„Schlimme Geschichte. Hoffentlich habe ich keine Albträume heute Nacht", meinte Manu.

„Wie wäre es denn mit einem kleinen Schlummertrunk? Ich hab da was ganz Gutes." Doro sah fragend in die Runde. Die anderen nickten zustimmend.

In dem Augenblick kam Frederik zurück. „Habe sie in ihr Häuschen gebracht. Ich sorge dafür, dass man ihren Sohn mal informiert. Das geht nicht mehr lange gut, dass sie allein in ihrem Häuschen wohnt. Sie war völlig aufgedreht und ich musste sie erst mal beruhigen."

„Weil du gerade stehst …", sagte Doro. „Kannst du Gläser und eine Flasche von dem Selbstgebrannten herausbringen? Wir müssen die Nerven unserer Gäste wieder beruhigen."

In Katharinas Tasche läutete das Handy. Als sie das Telefon in der Hand hielt, verstummte es, fing aber gleich darauf wieder an zu klingeln. Mit einem entschuldigenden Blick in die Runde hob sie ab.

„Mama? Was gibt's?" Sie erhob sich und trat auf den Rasen hinaus.

„Gut, dass ich dich erreiche!" Edith war nur schwer zu verstehen. Im Hintergrund waren Stimmengewirr und laute Musik. „Ich habe einen Anruf von Johanns Betreuerin bekommen. Sie hat Schwierigkeiten mit ihm und sagt, dass einer von uns kommen muss. Sie sagt, er lässt sich auf nichts ein und wiederholt immer nur, dass einer von uns kommen soll. Sie klang ziemlich fertig."

„Ja, dann fahr doch hin", schlug Katharina vor, wusste aber schon, was jetzt kommen würde.

„Das geht nicht. Ich bin mit meinen Studenten unterwegs. Ich kann die jetzt nicht hier sitzen lassen. Die kennen sich ja überhaupt noch nicht aus. Das tut mir echt leid, aber du musst hinfahren."

„Mama, ich bin in Hoove. Weißt du, wo das ist?" Katharina schlang den freien Arm eng um ihren Körper. Abseits vom Feuer war es sehr kühl.

„Ich weiß, wo Hoove ist. Aber du kannst doch bestimmt noch fahren, oder? Sonst nimm ein Taxi. Das ist diese neue Betreuerin. Die kriegt das irgendwie nicht hin. Ich muss jetzt Schluss machen, ich versteh ohnehin mein eigenes Wort kaum. Also, danke und Kuss."

Katharina ging zurück und ließ fluchend das Handy in ihre Jackentasche gleiten.

„Was ist denn los?“ Lorenz schaute sie fragend an.

„Es gibt ein Problem mit meinem Bruder Johann. Wie es aussieht, muss ich hinfahren. Die Betreuerin ist neu und kommt nicht klar.“

„Kannst du denn noch fahren?“, fragte Manu.

„Ich habe nicht so viel getrunken. Wenn du mir noch einen Kaffee machst, Doro, würde ich mit dem Auto fahren. Ich komme dann morgen zum Frühstück wieder.“

„Kaffee kommt.“ Doro stand vom Tisch auf. „Aber ganz ehrlich, Kati. Das ist schon erschreckend. Es ist noch genauso wie früher: Deine Mutter pfeift und du springst.“

Eine Viertelstunde später fuhr Katharina in ihrem weißen Polo – übernommen von ihrer Mutter, die sich den neuen Golf GTI zugelegt hatte – den unbeleuchteten Zufahrtsweg entlang. Doros Kommentar hallte immer noch in ihren Ohren. Und Katharina musste ihr recht geben. Nichts hatte sich geändert.

Sie machte das Radio an, beugte sich vor und kramte aus dem Handschuhfach eine flache Dose mit Pfefferminzpastillen hervor. Sie hatte gerade das Haus der alten Nachbarin hinter sich gelassen, als der Lichtkegel ihrer Scheinwerfer einen großen Vogel erfasste. Er segelte nur knapp über dem Boden direkt vor ihrem Auto her. Ein Waldkauz, der urplötzlich in die Dunkelheit abtauchte.

– 6 –

„Nochmals Entschuldigung, Frau Klein, für den ganzen Aufwand und dass Sie jetzt auch noch hier übernachten mussten. Also, wenn ich das gewusst hätte …"

„Ist schon in Ordnung, Frau Adam", sagte Katharina matt und massierte mit einer Hand ihren steifen Nacken. Das Sofa in Johanns WG mochte zum Sitzen okay sein, zum Schlafen war es eine Katastrophe. Sie spürte jeden einzelnen Knochen in ihrem Rücken.

„Vielleicht bieten Sie Ihre Bastelaktionen lieber nicht mehr abends an. Das bringt doch viel Unruhe mit sich", riet sie der jungen Betreuerin.

Sie standen auf den ausgetretenen Stufen vor der alten Stadtvilla, in der Katharinas Bruder seit drei Jahren in einer betreuten Wohngemeinschaft lebte.

Mona Adam zupfte an ihrem bunten Halstuch und machte ein zerknirschtes Gesicht. „Ich wollte einfach mal etwas Neues machen. An der Fachhochschule haben sie uns gesagt, dass es wichtig ist, den Bewohnern von stationären Einrichtungen immer wieder neue Angebote zu machen. Gerade Johann und seine Truppe sind so aufgeschlossen für neuen Input. Liegt bei Johann eigentlich ein Downsyndrom vor? Ich bin noch nicht dazu gekommen, in seine Akte zu schauen."

„Nein, es ist kein genetischer Defekt. Johann ist völlig gesund zur Welt gekommen, hat aber mit drei Monaten eine Hirnhautentzündung bekommen, die man zu spät erkannt hat."

„Ach so. Das ist ja tragisch." Frau Adam blickte betrübt durch ihre verstärkten Brillengläser. „Aber", sagte sie dann leichthin, „er ist ein Schatz. Ich mag ihn sehr. Er hat so ein sonniges Gemüt. Meistens jedenfalls."

„Das stimmt. Also dann. Wie gesagt, nächstes Mal vielleicht nicht erst um halb neun mit dem Basteln anfangen." Katharina lächelte der jungen Sozialpädagogin zu. „Damit ich nicht immer mitten in der Nacht kommen muss, um die Kunstwerke zu bewundern."

„Johann ließ sich leider nicht davon abbringen und Sie müssen zugeben, dass er wirklich Spaß hatte, als sie gekommen sind."

Ja, Johann hatte gestrahlt, als Katharina das Gemeinschaftszimmer betreten hatte. Auf dem ganzen Tisch verteilt lagen Dutzende grauer Filzbälle, von denen nicht einer im Entferntesten an eine Maus erinnerte. Nach einer Stunde wollte

Katharina wieder gehen, aber Johann hatte Anderes im Sinn. Er begann zu rebellieren, hielt sie am Arm fest und wurde immer lauter. Aus Rücksicht auf bereits schlafende Mitbewohner entschied sich Katharina dazu, im Wohnnest zu übernachten.

Sie streckte Mona Adam die Hand hin. „Und er ist immer noch ganz begeistert von seinen Mäusen."

Die Betreuerin schüttelte eifrig Katharinas Hand. „In Zukunft fange ich früher an, das verspreche ich Ihnen. Ach so, eins noch."

„Ja?" Katharina, die schon die Stufen hinuntergegangen war, wandte sich noch einmal um.

„Ich bin ja noch in der Probezeit. Es wäre nett, wenn Sie der Heimleitung nicht verraten, dass ich Sie zu Hilfe geholt habe."

„Nein, keine Sorge, ich sage nichts. Bis bald."

„Bis bald. Und danke."

Als Katharina schon an ihrem Polo die Fahrertür aufschloss, rief Mona Adam hinter ihr her: „Das nächste Mal machen wir was mit Ton!"

Zügig fuhr Katharina den Schifffahrter Damm stadtauswärts. Abgeerntete Felder und trostlose braune Äcker flogen an ihr vorbei. Auf der Straße war kaum etwas los. Dicke robbengraue Wolken wälzten sich am Himmel entlang. Noch war es trocken, aber der Regen lag bereits in der Luft. Ein frischer Wind ließ die braunen, vertrockneten Blätter am Straßenrand in kleinen Wirbeln vom Boden abheben.

Katharina hatte sich zu Hause frisch gemacht und umgezogen. Dann hatte sie beim Bäcker Brötchen gekauft, die jetzt das ganze Auto mit ihrem unwiderstehlichen Duft erfüllten.

Während der Fahrt nach Hoove gingen ihr noch einmal die Gespräche vom Vorabend auf Drei Eichen durch den Kopf. Plötzlich schoss ein Erinnerungsfetzen durch ihr Bewusstsein. Eine Bemerkung, die ihr eigenartig vorgekommen war. Aber es wollte ihr gerade nicht einfallen, wer diese Anmerkung gemacht hatte und um was es ging.

Als sie auf den Hof von Drei Eichen fuhr, war es ihr immer noch nicht eingefallen.

Hinter den Sprossenfenstern des Bauernhauses regte sich noch nichts. Wer weiß, wie viele Absacker gestern Abend noch über den Tisch gegangen waren. Katharina ging quer über den Vorhof Richtung Haustür. Unter ihren Füßen knackten der Kies und die Eicheln, die nachts heruntergefallen waren.

Das Haus mit seinen massiven verblichenen Fachwerkbalken und den Rosenstöcken an den Hausecken strahlte eine unerschütterliche Ruhe aus. Es schien gut beschützt von den mächtigen

Eichen, deren weitverzweigtes Geäst bis über den Dachfirst reichte. Trotz der hässlichen Geschichte vor acht Jahren umgab es eine friedvolle Atmosphäre. Nachvollziehbar, dass Frederik hier nicht mehr weg wollte.

Auf halbem Weg nahm Katharina eine Bewegung aus den Augenwinkeln wahr und wandte den Kopf. Eine der drei Hofkatzen kam aus Richtung der ehemaligen Scheune angelaufen und kreuzte Katharinas Weg. Ihr buschiger Schwanz ragte kerzengerade in die Luft. Ohne Katharina eines Blickes zu würdigen, lief sie an ihr vorbei. Was hatte sie so beunruhigt?

Gerade wollte Katharina den Blick wieder nach vorne richten, da erregte etwas ihre Aufmerksamkeit. Seitlich der Scheune befand sich der Abstellplatz für die Mülltonnen, ein quadratischer, mit Waschbetonplatten gepflasterter Platz, nicht groß, etwa dreimal drei Meter. Und vor den Mülltonnen lag etwas. Nein, nicht etwas. Jemand!

Katharina zog scharf die Luft ein. Sie ging auf die zusammengekrümmte Gestalt zu. Als Erstes erkannte sie die Haare. Wie ein schwarzer Vorhang bedeckten sie Gesicht und Nacken. Doros Haare. Nicht mehr seidig und glänzend wie gestern Abend, sondern zerzaust und eigenartig verklumpt. Katharina kroch gefühlt das Herz bis in den Hals. Sie machte noch ein paar Schritte, stand jetzt genau vor Doro und schaute auf sie hinunter. Der Boden unter ihren Füßen schien sich plötzlich zu bewegen. Er kippte von einer Seite auf die andere wie ein Wackelbrett auf dem Spielplatz und sie musste sich an einer der Mülltonnen festhalten. Beinahe hätte sie die Brötchentüte fallen lassen.

Doros Kopf lag in einer Blutlache. Aber das war nicht alles. Der Kopf war als solcher kaum noch zu erkennen. Er war völlig deformiert. Blut, Gehirnmasse und Knochensplitter hatten sich zu einem Brei vermischt. Katharina biss sich auf die Lippe und bohrte die Fingernägel in die Handflächen. Sie bekam trotz ihrer beruflichen Professionalität Schwierigkeiten mit der Atmung. Jemand hatte Doro brutal den Schädel zertrümmert.

Schreckensbleiche Gesichter. Augen so groß wie Teiche. Seit einer Viertelstunde saßen Frederik, Lorenz, Rieke und Manu um den Küchentisch herum. Katharina lehnte am Küchenfenster und blickte immer wieder auf den Hof hinaus.

Sie hatte – noch während sie auf Doro starrte – ihr Handy aus der Tasche gekramt und ihren Chef angerufen. Danach war sie mit weichen Knien zurück zum Haus gewankt und hatte solange auf die Klingel gedrückt, bis Frederik schlaftrunken geöffnet hatte. Zunächst verstand er nicht, was Katharina sagte. Sie hielt seinen Arm umklammert und redete auf ihn ein. Aber was sagte sie denn da? Etwas Furchtbares sei mit Doro passiert, die da hinten liege. Sie habe ihren Chef schon angerufen und sie wolle die anderen wecken. Frederik starrte Katharina an. Absurderweise kam ihm Penelope in den Sinn, die Katze, die ihnen im Sommer zugelaufen war. Katharinas Augen hatten die gleiche Farbe. Plötzlich realisierte sein Hirn, was sie sagte. Er riss sich los und stürmte an ihr vorbei auf den Hof.

„Nein! Tu das nicht!“, brüllte Katharina hinter ihm her und lief ihm nach. Doch es war zu spät. Als sie Frederik erreichte, sackte er mit vom Schock geweiteten Augen vor Doro auf die Knie, sah auf sie hinunter und streckte die Hand aus.

Katharina riss ihn an den Schultern zurück. „Nein, nichts anfassen!“, schrie sie ihn an. Frederik fing sich mit einem Arm ab. Er drehte sich zur Seite und erbrach gelbliche Magenflüssigkeit. Dann ließ er sich von Katharina ins Haus zurückführen.

Die anderen wollten sich auch mit eigenen Augen davon überzeugen. Doro tot? Erschlagen? Das konnte einfach nicht sein. Katharina ging mit ihnen in den Hof und beschwor sie, genügend Abstand zu halten. Aber das war nicht nötig. Aus einigen Metern Entfernung starrten sie fassungslos zu Doros Leiche hinüber. Rieke wandte sich als Erste ab. Steifbeinig und mit gesenktem Kopf ging sie zum Haus zurück.

„Wie kann das passiert sein?“ Manu hob beide Hände in die Luft und ließ sie wieder auf die Tischplatte sinken. „Wer macht so etwas? Ich meine, sie ist ermordet worden! Auf ihrem eigenen Grundstück und wir alle waren keine hundert Meter entfernt. Das ist doch …“ Sie verstummte.

„Manu hat recht“, sagte Lorenz. „Es kommt einem so … so … unwirklich vor, unfassbar. Ich denke die ganze Zeit, gleich kommt sie durch die Küchentür.“

Frederik hatte die Arme auf dem Tisch abgestützt, den Kopf gesenkt und die Hände in seinen Haaren vergraben. Als er aufschaute, standen sie zu allen Seiten ab. „Nein, Lorenz“, sagte er mit tonloser Stimme. Sein Blick wirkte seltsam entrückt. „Sie kommt nicht wieder. Sie ist tot. Ich habe ihren Kopf gesehen. Es sah schrecklich aus. Alles rot und da war noch was anderes. Etwas, das aussah wie …“ Frederik legte die Hände vor sein Gesicht.

Rieke erhob sich, zog ihren Stuhl näher an Frederik heran und legte ihren Arm um seine Schultern. Als würde sie ein kleines Kind trösten, dachte Katharina.

„Uli!“, sagte Manu unvermittelt. „Was, wenn ich mich nicht getäuscht habe, er noch lebt und Doro umgebracht hat?“ Sie sah die anderen aufgeregt an. „Das kann doch sein, oder nicht? Vielleicht wollte er sich rächen.“

„Manu, jetzt hör doch mal mit diesem Uli-Gequatsche auf", fuhr Lorenz sie an. „Ich finde, du solltest auch gleich, wenn Katharinas Kollegen hier sind, gar nicht erst davon anfangen."

„Wieso denn nicht?"

„Weil sie fragen werden, welchen Grund er haben könnte, Doro umzubringen. Und was willst du ihnen dann sagen?"

Manu überlegte. „Aber stell dir vor, er war es wirklich, den ich gesehen habe! Er könnte der Mörder sein, er hätte ein Motiv. Wir können doch nicht einen möglichen Täter unterschlagen. Und außerdem: Wenn er es war, dann sind auch wir in Gefahr."

Lorenz schüttelte unwirsch den Kopf. „Manu, vergiss das mit Uli endlich. Der ist tot! Ich würde es mir wirklich gerne anders wünschen, aber das war ganz sicher nicht Uli, den du gesehen hast."

Katharina spähte wieder aus dem Fenster. Sie hatte die Arme vor der Brust verschränkt. Obwohl die Heizung arbeitete, war ihr kalt.

„Es ist noch viel zu früh, darüber zu spekulieren, wer das war", sagte Katharina. „Aber ihr müsst euch darauf einstellen, dass ihr ausführlich befragt werdet. Zu eurem Verhältnis zu Doro, ob euch was aufgefallen ist, ob ihr was gehört habt, ob ihr aufgestanden seid. Die werden Fingerabdrücke nehmen und …"

Manu sah Katharina erschrocken an. „Wirklich?“

„Mein Gott, Manu“, sagte Lorenz. „So naiv kannst du doch nicht sein! Natürlich werden die uns auf den Zahn fühlen. Sie werden versuchen herauszufinden, ob einer von uns Doro umgebracht hat.“

„Das ist doch völlig absurd“, sagte Rieke.

Lorenz verdrehte die Augen. „Sagt mal, versteht ihr nicht, was hier los ist? Doro wurde ermordet und wir vier waren nur einen Steinwurf vom Tatort entfernt. Wir sind sozusagen die üblichen Verdächtigen.“

„Aber warum?“, fragte Rieke. „Warum sollte einer von uns Doro umgebracht haben?“

Lorenz sah Rieke an. „Genau dieser Frage werden sie nachgehen.“ Er machte eine kurze Pause. „Und entschuldige, Rieke, dass ich das jetzt so sage, aber wenn die Polizei wüsste, was du Doro nur wenige Stunden vor ihrer Ermordung an den Kopf geworfen hast, dann würdest du die Liste der Verdächtigen anführen. Neben Frederik natürlich.“

Als sein Name fiel, schaute Frederik auf und sah Lorenz an. „Was?“

„Nun ja, es ist doch so ...“, Lorenz wandte sich an Katharina, „dass die meisten Morde von nahestehenden Angehörigen begangen werden, oder nicht?“

„Jetzt mach aber mal 'nen Punkt, Lorenz!" Manu ließ ihre geballte Faust auf den Tisch niedersausen.

Lorenz machte eine beschwichtigende Bewegung mit der Hand. „Ich sage ja nicht, dass er es war. Oder Rieke. Ich wollte nur klar machen, dass wir es theoretisch alle gewesen sein könnten. Und dass die Polizei sich dafür interessieren wird, was zwischen jedem von uns und Doro so gelaufen ist. Und was Riekes Frage nach dem Warum angeht …", Lorenz machte eine kurze Pause. „Oft steht das Motiv für einen Mord in überhaupt keinem Verhältnis zur Tat. Habe ich mal irgendwo gelesen."

„Möchte vielleicht jemand ein Glas Wasser?" Katharina hatte den Schrank über der Spüle geöffnet und holte mehrere Gläser heraus. Auf der Ablage darunter lag die unberührte Brötchentüte. „Wegen der Befragungen braucht ihr euch keine Gedanken zu machen, das ist reine Routine." Katharina stellte die Gläser auf dem Tisch ab. Dann wandte sie sich an Manu. „Wir wissen nicht, ob Uli noch lebt. Wahrscheinlich nicht. Deshalb stimme ich Lorenz zu. Lassen wir ihn außen vor und warten erst mal ab."

„Dann sage ich also auch nichts von meinem Streit mit Doro?", fragte Rieke. Ihre Hand ruhte immer noch auf Frederiks Arm.

Katharina zögerte. War das in Ordnung, was sie hier machte? Lorenz hatte natürlich völlig recht.

Ein abgelegener Hof, alte Schulfreunde als einzige Übernachtungsgäste, die Gastgeberin erschlagen. Natürlich würde sich, sofern sich nicht unmittelbar eine andere Spur auftat, der Schwerpunkt der Ermittlungen auf die Anwesenden konzentrieren. Sie hätten alle die Gelegenheit gehabt, Doro umzubringen. Also würde man nach entsprechenden Motiven suchen. Durfte sie dafür sorgen, dass ein Streit, wie Rieke und Doro ihn gehabt hatten, unerwähnt blieb? Nur damit die Geschichte mit Uli nicht publik würde?

Doch, das konnte sie. Sie war sicher, dass keiner der vier Doro den Kopf zertrümmert hatte. Also spielte so eine Auseinandersetzung auch keine Rolle.

Sie nickte Rieke zu. „Lassen wir es fürs Erste auf sich beruhen."

Manu zuckte mit den Schultern. „Wie ihr meint. Ich bin mir zwar ziemlich sicher, dass das Uli war, aber einen Eid drauf schwören würde ich nicht". Sie machte eine kurze Pause. „Aber vielleicht geht ja Folgendes. Kati, du könntest doch zumindest mal mit Ulis Eltern reden. Fahr zu denen und horch sie aus. Du kannst doch so etwas. Wenn Uli uns alle verarscht haben sollte und er ist gar nicht ertrunken, dann wissen sie wohl davon. Vielleicht verraten sie sich durch irgendeine Bemerkung. Es wäre zumindest einen Versuch wert."

Katharina sah Manu nachdenklich an. Sie hatte in der Vergangenheit immer wieder darüber nachgedacht, ob Uli vielleicht gar nicht ertrunken war. Hatte sich ausgemalt, er wäre unbemerkt zum Ufer geschwommen und hätte sich aus seinem alten Leben abgesetzt. Denn Manu hatte recht mit dem, was sie vor einer Weile gesagt hatte. Mit Ulis Elternhaus hatte was nicht gestimmt. Genauer gesagt mit seinem Stiefvater. Es gab Gerüchte von Striemen an seinen Beinen und blauen Flecken an den Oberarmen. Aber Katharina konnte sich an niemanden erinnern, der das bestätigen konnte. Sie selbst hatte nie etwas Auffälliges an Ulis Körper gesehen. Aber sie hatte auch nicht bewusst darauf geachtet.

Manu schien so felsenfest davon überzeugt, Uli gesehen zu haben. Vielleicht sollte sie tatsächlich einmal mit Ulis Eltern reden, allein schon aus dem Grund, damit Manu Ruhe gab.

„Ich schau mal, was sich machen lässt“, versprach sie und schaute wieder auf den Hof hinaus. Ein Seufzer der Erleichterung entfuhr ihr, als sie sah, dass drei dunkle Autos und ein Notarztwagen auf den Hof fuhren.

– 7 –

„Wenn ich Sie dann alle richtig verstanden habe, hat keiner von Ihnen irgendwas gesehen oder gehört, geschweige denn ist in der Nacht im Hof gewesen?“ Klaus-Dieter Franke, Leiter des Münsteraner Kriminalkommissariats 11, lehnte an der Wand und schaute zu der Gruppe am Küchentisch. Einvernehmliches Kopfnicken.

„Ich muss Sie alle dennoch bitten, sich heute Nachmittag zu einer etwas ausführlicheren Befragung im Polizeipräsidium einzufinden. Meine Kollegin, Frau Mertens, sagt Ihnen gleich noch die genaue Uhrzeit und die Adresse.“ Eva Mertens lächelte freundlich in die Runde.

„Katharina, komm doch bitte mal mit raus.“ Sie verließ mit ihrem Chef die Küche. Im Hof drehte er sich zu ihr um. Der Mann war groß, fast ein Meter neunzig, mit der Statur eines Marathonläufers. Das von vielen Falten durchzogene Gesicht, die hängenden Wangen und seine braunen Hundeaugen ließen ihn gutmütig und leicht vertrottelt wirken. Aber Klaus-Dieter Franke, den im Büro alle nur KD nannten, war weder das eine noch das andere.

Sein Ruf als exzellenter Mordermittler reichte weit über Münster hinaus. Katharina hatte schon während ihrer ersten Jahre in Köln von ihm gehört.

„Deine Freunde da drinnen wirken alle ziemlich von der Rolle. Dr. Schmidtmann sollte ihnen vielleicht mal etwas Schönes spendieren."

Katharina schaute an KD vorbei zur Scheune hinüber. Der Notarzt stand mit einem silbernen Aluminiumkoffer in der Hand einige Meter von Doro entfernt und unterhielt sich mit Tatjana Peitz, der Gerichtsmedizinerin.

„Ja, ein bisschen was für die Nerven wäre bestimmt nicht schlecht, ich könnte auch was vertragen", erwiderte Katharina. Sie sah, wie Dr. Schmidtmann auf sie zukam.

„Euch ist auch klar, dass ihr mich nicht gebraucht hättet", sagte er. „Eindeutiger geht es ja nicht. Und ich lag gerade so schön mit meiner Frau im Bett."

„Jaja, du kannst gleich wieder zu ihr unter die Decke kriechen", sagte KD. „Geh aber noch mal zu den Herrschaften hinein und checke, ob da gleich einer kollabiert. Und schau dir mal den Ehemann an, der wirkt so richtig neben der Spur."

Katharina konnte den Blick nicht vom Tatort abwenden. Von idyllischer Landhausatmosphäre war nichts mehr zu spüren. Die Autos der Kollegen standen nachlässig abgestellt in der Hofeinfahrt.

Der Notarztwagen hatte schräg davor geparkt. Das Blaulicht war noch an und blinkte in hypnotisierender Regelmäßigkeit auf.

Die Beamten der Spurensicherung wirkten in ihren weißen Overalls wie Figuren aus einem futuristischen Comic. Hier und da hatten sie dreieckige Fähnchen zwischen die Betonplatten und in den Boden gesteckt, auf denen Nummern standen. Einer pinselte den Deckel der Mülltonne mit Eisenpulver ein. Ein anderer kniete vor Doro und machte mit einer Kamera Nahaufnahmen. Katharina konnte das trockene Klicken hören. Tatjana Peitz stand jetzt direkt neben Doro und sprach etwas in ein Diktiergerät.

„Der Anblick ist wirklich übel", sagte KD. Er war Katharinas Blick gefolgt. „Da muss jemand total ausgerastet sein, womit wir schon einen ersten Hinweis auf den Täter hätten."

„Du meinst eine Beziehungstat?"

„Die Brutalität spricht jedenfalls dafür", sagte KD. „Und da drinnen", er deutete mit dem Zeigefinger zum Haus, „sitzen drei Freunde und ein Ehemann."

„Aber die vier müssen ja nicht die Einzigen sein, die für eine Beziehungstat in Frage kommen."

„Natürlich nicht, aber sie scheinen die Einzigen mit einer derart hervorragenden Gelegenheit für den Mord zu sein. Alle anderen hätten zumindest erst mal zu diesem abgelegenen Gehöft anreisen müssen." KD schlug den Kragen seines Sakkos hoch. „Wenn wir die Ergebnisse der Gerichtsmedizin und der SpuSi haben und mit deinen Freunden einen etwas ausführlicheren Plausch hatten, wissen wir vielleicht schon mehr."

Katharina nickte.

„Ich habe auf dem Weg hierhin überlegt, ob ich dich überhaupt an den Ermittlungen beteiligen kann, aber du warst ja während der Tatzeit nicht vor Ort. Also sind wir da schon mal auf der sicheren Seite." KDs Hand verursachte ein kratzendes Geräusch, als er sich über sein unrasiertes Kinn fuhr. „Man könnte dir natürlich Befangenheit unterstellen, aber es wäre ja fahrlässig, deinen Kontakt zu den vieren nicht zu nutzen. Es muss dir aber klar sein, auf welche Seite du ab jetzt gehörst."

„Natürlich. Keine Sorge, ich bin professionell genug, das klar zu trennen", sagte Katharina.

„Das hoffe ich. Wir werden natürlich für die verschiedensten Tätervarianten offenbleiben, aber ganz ehrlich Katharina, mein Instinkt sagt mir, dass wir gut daran tun, die vier genau unter die Lupe zu nehmen." KD sah auf seine Armbanduhr. „Die erste Besprechung machen wir gegen vierzehn Uhr. Dann sollten schon ein paar Ergebnisse vorliegen. Tim, was gibt's?"

Tim Novak war zu ihnen getreten. Er war ein paar Jahre älter als Katharina und Eva. Ein stets gut gelaunter Typ mit kurz geschorenen Haaren und Augen in der Farbe von Eisbonbons, in denen immer ein verschmitztes Glitzern lag.

„Gar nichts gibt es, wie es aussieht, oder so gut wie gar nichts." Er nickte Katharina zu.

KD runzelte die Stirn. „Keine Indizien? Keine Spuren? Das klingt nicht gut ..."

Tim zuckte die Schultern.

„Ich geh noch mal rüber", sagte KD. „Vielleicht kann die Peitz schon was zum Todeszeitpunkt sagen. Wie gesagt, gegen vierzehn Uhr erste kurze Besprechung." Er ging mit langen Schritten Richtung Scheune.

Katharina wandte sich an Tim. „Kommst du mit rein? Ist frisch hier draußen."

—

Das Besprechungszimmer des KK 11 war repräsentativ für das gesamte Gebäude, in dem das Polizeipräsidium Münster untergebracht war. Das Baujahr, irgendwann in den 60er Jahren, ließ sich nicht leugnen. Ein schlauchartiger Raum mit niedriger Decke, Linoleumboden und senfgelben Vorhängen, in denen hartnäckig ein muffiger Geruch hing. Die beiden Whiteboards, an denen Fotos des Tatorts und der Leiche hingen, und der aufgeklappte, ultraflache Laptop, der vor KD Franke auf dem Tisch stand, wirkten in dem Raum wie Fremdkörper.

Seit einer Viertelstunde saßen sich die Mitglieder der Mordkommission an den abwaschbaren Resopaltischen gegenüber und lauschten dem Untersuchungsbericht von Tatjana Peitz. Außer Katharina, Eva und Tim waren noch die Kollegen Birgit Prigge und Hauptkommissar Jörn Kutter anwesend. Ein Praktikant der Polizeihochschule Münster, der vor allem dadurch auffiel, dass er kaum sprach, saß ebenfalls mit am Tisch.

Tatjana Peitz tippte mit dem tiefrot lackierten Nagel ihres Zeigefingers auf eine Aufnahme von Doros Kopf. „Wenn ich also nun zusammenfassen darf: Todesursache war die massive Einwirkung stumpfer Gewalt auf den Kopf. Der erste Schlag hat die Schädeldecke bereits platzen lassen und zu einer Fraktur des Schädeldachs geführt. Es ist aber nicht bei diesem einen, bereits tödlichen Schlag geblieben. Die beiden Schädelbeine und das Stirnbein sind zertrümmert, es wurde also mehrmals auf das bereits am Boden liegende Opfer eingeschlagen. Nicht alle Schläge trafen den Kopf. Auch der rechte Oberarm, das rechte Schulterblatt und der Nacken haben etwas abbekommen. Ausgeführt wurde die Tat mit der rechten Hand. Als Tatwaffe kommt ein schwerer Gegenstand infrage, mit dem es sich gut zuschlagen lässt. Leider haben wir in den Verletzungen keine Anzeichen dafür gefunden, aus was für einem Material die Tatwaffe bestehen könnte. In Frage kommt so etwas wie eine Eisenstange, Wagenheber, dicker Knüppel, irgend so was in der Art.

Die Körpertemperatur, die noch nicht vollständig eingesetzte Leichenstarre und die Optik der Totenflecken legen einen Todeszeitpunkt zwischen vierundzwanzig und zwei Uhr morgens nahe."

Tatjana Peitz legte die Papiere in ihren ledernen Aktenkoffer zurück und warf einen Blick auf ihr Smartphone. „Die ausführliche Variante bekommt ihr morgen per Mail. Ich muss auch bald los. Schwiegermutter feiert heute ihren Siebzigsten." Sie ließ den Koffer zuschnappen.

KD warf einen Blick auf den Bildschirm seines Laptops. „Die Wucht der Schläge könnte die einzige Auffälligkeit bleiben, denn wenn ich dich richtig verstanden habe, Tim, dann hat die SpuSi kaum etwas Verwertbares gefunden."

„So ist es." Tim blätterte in einem blauen Hefter. „Die Kollegen haben gründlich gearbeitet, aber sie haben nichts von Bedeutung gefunden. Der Ehemann hat kurz neben der Leiche gekniet, sie aber nicht berührt. An seiner Jeans und seinen Schuhen wurde deshalb Blut des Opfers sichergestellt. Fußabdrücke ließen sich auf den Betonplatten nicht nehmen. Auf den Deckeln der Mülltonnen befinden sich die Fingerabdrücke des Opfers und von Frederik Langner. Irgendwelche weiteren Indizien konnten am Tatort nicht gefunden werden. Genauso wenig wie die Tatwaffe. Auch im Haus oder an der Kleidung oder an den Schuhen der anderen drei Personen wurde nichts gefunden, was auf eine mögliche Täterschaft hinweisen könnte."

„Gut." KD warf einen Blick auf den Bildschirm seines Laptops. „Dann müssen wir bei der Tat an sich ansetzen. Wir suchen jemanden, der ein extrem emotionsgeladenes Motiv hatte, Dorothea Richard umzubringen. Das wird bei den anstehenden Befragungen zu berücksichtigen sein." Er sah zu Katharina hinüber. „Du hast zu Protokoll gegeben, dass es an dem Abend zu keinen nennenswerten Vorfällen gekommen ist, die möglicherweise auf eine Täterschaft hinweisen könnten. Jedenfalls nicht innerhalb des Zeitraums, in dem du auf dem Hof warst."

„Nein, da war nichts Besonderes." Weder Riekes Vorwürfe gegenüber Doro noch die Meinungsverschiedenheit zwischen Doro und Frederik hatten etwas mit Doros furchtbarem Ende zu tun und brauchten deshalb hier auch nicht erwähnt zu werden. Dessen war sich Katharina nach reiflicher Überlegung sicher.

Es klopfte an der Tür und KD's Sekretärin steckte den Kopf herein. „Herr Franke, da ist Staatsanwalt Leyendecker für Sie am Telefon und lässt sich nicht abwimmeln."

„Sagen Sie ihm, ich rufe in zwei Minuten zurück." KD klappte seinen Laptop zu. „Wir sind ja auch soweit durch. Und ihr ...", er zeigte auf sein Team, „teilt euch die Befragungen auf. Die tanzen hier ja alle gleich an. Eva und Tim, ihr übernehmt die Frauen. Jörn und Katharina, ihr sprecht mit dem Ehemann und mit Lorenz Hofmann. Birgit, du klemmst dir unseren Praktikanten unter den Arm. Ihr stattet dieser alten Nachbarin einen Besuch ab und sucht die Leute im Dorf auf. Wir werden nicht verhindern können, dass in Kürze die Presse Wind von dem Mord bekommt. Von unserer Seite werden sie aber vorerst keine relevanten Informationen bekommen. Wir werden uns ganz vornehm zurückhalten."

Eine Dreiviertelstunde später saß Katharina in einem der drei Verhörzimmer des KK 11 Frederik gegenüber. Er sah erschreckend schlecht aus. Blau–lila Schatten lagen unter seinen Augen und sein sonst so gesunder Teint hatte die Farbe von Kuchenteig.

Katharina fühlte sich auch nicht besonders wohl. Ihr Kollege Jörn zog ein ziemlich hartes Verhör durch und das war ihr unangenehm. Aber es war nicht nur das. Bereits zu Beginn der Befragung – und das würde nicht die Letzte sein – beschlichen sie Zweifel, ob es eine gute Idee war, an diesem Fall mitzuarbeiten.

– 8 –

Drei Stunden später stellte Frederik seinen VW–Transporter vor der Scheune ab. Er war froh, wieder zu Hause zu sein. Die Zeugenbefragung, so hatte es Katharinas Kollege genannt, war anstrengend gewesen. Mit einer Flasche Wasser ließ er sich erschöpft auf einen der Terrassenstühle fallen und dachte über das Erlebte nach.

Fragte man einen Zeugen tatsächlich all diese Dinge? „Hatte Ihre Frau mit irgendjemandem Ärger? Fühlte sie sich bedroht? Haben Sie in den letzten Tagen Fremde auf Ihrem Grundstück oder in der Umgebung wahrgenommen?“ Das waren Fragen, die konnte er noch nachvollziehen.

Aber als es dann darum ging, wie oft Doro und er sich in letzter Zeit gestritten hatten, ob er ihre Ehe als glücklich bezeichnen würde, ob er von einem eventuellen intimen Verhältnis Doros gewusst hatte, da kam es Frederik doch sehr so vor, als würden sie die Zeugenschiene verlassen. Und Katharinas Kollege, ein arroganter Typ mit süddeutschem Akzent und affigem Gehabe, hatte noch viele Fragen in dieser Richtung auf Lager.

Katharina selbst war eher ruhig gewesen. Sie schien sich nicht besonders wohl zu fühlen, rutschte unruhig auf ihrem Stuhl herum und tippte hin und wieder etwas in ihr Notebook. Einmal allerdings hakte sie nach, als es um die Finanzierung von Drei Eichen ging.

Katharinas Kollege interessierte es vor allem, wie man mit Anfang dreißig so eine Immobilie kaufen konnte. Frederik erläuterte die Situation mit Kaufpreis und Doros Erbschaft. Katharina fragte, ob Doro dann die alleinige Besitzerin von Drei Eichen gewesen war und er bejahte das. Ob es ein Testament zu seinen Gunsten gab, wollte sie auch wissen. Ja, gab es. Doro hatte nicht gewollt, dass sie beide als Besitzer im Grundbuch stehen. Deshalb hatte ihnen der Notar dazu geraten, die Besitzansprüche auf jeden Fall testamentarisch festzuhalten. An dieser Stelle hatte Katharina ebenfalls etwas in ihr Notebook geschrieben.

Ansonsten aber saß sie nur da und hörte zu. Irgendwann war sie aufgestanden, um Frederik einen Kaffee zu holen. Eine ungenießbare Automatenplörre, die bestens zu dem kleinen stickigen Raum passte, dessen Decke mit Sicherheit asbestverseucht war.

Frederik schüttelte den Kopf und ging ins Haus. In der Küche machte er sich zwei Käsebrote, nahm eine Flasche Bier aus dem Kühlschrank und ging damit ins Wohnzimmer.

Doro war es in dem großen Raum immer zu kalt gewesen. Wäre sie da, hätte er jetzt ein Feuer in dem gemauerten Kamin gemacht. Allein schon für die Atmosphäre. Er begnügte sich damit, den Regler der Gasheizung etwas höher einzustellen.

Frederik ließ sich auf das Sofa fallen, streifte seine Schuhe ab und schaltete den Fernseher an. Dann öffnete er die Bierflasche. Katharina hatte ihm angeboten, einen Termin mit einem Psychologen für ihn zu vereinbaren, der sich um Angehörige von Verbrechensopfern kümmerte. Aber er hatte abgelehnt. Jetzt bloß nicht auch noch mit so einem Psychofritzen reden.

Er biss in sein Brot, trank einen Schluck Bier und dann noch einen. Im Fernsehen zeigten sie eine Vorabendserie. War das Lindenstraße? Er meinte sich zu erinnern, dass die sonntags lief. Oder war die schon längst abgesetzt? Egal. Er wollte sich nur berieseln lassen. Nicht nachdenken müssen. Es würde schon irgendwie weitergehen. Auch wenn Doro nicht mehr da war. Oder gerade deswegen.

Er holte sich noch eine zweite und eine dritte Flasche Bier aus der Küche. Irgendwann streckte er sich auf dem Sofa lang aus und klemmte sich ein Kissen hinter den Kopf. Kurze Zeit später befand er sich in der Grauzone zwischen Wachen und Träumen, durchlebte eine Szene, wie sie sich vor über zwanzig Jahren abgespielt hatte.

Die Sonne stand hoch am Himmel und brannte auf seinen ungeschützten Nacken. Frederik kniete vor einem Gemüsebeet. Mit einer Harke lockerte er den Boden auf. Die Erde war staubtrocken.

„Nun mach es mir doch nicht so schwer, Frederik. Du bist doch jetzt fast erwachsen, nun benimm dich doch nicht wie ein Kleinkind. Kann ich mich jetzt vielleicht mal richtig von dir verabschieden?" Sein Vater. Er stand hinter ihm. Frederik konnte seinen Blick im Nacken spüren.

Er blickte nicht hoch. „Ja, klar können wir uns verabschieden. Tschüss."

Sein Vater seufzte. Ging ebenfalls in die Hocke, griff Frederik unter das Kinn und zog seinen Kopf sanft zu sich. „Für mich ist das doch alles nicht leicht. Mir fällt es auch schwer, Münster zu verlassen ... und dich natürlich. Aber ich bin ja auch nicht aus der Welt. Hamburg ist sehr gut mit dem Zug zu erreichen. Du kannst dich einfach in den IC setzen und zwei Stunden später bist du bei mir."

Frederik sprang mit einem Ruck auf die Füße. „Sag mal, merkst du eigentlich noch was? Glaubst du tatsächlich, es geht mir um dich? Du bist mir doch scheißegal."

Hermann Langner hatte sich auch wieder erhoben. Erschrocken über Frederiks Heftigkeit trat er einen Schritt zurück. „Aber ..."

„Du lässt uns hängen, um zu dieser Anna zu ziehen und du glaubst wirklich, ich würde dich besuchen wollen? Es geht mir um Mama. Um das, was du ihr damit antust."

„Ich tue ihr nichts an. Es ist für uns alle besser so, glaub mir. Und ich habe es dir ja schon ein paar Mal gesagt, deine Mutter und ich haben uns schon vorher auseinandergelebt, das hat mit Anna gar nichts zu tun." Frederiks Vater fuhr sich mit dem Unterarm über seine verschwitzte Stirn.

„Ach ja? Aber bevor du die kennengelernt hast, war nie davon die Rede, dass du dich von Mama scheiden lassen willst."

„Das kannst du doch gar nicht beurteilen, Frederik."

Frederik schüttelte resigniert den Kopf, wandte den Blick von seinem Vater ab und ließ ihn durch den Garten schweifen.

Es war kein großer, aber ein wunderschöner Garten. Kein spießiger Kleingarten, mit abgezirkelten Beeten und gestutzten Sträuchern, wie die meisten ihn aus der Siedlung hier hatten. Hier wuchsen Gemüse und Blumen bunt durcheinander. Alles war üppig und dicht. Die Obstbäume spendeten Schatten und schützten die Stauden vor der Sommerhitze.

Frederiks Mutter hatte diesen Miniaturbauerngarten geschaffen, und seit Frederik denken konnte, half er ihr dabei. Es machte ihn glücklich zu sehen, wie die Pflanzen wuchsen und gediehen.

Hermann Langner folgte dem Blick seines Sohnes. „Ich verspreche dir eins, ihr werdet immer in diesem Haus wohnen bleiben können. Ich weiß ja, was der Garten für euch bedeutet."

Frederik sah seinen Vater zweifelnd an.

„Ich werde euch natürlich unterstützen, finanziell meine ich", sagte Herr Langner.

„Na, hoffentlich kriegst du das hin."

Herr Langner wuschelte seinem Sohn durch die Haare. „Klar. Ich muss jetzt los. Machs gut, Großer, und ich hoffe, das war nicht ernst gemeint, dass du mich nicht besuchen willst." Der Vater wandte sich ab und Frederik wollte hinter ihm her brüllen, dass er keinerlei Absicht hegte, ihn jemals zu besuchen, aber etwas lenkte ihn ab. Ein Geräusch. Eine Melodie, drei, vier Takte, die sich immer wiederholten.

Der Traum verflüchtigte sich und Frederik öffnete die Augen. Das Licht der Stehlampe schien ihm genau ins Gesicht. Er gab dem Schwenkarm der Lampe einen Stoß und griff nach dem Telefon, dessen melodiöses Gebimmel nicht abriss. Im Display erkannte er die Nummer seiner Mutter. Natürlich, Sonntagabend, da telefonierten sie immer.

„Hallo Mama." Frederik setzte sich auf. Das Bier hatte einen fahlen Geschmack in seinem Mund hinterlassen.

„Frederik, das hat aber lange gedauert. Warst du draußen?"

„Nein, nein, ich bin eingenickt."

„Und? Gibt's was Neues? Habt ihr noch mal gesprochen? Bleibt sie bei ihren Plänen?"

„Mama, es ist etwas passiert. Etwas Furchtbares."

„Jetzt sag nicht, sie hat den Verkauf von Drei Eichen schon klargemacht. Das kann sie nicht machen! Du hast da so viel reingesteckt!"

„Mama", unterbrach Frederik seine Mutter, „Dorothea ist tot. Sie ist erschlagen worden."

„Das ist nicht dein Ernst. Komm, Frederik, mit so was macht man keinen Spaß."

„Nein, ich mache keinen Spaß. Doro ist ermordet worden, Mama, ganz im Ernst."

„Ermordet? Nein, das glaube ich nicht."

Es dauerte eine Weile, bis Frederik seine Mutter davon überzeugt hatte, was geschehen war.

„Das ist ja entsetzlich!" Frederik konnte seine Mutter vor sich sehen. Wie sie mit dem zwischen Schulter und Ohr eingeklemmten Telefon auf ihren Krücken nervös auf und ab humpelte. „Ich weiß gar nicht, was ich sagen soll. Frederik, das tut mir leid. Ich meine, ich habe mich nie gut mit ihr verstanden, das war ja kein Geheimnis, aber das ist jetzt ..., nein, das wünscht man keinem." Frau Langner hielt kurz inne. Dann stieß sie hervor:

„Das bedeutet ja, dass da ein Killer bei euch frei herumläuft und du bist ganz alleine im Haus! Hast du Polizeischutz oder so was? Ich meine, es ist so einsam auf Drei Eichen … Ich würde ja sofort kommen, aber ich kann nicht Autofahren mit meinem Bein."

Frederik hörte den Anflug von Hysterie in der Stimme seiner Mutter. Ein Gemütszustand, der immer von ihr Besitz ergriff, wenn sie sich emotional überfordert fühlte.

„Hier läuft kein Killer herum. Der Mörder ist längst über alle Berge. Du hättest das Polizeiaufgebot heute Morgen hier sehen sollen."

„Aber wenn das ein Irrer war, die denken doch nicht rational. Wer weiß, vielleicht lauert er ja doch noch da draußen irgendwo. Hast du wenigstens alles verriegelt, ihr lasst doch immer die Türen auf."

„Ich habe alles abgeschlossen, du musst dir keine Sorgen machen. Wirklich nicht. Ich bin froh, alleine zu sein, und geh gleich ins Bett."

„Mein Gott, Frederik, ich werde heute Abend kein Auge zu machen, das weiß ich jetzt schon. Ich werde was einnehmen müssen. Dieser dämliche Bänderriss. Ich würde schon längst im Auto sitzen und dann könnte ich dir beistehen."

„Nimm nicht so viele Tabletten. Das ist nicht gut. Wir können ja morgen früh noch mal telefonieren."

„Ja, auf jeden Fall. Dann ruh dich erst mal aus. Frederik?“

„Ja?“

„Ich weiß, das ist jetzt wohl nicht der richtige Zeitpunkt so etwas zu sagen, aber was den Hof angeht …“

„Mama!“

„… so wirst du ihn jetzt behalten können und das ist doch immerhin etwas Gutes!“

– 9 –

„Sie bleiben hier ja wohl nicht länger stehen!"

Die Stimme kam vom Nachbargrundstück. Katharina hatte direkt vor Ulis Elternhaus im Drosteweg 8 geparkt. Vor der Tür des Nachbarhauses stand eine stattliche Frau, neben sich eine Einkaufstasche auf Rädern. Sie trug einen langen Lodenmantel und auf ihren Haaren thronte ein Hut mit zwei kecken Federn.

„Nein, keine Sorge."

„Das geht auch nicht. Sie sehen ja, wie wenig Platz hier ist. Die Anwohner müssen ja auch noch irgendwo parken können."

Katharina blickte die Straße entlang. Der Drosteweg lag in einer gepflegten Wohnsiedlung vier Kilometer östlich der Stadtmitte. Einstöckige, grauweiß verputzte Häuser, kleine Vorgärten, sauber gefegte Bürgersteige, menschenleer. Wenn es hier irgendetwas nicht gab, dann war es ein Parkplatzproblem.

„Wie gesagt, ich bleibe nicht lange."

Die Frau brummte etwas und stieg schwerfällig die drei Stufen vor ihrer Haustür hinunter. Dabei zog sie das Einkaufsgefährt polternd hinter sich her. Als sie sah, dass Katharina das Grundstück von Ulis Eltern betrat, rief sie hinüber: „Wenn Sie zu Frau Sobowski wollen, die ist nicht da. Brauchen Sie gar nicht erst klingeln."

„Wissen Sie zufällig, wann sie wiederkommt?"

Die Nachbarin zuckte mit den Schultern. „In einer Stunde oder so." Als sei es ein besonderes Entgegenkommen, fügte sie noch hinzu: „Sie ist auf dem Friedhof." Ohne die Fremde eines weiteren Blickes zu würdigen, zog sie davon.

Katharina erinnerte sich daran, an einem kleinen Friedhof vorbeigekommen zu sein. Sie setzte sich wieder ins Auto und fuhr ein Stück den Weg zurück, den sie gekommen war. Die Straße war trocken. Die Regenschauer hatten nachgelassen, aber die Wolkendecke war dicht und grau.

Nach kurzer Zeit erreichte Katharina den Friedhof. Sie parkte direkt davor, stieg aus und öffnete das schmiedeeiserne Tor.

Sie war am Morgen kurz im Präsidium gewesen und hatte sich bei Eva für die Morgenbesprechung abgemeldet, in der es um die Ergebnisse der gestrigen Befragungen gehen sollte. Nicht ohne schlechtes Gewissen hatte sie etwas von einem kurzfristigen Arzttermin wegen ihres Rückens gemurmelt.

Eva hatte stirnrunzelnd von ihrem Bildschirm hochgeschaut. Sie war noch dabei, die Vernehmungen mit Manu und Rieke abzutippen. „Du bist gleich nicht dabei? Du weißt, dass KD so was gar nicht gut leiden kann.“

„Ja, aber da muss er durch. Jörn ist ja da und du erzählst mir nachher, was gelaufen ist.“

Der Gemeindefriedhof war überschaubar. Es gab nur einen gepflasterten Hauptweg, der auf eine Kapelle zuführte. Hinter der Kapelle breitete der einzige größere Baum auf dem Friedhof seine gewaltige Krone aus – eine Kastanie. Vom Hauptweg führten links und rechts Seitenwege ab, an denen die Gräber lagen.

Katharina ging den Hauptweg entlang. An einem Wasserhahn hantierte ein alter Mann mit einer Gießkanne. Als Katharina ihm zunickte, wandte er den Kopf ab. Hinter der Kastanie, um die kreisförmig Bänke gruppiert waren, führte der Weg weiter.

Eine Frau mit weißen dauergewellten Löckchen stand gebückt über einem Grab. Sonst war niemand zu sehen.

„Hallo?“, sagte Katharina im Näherkommen und konnte bereits den Namen Sobowski auf dem kleinen Grabstein erkennen.

Die Frau richtete sich auf und fuhr sich mit dem Handrücken über die Stirn. Sie war klein, rundlich und hatte vor Anstrengung gerötete Wangen. Das musste Ulis Mutter sein.

„Frau Sobowski?"

„Ja?"

„Entschuldigen Sie die Störung. Meine Name ist Katharina Klein. Ich bin eine …", sie zögerte für einen Moment, „eine frühere Klassenkameradin von Ihrem Sohn Ulrich. Ich weiß nicht, ob Sie sich noch an mich erinnern?"

„Mmh … nein …" Das kam gedehnt, zögerlich, als sei Frau Sobowski sich unsicher, ob sie die Frau mit den kinnlangen, braunen Locken nicht doch von irgendwoher kannte. Sie musterte Katharina. „Eine Klassenkameradin von Uli sagen Sie? Katharina Klein? Irgendwas sagt mir der Name."

Sie zog einen ihrer Gartenhandschuhe aus und schüttelte die Erde ab. „Helfen Sie mir auf die Sprünge. Ich meine, mich an Sie zu erinnern. An Ihre krausen Haare." Sie hielt kurz inne. Dann leuchtete Erkenntnis in ihren Augen auf und sie fasste Katharina eifrig am Oberarm. „Natürlich! Katharina! Sie sind ja jahrelang mit Uli zur Schule gegangen und sie gehörten zu denen, die mit am See waren, als Ulrich ertrunken ist."

„Ja, genau."

„Na, das ist ja was! Sind Sie zufällig hier? Ich habe Sie noch nie hier gesehen."

„Nein, ich bin nicht zufällig hier. Ihre Nachbarin hat mir netterweise verraten, wo ich Sie finde." Während Katharina das sagte, las sie die Inschrift auf dem Grabstein von Erich Sobowski. Er war vor zehn Jahren gestorben.

„Ach …“ Frau Sobowskis Augen weiteten sich vor Überraschung. „Was wollen Sie denn?“

Katharina hatte sich Gedanken darüber gemacht, wie sie das Gespräch am geschicktesten angehen könnte. Sie hatte beschlossen, ihr Anliegen so wahrheitsgetreu wie möglich zu schildern. Zwei Umstände wollte sie allerdings unterschlagen: Doros Ermordung und die Tatsache, dass sie bei der Polizei arbeitete. Sie wollte ja niemanden verschrecken.

„Ja, es ist so …“, begann sie. „Vielleicht erinnern Sie sich noch an Manuela Meißner. Sie war auch mit am See an dem Abend und sie hat mich vor ein paar Tagen angerufen. Sie war völlig aufgeregt, weil sie meinte, Uli in der Stadt gesehen zu haben.“ Als die Worte heraus waren, fragte Katharina sich, ob das zu direkt gewesen war. Sie ließ Ulis Mutter nicht aus den Augen, die ehrlich überrascht wirkte. „Sie hat Uli gesehen? Aber das ist doch völlig unmöglich.“

„Sie ist sich absolut sicher. Sie hat am Mittwoch in der Innenstadt auf dem Weg zum Markt einen Mann gesehen“, sagte Katharina, „und sie ist nicht davon abzubringen, dass das Uli war.“

Ein Spatz kam den Weg entlang gehüpft und tschilpte laut.

„Da man Ulis Leiche nie gefunden hat", fuhr Katharina fort, „hat mich die Sache nie wirklich losgelassen. Und jetzt kommt Manuela daher und behauptet steif und fest, sie hätte ihn gesehen. Ich habe gedacht, ich besuche Sie einfach und frage, ob Sie jemals Grund gehabt haben zu glauben, Uli könne noch leben?"

„Grund? Was für einen Grund? Uli ist ertrunken. Sie waren doch dabei!"

„Ja, das stimmt", sagte Katharina. „Er ist vor unseren Augen untergegangen, aber da man ihn nie gefunden hat, könnte er theoretisch noch leben. Und Manuela schwört, dass sie ihn gesehen hat."

Frau Sobowski hatte auch den anderen Handschuh ausgezogen. Sie stand vor Katharina und schaute sie an. Ihre Augen waren jetzt dunkel vor Schmerz. Sie flüsterte: „Uli lebt nicht mehr, glauben Sie mir. Warum hätte er denn damals verschwinden sollen? Es ging ihm doch gut. Es war alles in Ordnung."

„So ganz stimmt das aber nicht", widersprach Katharina und kam sich gleichzeitig gemein dabei vor. Aber wenn sie wirklich etwas herausfinden wollte, dann blieb ihr nichts anderes übrig, als ein wenig zu stochern.

„Entschuldigen Sie, wenn ich das über ihn sage, aber Uli war schon damals in der Schule ... auffällig. Ich meine, er war nicht der Einzige, der Blödsinn gemacht hat, aber seine Aktionen schossen irgendwie immer weit übers Ziel hinaus. Hätten wir damals nicht so einen engagierten Schülersprecher gehabt, er wäre bestimmt von der Schule geflogen. So richtig in Ordnung war das alles nicht mit ihm. Stimmt es eigentlich, dass Uli geschlagen wurde?"

Der Spatz bewegte sich jetzt ohne Scheu zwischen Frau Sobowskis Füßen und pickte in der frisch geharkten Erde herum.

„Wer sagt denn so etwas?", brauste Frau Sobowski auf.

„Es kursierten solche Gerüchte an der Schule. Es hieß, bei Ihnen auf dem Wohnzimmerschrank habe jahrelang ein Rohrstock gelegen."

„Bei uns gab es keinen Rohrstock. Das ist Blödsinn", sagte Frau Sobowski. Seitlich an ihrem Hals hatten sich hektische Flecken gebildet. „Wissen Sie, Uli war ein schwieriger Junge. Schon als kleines Kind hatten wir es nicht leicht mit ihm." Sie beobachtete den Spatz, während sie sprach. „Als Baby hat er nur geschrien, als Kleinkind hat er solche Wutanfälle bekommen, dass er keine Luft mehr bekommen hat. Sein Vater hat mich verlassen, als der Junge anderthalb Jahre war, und ist auf Nimmerwiedersehen verschwunden. Zwei Jahre später habe ich meinen zweiten Mann kennengelernt. Ich war froh, nicht mehr alleine sein zu müssen. Erich hatte einen sicheren Posten bei der LVM. Aber mit Uli ist er nie warm geworden. Auch nicht, bevor das mit Marco passiert ist."

„Marco?" Katharina konnte sich nicht erinnern, dass Uli jemals diesen Namen erwähnt hatte.

„Ich habe mit meinem zweiten Mann auch noch einen Sohn bekommen, da war Uli sechs Jahre."

„Uli hatte einen Bruder?"

„Ja. Aber er ist mit drei Monaten gestorben. Mein Mann hat Uli die Schuld an Marcos Tod gegeben."

„Im Ernst?" Katharina spürte ein Kribbeln im Nacken.

„Ich weiß, das klingt völlig verrückt."

„Warum meinte ihr Mann das?"

„Uli war von Anfang an eifersüchtig auf Marco. Er kam nicht damit zurecht, dass es jetzt noch jemanden gab, um den ich mich kümmern musste."

„Eifersucht unter Geschwisterkindern ist nicht ungewöhnlich", bemerkte Katharina.

Frau Sobowski ging nicht darauf ein. „Wie gesagt", fuhr sie unbeirrt fort, „Uli und sein Stiefvater hatten von Anfang an keinen guten Draht zueinander. Als ich Erich geheiratet habe, wurde es mit Uli noch schlimmer. Erich ging das ewige Gequengel von Uli auf die Nerven und er hat deshalb oft mit ihm geschimpft. Er hatte wenig Geduld. Uli mochte Erich nicht und dann kam auch noch das

Brüderchen, mit dem er mich teilen musste. Er war so eifersüchtig auf den kleinen Wurm."

„Wie hat sich das denn gezeigt?"

„Er hat mich ständig gefragt, wann wir das Baby wieder zurückbringen und gesagt, dass er keinen Bruder haben will … und solche Sachen. Einmal haben wir ihn dabei überrascht, wie er dem Kleinen ein Kissen auf das Gesicht gedrückt hat. Er wolle nur, dass er aufhört zu weinen, hat Uli gesagt. Mein Mann hat völlig die Kontrolle verloren. Er hat Uli geschlagen und geschüttelt. Es war schrecklich." Frau Sobowski machte eine Atempause. „Und dann lag Marco eines Morgens leblos in seinem Bettchen. Die Ärzte haben gesagt, er wäre am plötzlichen Kindstod gestorben."

„Das ist ja schrecklich", sagte Katharina.

„Zuerst ließ sich mein Mann nicht von der Diagnose der Ärzte überzeugen." Frau Sobowski starrte auf den Grabstein ihres verstorbenen Mannes. „Er war der Meinung, dass Uli Marco erstickt habe, so wie er es schon mal versucht hatte. Er bestand darauf, dass Marco obduziert wurde, um die Todesursache einwandfrei zu klären. Dabei kam dann heraus, dass Marco nicht erstickt worden ist. Und trotzdem war immer dieses Gefühl da, dass Uli was mit dem Tod von Marco zu tun hatte."

Katharina legte eine Hand auf Frau Sobowskis Arm und suchte nach passenden Worten.

„Das war sicher alles nicht einfach für Sie und Ihren Mann."

„Es war furchtbar. Und es wurde auch nicht besser. Als ich Erich kennenlernte, war er trockener Alkoholiker. Nach Marcos Tod hat er wieder angefangen zu trinken. Vor allem an den Wochenenden."

„Und wie hat sich das Verhältnis zwischen Uli und seinem Stiefvater weiter entwickelt?", fragte Katharina.

„Schlecht. Uli hat natürlich gespürt, dass er verdächtigt wurde. Mein Mann hat monatelang nur noch das Nötigste mit ihm geredet und ich stand immer zwischen den beiden. Und dann fing dieses komische Verhalten von Uli an. Er zeichnete diese seltsamen Bilder und er versteckte Dinge von uns. Haarbürsten, Kleidungsstücke, Schlüssel, Portemonnaie und so was, die wir dann irgendwo wieder gefunden haben. Er hat jedes Mal abgestritten, dass er es war. Wenn er in seinem Zimmer war, redete er viel mit sich selbst, aber in der dritten Person. Er wurde immer seltsamer, fast unheimlich. Ich wusste nicht mehr, was ich mit ihm machen sollte. Mein Mann war mir auch keine Hilfe mit seiner Trinkerei." Frau Sobowski brach ab.

„War ihr Mann vielleicht doch ab und zu gewalttätig gegenüber Uli?"

Frau Sobowski zögerte. „Erich war kein schlechter Mensch“, antwortete sie dann leise. „Er war jähzornig, das ja. Aber er war kein schlechter Mensch. Wenn er an den Wochenenden getrunken hatte, Uli wieder so komisch war und dann so freche Antworten gegeben hat, dann kam es schon mal vor, dass er sich ein paar Ohrfeigen eingefangen hat. Und, na ja, Erich hat ihn viel angeschrien und ihm viel verboten. Hausarrest und so was.“

„Haben Sie mit Uli keine professionelle Hilfe aufgesucht? Ich meine wegen dieser Zeichnungen und seinem Verhalten zu Hause."

„Doch, aber erst später, als er in die Pubertät kam und sich dann auch in der Schule so komisch benahm. Die Lehrer haben uns das auch nahegelegt. Ich bin mit ihm von Pontius nach Pilatus gelaufen. Aber richtig helfen konnte uns keiner.“

Katharina nickte und ermunterte Frau Sobowski damit, weiter zu reden.

„Ein Arzt hat Uli ein Medikament gegeben, was man Kindern gibt, die immer so zappelig sind. Ein anderer Arzt sagte uns, wir sollten einfach abwarten. Das würde sich auswachsen.“

Katharina nahm ihre Hand von Frau Sobowskis Arm. Ihr Handy vibrierte in der Jackentasche, aber sie ignorierte es.

„Als wir nachts diesen Anruf bekamen, dass Ulrich wahrscheinlich in einem Baggersee ertrunken ist, habe ich das zuerst gar nicht glauben können. Eigentlich habe ich immer damit gerechnet, dass er irgendwann wieder auftaucht. Dass er sich nur einen bösen Scherz mit uns erlaubt hat, so wie er es öfters mal angedroht hat."

„Was genau hat er denn angedroht?"

„Wir würden uns noch umschauen, hat er manchmal gesagt, wenn er eines Tages nicht mehr nach Hause kommt. Dann würde uns das alles leidtun. Es war natürlich nur trotziges Gerede, wie man das so macht in dem Alter."

Katharina fühlte sich immer unwohler, je länger Frau Sobowski erzählte. Was hatte diese Frau alles mitgemacht. Für manches davon waren sie und ihre damaligen Klassenkameraden mitverantwortlich.

„Sie glauben gar nicht, was das in mir ausgelöst hat. Bis heute mache ich mir solche Vorwürfe. Was hatten wir unserem Jungen nur angetan? Wie konnten wir ihm nur das Gefühl geben, er sei schuld an dem Tod seines Bruders? Er war doch selbst noch ein Kind. Und dann hatte ich auf einmal gar kein Kind mehr." Frau Sobowskis Augen füllten sich mit Tränen. „Wissen Sie, Katharina, was ich mich bis heute frage?"

„Nein?" In Katharina regte sich Alarmbereitschaft.

„Warum ist Uli so weit auf den See hinaus geschwommen? Sie und Ihre Freunde haben ja damals erzählt, dass er selbst darauf bestanden hat, weil es um eine Wette ging oder ein Spiel oder so was. Aber trotzdem. Uli konnte nicht besonders gut schwimmen. Er mochte im Freibad nie in den tiefen Bereich gehen. Und dann geht er im Dunkeln in einem Baggersee schwimmen? Das kann ich nicht begreifen." Frau Sobowski schüttelte den Kopf.

Katharina nagte an der Nagelhaut ihres Daumens. „Ja, also …", begann sie und nahm den Daumen vom Mund. „Es war ja auch einiges an Alkohol im Spiel."

„Ich weiß." Frau Sobowski seufzte. „Das wird es wohl gewesen sein. So haben es uns ja auch damals die Feuerwehr und die Polizei erklärt. Ein Unfall halt. Ein tragischer Unfall."

Es entstand eine Pause. Der Spatz hatte sich inzwischen auf dem Grabstein niedergelassen. Er saß da mit schief gelegtem Kopf und beäugte Katharina. Ein kleiner, aufgeplusterter Federball.

Frau Sobowski streifte sich wieder ihre Handschuhe über. „Ich muss jetzt weitermachen. Ich habe noch einen Arzttermin um zwölf. Die Astern will ich wenigstens noch einpflanzen."

„Ja natürlich. Ich will sie auch nicht weiter aufhalten. Es tut mir leid, dass ich mit meinen Fragen alles wieder aufgerührt habe. Ich hoffe, Sie nehmen mir das nicht übel."

„Aber nein. Ich kann ja verstehen, dass Sie sich überzeugen wollten, ob was an Manuelas Behauptung dran sein könnte. Aber seien Sie sicher. Uli ist tot. Das spüre ich. Damit müssen Sie sich abfinden."

Katharinas Polo mochte kein feuchtes Wetter und sie brauchte drei Anläufe, um den Motor in Gang zu bringen. Im Schritttempo fuhr sie den Drosteweg entlang. Das schlechte Gewissen rumorte in ihrem Kopf wie ein entzündeter Zahn. Aber da war noch etwas anderes. Heute Vormittag war eines klar geworden: Wenn einer Grund gehabt hatte, sich aus seinem Leben auszuklinken, dann war das Uli Sobowski gewesen.

Aber was nutzte diese Erkenntnis nun? Hatte er den Abend am See dazu genutzt, sich aus dem Staub zu machen? War er vielleicht bis zum Ufer getaucht und war dort unbemerkt, im Schutz der dichten Böschung, aus dem Wasser geklettert? Unmöglich war das nicht. Aber ist es tatsächlich so gewesen? Gleiches konnte man sich bei Manus Beobachtung fragen. Konnte es Uli gewesen sein? Theoretisch ja. Aber wie hoch war die Wahrscheinlichkeit, dass eine Verwechslung vorlag?

Ein dünner Regen hatte eingesetzt. Wassertropfen rannen seitlich der Windschutzscheibe entlang, wo die Scheibenwischer sie nicht erreichen konnten.

Eine weitere Frage beschäftigte Katharina, während sie zurück nach Münster fuhr. War es jetzt an der Zeit, KD und ihre Kollegen von Uli – lebendig oder nicht – zu erzählen? Davon, dass es jemanden geben könnte, der Grund gehabt hätte, Doro umzubringen. Könnte, hätte. Waren das nicht eindeutig zwei Konjunktive zu viel als Grundlage für seriöse Ermittlungsarbeit?

So gerne Katharina glauben wollte, dass Uli nicht gestorben war, umso absurder kam ihr das mit jedem Meter vor, den sie sich dem Präsidium näherte. Oder redete sie sich genau das nur ein, weil sie es nicht über sich brachte, über diese alte Geschichte zu reden? Davon, wie Uli wirklich gestorben war.

Katharina fuhr auf den Parkplatz des Präsidiums und quetschte sich in eine Lücke zwischen zwei Dienstwagen. Der Regen fiel jetzt dichter und sie hatte sich entschieden. Wenn es für die Ermittlungen notwendig war, würde sie davon erzählen. Aber erst dann. Noch konnte sie abwarten.

– 10 –

Angela Reiter, Rektorin der Annette-von-Droste-Hülshoff-Grundschule, stand am Fenster ihres Büros und schaute hinunter auf den leeren Schulhof. Der Regen trommelte in stupider Gleichmäßigkeit auf die beiden Tischtennisplatten.

Angela war fünfundvierzig Jahre alt. Eine schlanke Frau in Jeans mit unkomplizierter Kurzhaarfrisur und einem gewinnenden Lächeln. Erst vor drei Jahren hatte sie die Leitung der Grundschule übernommen, war aber so schnell in ihrem neuen Arbeitsumfeld angekommen, dass es ihr manchmal vorkam, als sei sie schon mindestens zehn Jahre an der Schule. Die Schulsekretärin, Frau Heuer, war ein Segen und das Kollegium loyal und aufgeschlossen gegenüber allen Neuerungen, die Angela nach und nach etabliert hatte.

Doch seit einiger Zeit gab es etwas, das ihr Bauchschmerzen bereitete. Erst hatte sie die Sache nicht weiter ernst genommen. Ein schmaler, dunkler Streifen weit hinten am Horizont, nicht weiter schwer zu ignorieren. Aber inzwischen war aus dem Streifen eine dunkle Wand geworden, um bei dem Bild zu bleiben, und die schob sich unaufhaltsam auf sie zu. Angela konnte nicht länger die Augen davor verschließen. Rieke hatte ein entsetzliches Wochenende hinter sich, das machte die Sache nicht gerade einfacher. Aber sie wollte das Gespräch auch nicht mehr länger aufschieben.

Angela stieß einen Seufzer aus, wandte sich vom Fenster ab und ließ den Blick über ihren Schreibtisch gleiten. Dort lag einiges an Arbeit. Als Nächstes würde sie sich mit der Terminplanung für die kommenden drei Monate beschäftigen müssen. Frau Heuer hatte schon letzte Woche danach gefragt.

Es klopfte hart an der Tür und ohne auf Antwort zu warten, wurde sie geöffnet.

„Rieke! Da bist du ja. Komm rein“, sagte Angela überflüssigerweise, denn Rieke war bereits eingetreten und hatte die Tür hinter sich geschlossen.

Angela war es gewöhnt, klärende Gespräche zu führen. In erster Linie mit aufgebrachten Eltern, denen sie nahelegen musste, dass es kein angemessenes Verhalten war, wenn Kinder im Unterricht mit dem Handy herumspielten oder anfingen, ihr verpasstes Frühstück nachzuholen.

Doch diesmal ging es nicht um Schüler, sondern um das Verhalten ihrer Stellvertreterin.

„Setzen wir uns.“ Angela deutete auf die Sitzecke, eine mit Baumwollstoff bezogene Couch und zwei dazu passende Sessel. Auf dem Glastischchen stand eine Flasche Mineralwasser und mehrere umgedrehte Gläser. Über dem Sofa hing ein gerahmtes Poster einer Macke-Ausstellung.

Rieke hatte auf dem Sofa Platz genommen. „Tut mir leid, dass ich dich heute Morgen so damit überfallen habe. Mit dem, was am Wochenende passiert ist, meine ich."

„Nein, nein, ich bitte dich", sagte Angela. „Das ist doch völlig in Ordnung. Das ist so schrecklich. Ich hätte auch Verständnis dafür gehabt, wenn du dich für heute krankgemeldet hättest."

Rieke nahm sich ein Wasser. „Nein, bloß nicht zu Hause sitzen. Ich glaube, da würde ich durchdrehen. Arbeiten ist genau das Richtige." Mit einer fragenden Handbewegung vergewisserte sie sich, ob Angela auch etwas trinken wollte.

Angela schüttelte den Kopf. „Rieke, es geht noch mal um Charlotte Lafar."

„Ja?"

„Ihre Mutter hat mich am Wochenende zu Hause angerufen und …"

„Oh nein, was wollte die denn schon wieder?", unterbrach Rieke.

„Es ging um das gleiche Thema wie vor ein paar Wochen. Sie ist immer noch der Meinung, dass du Charlotte weiterhin gegenüber den anderen Kindern bevorzugst. Und zwar auf eine Art, die sie als übergriffig empfindet. Sie sagt, dass das Maß jetzt voll sei. Ihre Tochter hat ihr am Wochenende erklärt, dass sie zu dir ziehen will. Du hättest gesagt, das wäre okay."

„Das habe ich im Scherz gesagt! Selbstverständlich war das nicht ernst gemeint."

„Mir ist das schon klar. Aber leider Charlotte nicht. Sie hat dich beim Wort genommen. Du kannst dir sicher vorstellen, wie das bei Frau Lafar ankam."

Rieke lächelte ein wenig selbstgefällig und Angela hatte den Eindruck, dass sie sich geschmeichelt fühlte. „Charlottes Mutter ist eine total nervige Ziege, ich kann mir schon vorstellen, dass Lottchen da manchmal weg will."

„Rieke! Es geht jetzt nicht darum, ob Frau Lafar nervig ist. Es geht darum, dass du zu deinen Schülern eine gewisse Distanz halten musst. Du kannst so etwas nicht zu einer Viertklässlerin sagen, auch nicht im Spaß. Frau Lafar ist wirklich im Kreis gefahren am Telefon. Die will sich an die Schulaufsichtsbehörde wenden."

„Soll sie doch, da wird sie nicht weit kommen. Charlotte ist ein aufgewecktes und begabtes Mädchen. Ich fördere sie eben ein bisschen."

„Es gibt noch andere aufgeweckte und begabte Kinder in der 4 b, aber es ist immer Charlotte, die die erste Geige in der Klasse spielt. Rieke, das fällt selbst mir auf. Aber vor allem merken es die anderen Kinder, die es dann zu Hause erzählen. Frau Lafar meint, dass du offenbar überhaupt nicht verstanden hast, um was es ihr bei dem letzten Gespräch ging. Vor zwei Tagen erst hat sich eine andere Mutter aus der Klasse bitter bei ihr beschwert, dass Charlotte permanent bevorzugt wird."

„Das kann ja nur die Mutter von Sophia gewesen sein. Die lebt ja in der permanenten Sorge, ihr Goldkind käme zu kurz. Du siehst, man kann es keinem Recht machen. Aber ich habe alle Kinder gleich gern."

„Das glaube ich ja. Aber trotzdem. Du musst zugeben, dass es immer Charlotte ist, die in der Klasse die Hauptrolle bei den Theaterstücken spielt, die als Einzige keine Hausaufgaben bekommt, weil sie den Tafeldienst so prima macht, die immer die Zettel austeilen darf, und so weiter …"

„Oh, du bist ja gut informiert."

„Ich sagte dir ja: Die Kinder registrieren das und sie reden drüber."

Der Ärger ließ eine leichte Röte an Riekes Hals aufsteigen. „Mein Gott, ich verstehe wirklich die Aufregung nicht. Mal beschäftigt man sich mit dem einen Kind mehr, mal mit dem anderen. Das ist doch ganz normal."

Es war, wie Angela befürchtet hatte. Rieke war einer der fähigsten Lehrerinnen an dieser Schule.

Nicht umsonst war sie ihre Stellvertreterin. Aber in diesem einen Punkt machte sie einfach dicht.

„Charlotte hat deine Daueraufmerksamkeit – und das von Anfang an, das ist doch der Punkt. Ich weiß, sie ist ein bezauberndes Kind und man kann sich ihrem Charme kaum entziehen, aber sie ist nicht deine Tochter." Angela biss sich auf die Unterlippe. Den letzten Teil des Satzes hatte sie nicht sagen wollen, das war ihr einfach so herausgerutscht. Erschrocken schaute sie ihre Kollegin an. „Rieke, das tut mir leid. Das meinte ich nicht so, ich wollte nur sagen … ich meine …"

Rieke erhob sich und starrte mit versteinertem Gesicht auf Angela hinunter. Mit mühsam beherrschter Stimme sagte sie: „Daher weht also der Wind. Weil ich keine Kinder bekommen kann, stehe ich hier unter Generalverdacht, mich Kindern anderer Leute an den Hals zu werfen oder was?"

Angela war ebenfalls aufgestanden. Sie hob beschwichtigend beide Arme. „Nein, nein. Das war blöd formuliert von mir. Entschuldigung, so meinte ich es nicht."

Riekes Kieferknochen arbeiteten. „Natürlich meinst du das so, Angela! Das ist wirklich das Letzte, und so etwas muss ich mir nicht unterstellen lassen."

Angela verfluchte sich innerlich. Wie hatte ihr das nur passieren können. „Ich meinte nur, dass du die letzten Monate ungeheurem Stress ausgesetzt warst. So etwas geht an keinem spurlos vorüber und da ist es doch klar, dass man …" Sie brach ab.

Rieke kam ganz langsam auf sie zu. Zwischen zusammengebissenen Zähnen stieß sie hervor: „Lass es einfach. Du machst es nur noch schlimmer. Lass es einfach sein."

Sie schob sich an Angela vorbei und ohne ein weiteres Wort verließ sie das Büro.

„Scheiße!", sagte Angela laut. „Scheiße, scheiße, scheiße! Das nenne ich vergeigt, Frau Reiter!"

– 11 –

„Na, was sagt der Arzt? Wie lange hast du noch?“

Katharina schaute Eva einen Moment verwirrt an. Sie waren sich vor der verglasten Eingangstür des Präsidiums in die Arme gelaufen.

„Ähm, alles gut soweit. Mit der Krankengymnastik muss ich noch weitermachen.“

„Du brauchst gar nicht erst reingehen. Wir sollen zu der Geschäftspartnerin von Dorothea fahren. Die Agentur sitzt am Hafen.“

Eva parkte den Dienstwagen schwungvoll aus und fädelte sich in den fließenden Verkehr ein. „Die anderen nehmen sich den engeren Freundeskreis vor.“

„Gab’s denn irgendwas besonders?“ Katharina warf einen Blick auf ihr Handy. Edith hatte eine Whatsapp geschickt. Sie wollte wissen, was es am Samstagabend mit Johann gegeben hatte. Katharina steckte das Handy wieder ein. Jetzt musste sich ihre Mutter mal etwas gedulden.

Eva schaltete in den vierten Gang und wechselte die Spur. „KD hat gefragt, wie man sich am Montagmorgen, während gerade beginnender

Mordermittlungen, einen Arzttermin geben lassen kann." Sie warf Katharina einen Seitenblick zu.

Als Katharina darauf nicht reagierte, fuhr sie fort: „Ansonsten sind deine Freunde dabei geblieben, dass ihnen an dem Abend und in der Nacht nichts Besonderes aufgefallen ist. Die Vernehmungsprotokolle liegen in Kopie bei dir auf dem Schreibtisch. Du kannst sie dir ja noch mal in Ruhe durchlesen. Oh, Scheiße! Das gibt's doch nicht!" Eva bremste abrupt ab.

„Mann, die fahren hier wieder mal unter aller Sau!", fluchte sie und zog an dem BMW vorbei, der inzwischen wieder auf der rechten Spur fuhr.

„Du fährst allerdings auch einen rasanten Streifen. Hier ist 50."

„Ach!", sagte Eva verblüfft. „Ich dachte, auf dem Ring sei überall 70."

„Nein, das wurde vor zwei Jahren geändert."

„Na so was", sagte Eva und trat das Gaspedal durch. „Übrigens", meinte sie nach einer Weile, „du hast tatsächlich die Party abends verlassen, weil deine Mutter angerufen hat?"

„Ja, es gab Probleme mit Johann."

Eva stöhnte auf. „Hattest du nicht erst letztens im Kling Klang gesagt, du wolltest deiner Mutter ein für alle Mal klarmachen, dass auch sie sich mal um Johanns Angelegenheiten kümmern soll?"

„Ach, das verstehst du nicht."

Eva schüttelte den Kopf. Ihr hochgebundener, blonder Pferdeschwanz schwang energisch von einer Seite zur anderen.

„Nee, das verstehe ich auch nicht."

Zehn Minuten später bogen sie vom Hansaring in eine kleine Nebenstraße ein, die zum Hafen führte. Die Gegend rund um den ehemaligen Binnenhafen, wo früher Kohle verladen wurde, hatte sich in den letzten zwei Jahrzehnten stark verändert. Die alten Industriegebäude wurden entweder abgerissen, um modernen, gradlinigen Bürobauten aus Glas und Stahl zu weichen, oder sie waren kernsaniert worden und beherbergten jetzt Cafés, Bars und Restaurants, aber auch Ateliers, Agenturen und Firmen aus dem IT-Bereich.

Die Werbeagentur von Dorothea befand sich am Ende der Hafenstraße in einer ehemaligen Lagerhalle. Es gab zwei Eingangstüren. Eine führte zu einer spanischen Tapasbar im Erdgeschoss. Neben der anderen war an der Hauswand ein Firmenschild angebracht. Unter zwei gekreuzten roten Rosen stand: Red Roses – Werbung und Public Relations.

Katharina drückte auf den unauffälligen Klingelknopf aus gebürstetem Edelstahl.

Ein Summen ertönte und die Tür ließ sich öffnen. Eine Treppe führte durch ein kahles Treppenhaus nach oben. Es roch nach feuchtem Zement. Im ersten Stock angekommen, betraten Katharina und Eva durch eine Milchglastür die Agentur.

„Wow! Das ist ja mal ein cooler Arbeitsplatz. Absoluter Hammer!“ Eva sah sich beifällig in dem loftartigen Raum um. Stahlträger, unverputzte Backsteinwände und eine Fensterfront, die einen unverstellten Blick aufs Hafenbecken und die stillgelegten Schienen an der anderen Uferseite erlaubten. Etwas verloren wirkte ein Schreibtisch, der an der Kopfseite des großen Raumes stand. Dahinter saß eine junge Frau mit streichholzkurzen Haaren und auffälligen Ohrclips, die ihnen routiniert zulächelte. Man sah ihr förmlich an, dass sie dachte: Ihr beide habt hier heute keinen Termin und ihr bekommt auch keinen.

„Guten Tag“, sagte Katharina. „Kripo Münster, die Kommissare Mertens und Klein. Wir würden gerne Hylia Gülan sprechen.“ Katharina hielt der Sekretärin ihren Ausweis entgegen.

Das Lächeln der Angestellten bekam etwas Maskenhaftes. „Aber wieso? Ich meine … äh … warum denn? Frau Gülan führt gerade ein wichtiges Telefonat.“ Sie zeigte auf eine der beiden Türen in ihrem Rücken.

So cool, wie du aussiehst, bist du ja gar nicht, dachte Katharina. „Ich fürchte, sie wird das Telefonat unterbrechen müssen. Sagen Sie ihr bitte, dass wir hier sind und dass wir sie sofort sprechen müssen. Es geht um Frau Richard."

Die junge Frau schaute Katharina mit großen Augen an. „Ist was mit Frau Richard? Ist ihr was passiert? Sie ist nämlich noch nicht hier und das passt gar nicht zu ihr. Sie hatte einen Termin mit einem Premiumkunden heute früh und sie ist nicht an ihr Handy gegangen und zu Hause habe ich auch niemanden erreicht ..."

„Frau Gülan kann Ihnen das später erzählen. Jetzt sagen Sie bitte Bescheid, dass wir sie sprechen müssen."

„Ja, ja natürlich."

Die Sekretärin erhob sich und zupfte an ihrer schwarz-weißen Retrobluse. Zaghaft klopfte sie an die Bürotür, betrat das Zimmer und schloss die Tür hinter sich. Es vergingen nur wenige Sekunden, bis sie wieder herauskam.

„Frau Gülan hat Zeit für Sie. Bitte." Sie hielt den beiden Kommissarinnen die Tür zu Hylia Gülans Büro auf.

Der lässige Charakter der Werbeagentur setzte sich in diesem Raum fort. Eine hohe Decke, raue Wände und ein unbehandelter Holzfußboden. Als Kontrast dazu einige wenige Büromöbel von unaufdringlicher Eleganz. Katharina schätzte Doros Partnerin auf Mitte bis Ende dreißig. Sie trug einen perfekt sitzenden, schwarzen Hosenanzug und hohe Absätze, die darüber hinweg täuschten, dass sie ziemlich klein war. Ihr Händedruck war trocken und kräftig.

„Ich hoffe, es ist nichts mit Dorothea passiert? Wir vermissen sie schon“, sagte sie und schaute abwechselnd zwischen Katharina und Eva hin und her. Zwischen ihren Augenbrauen bildete sich eine steile Falte.

Frederik war darum gebeten worden, Doros Geschäftspartnerin und ihre engen Freunde nicht über ihren Tod zu informieren. Für die Vernehmung war es immer von Vorteil, den Überraschungseffekt ausnutzen zu können und die Reaktionen der Befragten zu sehen.

„Doch leider. Vielleicht setzen wir uns.“ Katharina deutete auf mehrere Freischwinger, die locker um einen Tisch aus verchromtem Stahlrohr gruppiert waren.

„Ja, natürlich“, sagte Hylia Gülan. „Bitte nehmen Sie Platz. Möchten Sie einen Cappuccino oder ein Wasser?“

Eva strich sich eine Strähne hinters Ohr, die sich aus ihrem Pferdeschwanz gelöst hatte. „Nein, danke. Frau Gülan, es tut uns leid, aber wir müssen Ihnen leider mitteilen, dass Dorothea Richard in der Nacht von Samstag auf Sonntag auf ihrem Hof ermordet worden ist.“

„Waaas?!“

„Sie ist erschlagen worden“, sagte Katharina. „Und nehmen Sie uns diese Frage nicht übel. Wo waren Sie in der Nacht von Samstag auf Sonntag? Das ist eine reine Routinefrage.“

„Wo ich war? Ich war, also ich war …“, Hylia brach ab und sah die beiden Beamtinnen fassungslos an. Unvermittelt sprang sie von ihrem Stuhl hoch. „Mein Gott, ich kann das gar nicht glauben, was Sie da sagen.“ Ihre Hände verkrallten sich ineinander und sie machte ein paar Schritte durch das Büro. „Ich war auf der Geburtstagsfeier einer Freundin. Bis morgens um drei. Eine Cocktailparty in der Bahamas Lounge, auch hier am Hafen.“

Eva notierte sich die Angaben. Das würde sich leicht überprüfen lassen. „Wir werden alles versuchen, den Mörder zu stellen. Aber wir sind dabei auf Hilfe angewiesen. Bitte beantworten Sie uns noch ein paar Fragen. Was machte Dorothea in der letzten Zeit für einen Eindruck auf Sie? Hatte sie Probleme im geschäftlichen Umfeld oder im privaten Bereich? Hat sie Ihnen vielleicht irgendetwas anvertraut? Überlegen Sie bitte genau. Denken Sie auch an Dinge, die Ihnen nicht wichtig erscheinen. Für uns ist alles, was mit Dorothea zusammenhängt, von Bedeutung.“

Hylia Gülan setzte sich wieder. Sie zögerte. Bingo, dachte Katharina. Genau ins Schwarze getroffen. „Seien Sie bitte ganz offen, Frau Gülan. Sie hauen niemanden in die Pfanne. Wir brauchen einfach die Informationen."

Doros Geschäftspartnerin räusperte sich. „Geschäftlich könnte es zurzeit nicht besser für uns laufen. Wir haben kurz hintereinander zwei Ausschreibungen gewonnen. Richtig große Werbekampagnen, aber auch vorher lief es schon gut."

„Sonst könnte man sich so etwas", Eva deutete mit dem Arm eine Rundumbewegung an, „ja auch gar nicht leisten."

Hylia nickte. „Aber ich weiß, dass bei Dorothea in der letzten Zeit privat nicht alles rund lief."

„Ach ja?", sagte Katharina.

„Ja, und das hat sich auch etwas zugespitzt in den letzten Wochen und Tagen." Hylia hielt inne. Eva und Katharina warteten ab. „Es ist so, Dorothea und ich, wir haben zusammen studiert und dann mit achtundzwanzig den Sprung in die Selbstständigkeit gewagt. Vom Start-up-Business haben wir unsere Agentur zu einem soliden Unternehmen aufgebaut und täglich zum Teil zehn Stunden oder mehr zusammengearbeitet. Privat haben wir kaum etwas zusammen gemacht, außer vielleicht mal einen schnellen Absacker irgendwo im Hafen genommen. Aber wir waren trotzdem mehr als nur Geschäftspartnerinnen."

Hylia Gülans Augen standen jetzt voller Tränen. „Mein Gott, mir geht das wirklich an die Nieren." Sie zog die Nase hoch.

„Wir können gut verstehen, dass das ein Schock für Sie ist." Eva reichte Doros Partnerin ein Taschentuch.

„Um was ging es denn bei Dorotheas privaten Problemen?", hakte Katharina nach.

Hylia schnäuzte sich. „Sie hatte Stress mit ihrem Mann. Dorothea hatte es schon eine ganze Weile satt, am Arsch der Welt zu wohnen. Entschuldigen Sie, aber das waren ihre eigenen Worte. Für ihren Mann dagegen war der Hof sein Ein und Alles, sein Baby. Der liebt Drei Eichen mehr als mich, hat Dorothea mal gesagt."

Katharina musste an den Sommer denken, als Uli ertrank. An einem dieser wunderbar warmen, langen Abende kam Frederik zum See, schleuderte seine Tasche von sich, ließ sich neben Lorenz auf den Boden plumpsen und verkündete, dass er und seine Mutter in eine kleinere Wohnung umziehen mussten. Sie alle hatten Mitleid mit ihm gehabt. Sie wussten ja, wie wichtig ihm der Garten war. Gelegentlich war er ihnen sogar auf die Nerven gegangen, wenn er davon erzählte, was er gerade wieder Außergewöhnliches gesät, gepflanzt oder geerntet hatte.

Hylia fuhr fort: „Dorothea wollte wieder in die Stadt ziehen. Irgendwas richtig Cooles kaufen.

Aber dafür musste der Hof verkauft werden. Die Agentur läuft zwar bestens, aber wir haben auch kräftig investiert und hohe laufende Kosten. So viel Gewinn, dass man sich etwas im Kreuzviertel oder an der Promenade leisten könnte, wirft sie dann doch nicht ab. Und so weit ich weiß, ist Dorotheas gesamte Erbschaft damals in den Hof geflossen."

„Sie wollte den Hof verkaufen?", fragte Eva.

„Ja. Sie hatte auch schon einen Termin mit einem Makler gemacht. Dummerweise hat das Maklerbüro den Termin schriftlich bestätigt. Frederik hat den Brief angeblich ‚nur aus Versehen' geöffnet. Aber Doro war sicher, dass es Absicht war, weil er den Absender gesehen hat. Es gab daraufhin ein riesiges Theater. Das ist jetzt gut eine Woche her."

„Frederik wusste also vorher nichts von Dorotheas Plänen?", vergewisserte sich Katharina.

„Nicht konkret. Eigentlich wollte Dorothea ihm das etwas schonender beibringen, aber dann war es nun mal passiert."

Katharina warf Eva einen Blick zu.

„Wissen Sie, wann genau Frederik den Brief gelesen hat?"

„Das war genau vor einer Woche. Am Montag letzter Woche. Am Dienstagmorgen hat mir Dorothea davon erzählt. Sie war stinksauer darüber, dass Frederik an sie adressierte Post geöffnet hat."

Katharina und Eva stellten noch ein paar Fragen zu der Agentur, den Mitarbeitern und dem Arbeitsklima, verabschiedeten sich aber bald.

Als sie ihre Jacken schon angezogen hatten und im Begriff waren, das Büro zu verlassen, sagte Hylia Gülan plötzlich: „Ich weiß nicht, ob es wichtig ist. Aber Sie sagten ja, für Sie sei alles von Bedeutung. Da ist noch eine Sache."

„Ja?" Katharina drehte sich zu Doros Geschäftspartnerin um.

„Dorothea hat vor circa drei Monaten eine Abtreibung vornehmen lassen."

„Ach!"

„Es war aber kein großes Ding", beeilte sich Hylia Gülan zu versichern. „Sie wollten das Kind beide nicht, darüber zumindest waren sie sich völlig einig."

„Sieh mal einer an. Die Absicht, den Hof zu verkaufen, und eine Abtreibung", sagte Eva. „Nicht uninteressant."

Sie fuhren in Richtung Präsidium. „Wenn es so war, wie Frau Gülan sagt, dass beide das Kind nicht wollten, dann können wir die Abtreibung wohl vernachlässigen", meinte Katharina.

„Ja, wenn es so war."

„Dorothea hatte zu einem Leben mit Kindern eine ganz eindeutige Meinung", erklärte Katharina.

„Wir hatten das Thema Kinder auch an dem Abend. Und ich glaube, dass Frederik das genauso sah."

„Glaubst du das, oder weißt du das?"

„Er hat sich nicht weiter dazu geäußert, aber es kam mir so vor."

„Aber der bereits angeleierte Verkauf von Drei Eichen, das ist eine erste heiße Spur."

„Ja", sagte Katharina. „Wirklich dumm gelaufen mit dem Brief vom Makler."

Eine Weile herrschte Schweigen im Auto. Nur das quietschende Geräusch der Scheibenwischer war zu hören. Dann sagte Eva: „Hoffentlich überforderst du dich nicht."

„Womit?"

„Damit, dass du gegen deine früheren Freunde ermittelst."

„Ich ermittle doch nicht gegen sie."

„Ich brauche dir nicht zu sagen, dass aus Zeugen ruckzuck Verdächtige werden können, wenn sich Verdachtsmomente erst mal erhärten – und das ist bei Frederik Langner bereits der Fall. Ich könnte mir vorstellen, dass das für dich schwierig werden könnte. Du hast dich doch schon damit auseinandergesetzt, dass einer von ihnen der Täter sein könnte, oder?"

Katharina beobachtete zwei Schülerinnen auf Hollandrädern, die völlig unbeeindruckt vom Regen und ohne jeglichen Schutz gegen die Nässe nebeneinander auf dem Radweg fuhren. Da fiel es ihr ein. Die Verabredung mit Klaas! Heute war Montag! Ihre Uhr zeigte zwanzig nach vier an. Es würde knapp, aber es war zu schaffen.

„Hallo?“ Eva warf ihr einen Seitenblick zu.

„Ja, klar“, sagte Katharina. Einer von den vieren. Das war das Nächstliegende. Sie dachte an die Gesichter von Frederik, Lorenz, Rieke und Manu. Sie waren entsetzt gewesen, fassungslos. Frederik hatte Anzeichen eines Schocks gezeigt. Nein, es war keiner von ihnen gewesen. „Natürlich habe ich das.“

„Das ist auch gut so“, sagte Eva und blinkte ungehalten einen Autofahrer an, der vor ihr aus einer Parkbucht auf die Straße zog.

Zu Hause riss Katharina ihre Radlerhose und die dazugehörige Jacke aus dem Schrank. Das letzte Mal hatte sie die Klamotten im Frühjahr getragen.

Zehn Minuten hatte sie noch. Es hatte sich eingeregnet, aber Klaas ten Venne hatte bis jetzt nicht angerufen. Also würde er wohl gleich bei ihr vorm Haus stehen. Verzweifelt suchte Katharina im oberen Schrankfach nach ihrem Helm, bis ihr einfiel, dass er wahrscheinlich am Lenker hing.

Klaas wartete schon auf sie, als sie ihr Rad aus der Haustür schob.

„Hallo! Ein Landregen vom Feinsten!“ Klaas’ neongelber Helm glänzte vor Nässe.

Katharina warf einen Blick zum Himmel. „Bilde ich es mir nur ein oder wird es schon weniger?“

Klaas lachte. „Ich hatte bis zuletzt darauf gehofft, dass Sie absagen. Aber wenn wir erst mal im Wald sind, wird es besser. Übrigens, wenn wir schon gemeinsam klitschnass werden, ich heiße Klaas.“

„Katharina. Und was das Absagen angeht: Um ein Haar hätte ich unsere Verabredung vergessen. Ich habe den Kopf gerade ziemlich voll.“

Klaas schwang sich auf sein Rad. „Oh, ein neuer Fall? Erzählen Sie mir davon, Frau Kommissarin?“

– 12 –

Manu eilte schwer bepackt durch die Salzstraße, eine der beiden Fußgängerzonen Münsters. Ihre Kapuze hatte sie tief in die Stirn gezogen. Als sie kurz den Blick vom nass glänzenden Kopfsteinpflaster hob, sah sie ein paar Meter vor sich eine Frau mit einem gepunkteten Regenschirm in der einen Hand, während sie die andere in der Tasche ihres Regenmantels vergraben hatte. Sie trug schulterlanges, dunkelrotes Haar.

„Rieke!“, rief Manu.

Die Frau drehte sich um.

„Das ist ja ein Zufall!“ Manu hatte Rieke eingeholt, die den Regenschirm liftete, sodass Manu darunterschlüpfen konnte.

„Da sieht man sich zwanzig Jahre nicht und dann laufen wir uns gerade hier über den Weg. Wo ich fast nie in der Innenstadt unterwegs bin.“

„Ich auch nicht“, sagte Rieke mit Blick auf Manus prall gefüllte Stoffbeutel. „Aber heute hast du ja schwer zugeschlagen.“

„Ich war in der Bücherei, bei Rossmann und im Teeladen. Apropos Teeladen“, Manu nickte mit dem Kopf zum Café Extrablatt hinüber. „Hast du Zeit?"

„Mmh …, ach, warum nicht."

Im Extrablatt war es laut, warm und gemütlich. Sie suchten sich einen Tisch auf der Empore aus. Auf jedem der kleinen Bistrotische flackerte ein Teelicht in einem Glas.

„Mein Gott, das ist ja noch genau der gleich Style wie früher", sagte Rieke und schälte sich aus ihrem Regenmantel.

Manu studierte die Karte und entschied sich für eine heiße Zitrone. Rieke bestellte einen Milchkaffee.

Am Tisch neben ihnen saßen vier Studentinnen. Sie hatten Notizen und Hefter auf dem Tisch ausgebreitet und unterhielten sich lautstark über ihren unfähigen Professor.

„Schlimm, dieses Wetter", sagte Rieke. Sie hielt ihre Hände über die kleine Flamme. „Ich bin echt genervt. Man hat das Gefühl, es regnet nur noch."

Manu nickte. „Und?", fragte sie. „Wie geht's dir so? Wie fandest du das am Sonntag? Im Präsidium, meine ich?"

„Ich habe ein bisschen Stress in der Schule", sagte Rieke und rührte in dem Milchschaum ihres Kaffees. „Die Vernehmung war eigentlich okay. Ich habe meine Aussage gemacht, deren Fragen beantwortet und gut war's."

„Ich fand's furchtbar. Es ist genauso, wie Lorenz prophezeit hat. Die haben sich doch darauf eingeschossen, dass es einer von uns war."

„Ich weiß nicht. Ich habe keine Erfahrung mit Befragungen bei Mordfällen. Aber ich hatte den Eindruck, dass alles ziemlich sachlich und professionell war."

„Nee, den hatte ich gar nicht", widersprach Manu. „Ich meine, was sollen solche Fragen wie ‚Wussten Sie von irgendwelchen Problemen zwischen dem Ehemann und der Ermordeten?' oder ‚Wie würden Sie Ihr Verhältnis zu der Toten beschreiben?'"

Rieke zuckte die Schultern. „Katharina hat ja schon gesagt, dass die uns auf den Zahn fühlen werden und eigentlich ist es ja auch klar. Wie Lorenz schon ganz richtig bemerkt hat: Jeder von uns hätte Doro völlig unbemerkt erschlagen können."

„Aber es war doch keiner von uns. Und anstatt den wahren Mörder zu suchen, vertrödeln die ihre Zeit mit uns. Ich finde es unerträglich, unter Mordverdacht zu stehen!"

Beim letzten Satz hatte sich ihre Stimme um einige Oktaven gehoben. Die Studentinnen, die ihren Unterlagen keinerlei Beachtung mehr schenkten und stattdessen versuchten, zu viert ein Selfie hinzubekommen, schauten herüber.

„Nimm dir das nicht so zu Herzen. Die machen nur ihre Arbeit und die werden schon auch noch über uns hinaus ermitteln", sagte Rieke.

„Eigentlich ist es totaler Quatsch, denen nicht zu erzählen, dass ich Uli gesehen habe. Man könnte eine Großfahndung nach ihm auslösen. Wir verhindern, dass in diese Richtung ermittelt wird."

Rieke schaute Manu an. „Du bist dir deiner Sache wirklich ziemlich sicher, oder? Ich meine, dass du Uli gesehen hast."

Manu beugte sich zu Rieke vor. „Ja. Ich bin mir hundertprozentig sicher. Und weißt du was?"

„Was?"

„Es kann ein dummer Zufall sein, aber letzten Mittwoch habe ich ihn gesehen und seit Donnerstag bekomme ich sowohl in der Praxis als auch zu Hause Anrufe mit einer unterdrückten Nummer und niemand meldet sich, beziehungsweise es wird einfach aufgelegt."

„Du meinst, das könnte Uli sein?"

Manu lehnte sich wieder zurück und verschränkte die Arme vor der Brust. „Es kann natürlich Zufall sein, aber vielleicht sind wir auch alle in Gefahr."

Rieke trank den letzten Schluck ihres Milchkaffees. Die Studentinnen erhoben sich mit Getöse von ihren Stühlen, suchten Schals, Jacken, Handys zusammen und verließen die Empore.

„Vielleicht sollten wir einfach noch mal mit Katharina sprechen“, meinte Rieke. „Sie ist die Fachfrau. Was mich angeht, ich bin irgendwie ein bisschen overloaded im Moment. Der Stress in der Schule. Doros Tod. Mein Kopf kommt mir vor wie ein vollgestopfter Kleiderschrank, in den nicht mal mehr ein Paar Socken hineinpassen.“

„Ich will Katharina sowieso nach ihrem Besuch bei den Sobowskis fragen. Ich fände es übrigens ganz gut, wenn wir uns alle noch mal träfen. Vielleicht gehen wir zusammen was essen?“

Rieke schaute auf ihre Uhr. „Gerne. Ein bisschen Ablenkung könnte ich jedenfalls gut gebrauchen.“

„Was gibt’s denn in der Schule für ’n Ärger?“

„Ach, das kann ich gar nicht so in Kürze wiedergeben. Typischer Stress, wenn ausschließlich Frauen zusammenarbeiten.“

„Verstehe.“ Manu kramte nach ihrem Portemonnaie. „Dann wünsche ich dir, dass sich das bald legt.“

Vor dem Café verabschiedeten sie sich. Der Regen trommelte unverdrossen weiter auf den Asphalt.

Kurze Zeit später fuhr Manu mit ihrem Volvo im dichten Feierabendverkehr auf der Wolbecker Straße stadtauswärts. Nach zwanzig Minuten bog sie in die kleine Straße ab, die zu ihrem Häuschen an der Werse führte.

Als sie das erste Mal das zugewachsene Grundstück zusammen mit der Vermieterin und deren aufgeregtem Pudel betreten hatte, da wusste sie, dass das kleine, hellblau angestrichene Bootshaus mit Blick auf den Fluss ein Geschenk des Himmels war. Eine Wiedergutmachung des Schicksals, weil ihr in anderen Bereichen nicht so viel Glück vergönnt war.

Weil Manu sie an ihre Tochter erinnerte, hatte die Vermieterin ihr das Haus zu einem sehr günstigen Preis überlassen. An diesem Abschnitt der Werse standen nur noch drei weitere Häuser.

Manu hatte gerade die Haustür aufgeschlossen, als das Telefon anfing zu läuten. Sie durchquerte mit langen Schritten den Flur. Das Telefon lag auf dem Küchentresen. Sie nahm es und sah, dass im Display ‚Unbekannt' stand. Ihr Herzschlag beschleunigte sich.

„Hallo?"

Am anderen Ende herrschte Stille. Aber sie konnte jemanden atmen hören.

„Wer ist da? Uli? Bist du das?"

Klack. Höhnisch tönte das durchgehende Rufzeichen in ihrem Ohr. Entnervt knallte Manu das Gerät hin. Sie ging zurück in den Flur, schloss die Tür und sperrte zweimal von innen ab. Dann hängte sie ihre nasse Jacke im Bad über die Heizung, zog ihre Jeans aus und schlüpfte in eine Leggins. Zurück in der Küche stellte sie den Wasserkocher an und warf einen Blick aus dem Fenster. Der Garten lag im Dunkeln. Manu konnte nur noch die Umrisse der beiden Trauerweiden erkennen, die dort standen wie zwei gemütliche Riesen.

Die Gestalt, die sich etwas weiter links hinter einem dichten Busch verborgen hielt und zu ihr hinüber starrte, sah sie nicht.

– 13 –

Es hatte aufgehört zu regnen. Seit morgens um sieben Uhr war kein Tropfen mehr gefallen. Jetzt war es kurz nach elf und der Himmel zeigte sich in Weißgrau und versprach weder Sonne noch Regen. Katharina stellte ihr Auto neben Doros verwaistem Cabriolet ab.

Deren Absicht, den Hof zu verkaufen, und der Streit der Eheleute darüber waren derzeit das Einzige, wo sie mit ihren Ermittlungen ansetzen konnten. Ansonsten hatten sich weder bei den ersten Befragungen in Doros sozialem Umfeld noch im Dorf irgendwelche Anhaltspunkte ergeben. Trotzdem war ein ganzer Tag vergangen, bis Katharina sich auf den Weg nach Hoove gemacht hatte.

Sie und Eva hatten die Kollegen am Vortag über das Gespräch mit Hylia Gülan informiert.

„Ihr bleibt an dem Ehemann dran", hatte KD angeordnet. „Aber lasst ihn heute in Ruhe. Er läuft uns nicht weg. Ich erwarte heute die Abschlussberichte von Tatjana und der SpuSi. Nehmt sie euch gründlich vor. Ich halte es für wichtig, dass wir alle die Fakten im Kopf haben. Die Ausführung der Tat ist im Moment unser einziger Hinweisgeber auf den Täter."

„Oder die Täterin", präzisierte Jörn.

„Und Katharina, lies dir bitte noch mal die Aussagen der beiden Frauen und von Lorenz Hofmann durch. Wegen deines Arzttermins hast du ja gestern nicht mitbekommen, was die Kollegen darüber erzählt haben." KDs Augenbrauen hoben sich fast unmerklich. „Vielleicht fällt dir ja an der ein oder anderen Stelle noch etwas ein. Außerdem muss das Alibi der Sekretärin und der Geschäftspartnerin überprüft werden, dann können wir sie von der Liste streichen. Eva, Katharina, das könnt ihr noch übernehmen."

„Ich persönlich tippe ja auf den Ehemann", meinte Jörn. Er hob in abwehrender Geste beide Hände. „Ich weiß, ich weiß, ich bin vielleicht etwas voreilig. Aber riesen Zoff wegen des Hofs und jetzt gehört ihm der ganze Laden. Hat sich doch prima gelöst, das Problem."

„Er hat seine Frau verloren", fuhr Katharina Jörn etwas heftiger an, als sie beabsichtigte hatte. „Ich weiß nicht, ob das so eine prima Lösung ist."

„Jaja, schon gut", beschwichtigte Jörn. „Aber er hat nun mal das zwingendste Motiv."

Eva verdrehte nur die Augen.

Katharina ertappte sich bei der Besprechung einige Male dabei, dass sie kurz davor war, für Frederik eine Lanze zu brechen. Unterschiedliche Auffassungen, wie und wo man leben wollte, waren unter Paaren schließlich nicht selten. Aber sie wollte sich nicht dem Verdacht aussetzen, parteiisch zu sein.

Nun stand sie im Hof von Drei Eichen und stellte fest, dass Frederiks Transporter nicht da war. Katharina war ohne Eva unterwegs, denn KD hatte im letzten Augenblick entschieden, dass sie mit Tim zusammen zwei enge Freunde von Frederik und Doro aufsuchen sollte. Ein schwules Pärchen, das in der Innenstadt an der Promenade wohnte.

Katharina ging zu der Stelle, wo sie Doro am Sonntagmorgen gefunden hatte. Die Blutlache hatte der Regen bereits weggespült.

Wer hatte Doro so brutal erschlagen? Gedankenverloren zupfte Katharina an dem rot-weißen Flatterband, das den Tatort überflüssigerweise immer noch absperrte. War jemand nachts auf dem Hof gewesen und hatte Doro aufgelauert? Ein Fremder oder vielleicht doch Uli? Nach wie vor waren die Hinweise in diese Richtung mehr als dünn.

Eine Stimme schob sich vor diese Gedanken. Frederiks Stimme. „Ich dachte: Ich bring ihn um, ich bring diesen Typ um“, hatte er während seiner Vernehmung auf dem Präsidium freimütig erzählt, als man ihm die Frage stellte, warum er so sehr an Drei Eichen hinge. Ohne zu ahnen, dass er sich damit womöglich selbst belasten würde, hatte er offen von dem damaligen Streit mit seinem alten Herren wegen der Scheidung erzählt. „Mein Vater, dieser Arsch! Er hatte versprochen, dass wir den Garten behalten können. Hoch und heilig!"

Aber dann hatte der Unterhalt doch nicht gereicht. Frederik und seine Mutter hatten in eine trostlose Mietwohnung umziehen müssen.

Und nun, viele Jahre später, hatte Frederik sich erneut mit dem drohenden Verlust seines Heims konfrontiert gesehen. Bis Samstagnacht. Da hatte sich das Problem für Frederik ganz von selbst erledigt, wie Jörn treffend bemerkt hatte.

Gestern hatte Katharina sich viel Zeit genommen, um die Aussagen ihrer alten Freunde gründlich durchzulesen. Sie hatte die Angewohnheit, dabei sehr systematisch vorzugehen. Für jeden von ihnen hatte sie in ihrem Notebook ein eigenes Dokument angelegt und die wichtigsten Stichpunkte festgehalten. Es gab bei keinem etwas Auffälliges, sie machte das nur, um überhaupt irgendwas zu tun. Das meiste betraf den Ablauf des Abends, vor allem ab dem Zeitpunkt, wo sie nicht mehr auf dem Hof gewesen war.

Frederiks jungenhaftes Gesicht tauchte vor ihr auf. Die immer leicht verstrubbelten Haare, das

Grübchen in seiner linken Wange, das verschmitzte Grinsen. Vor einigen Wochen hatte Katharina auf YouTube ein Video der amerikanischen Rockband Three Doors Down angeschaut. Mit dem Sänger hatte Frederik viel Ähnlichkeit. Leader einer Band, ja, das hätte zu Frederik gepasst, aber ein Mörder? Katharina empfand es schon fast als Verrat, darüber auch nur nachzudenken. Und doch durfte sie die Augen nicht vor den Tatsachen verschließen. Und Tatsache war, dass sich hier ein Motiv aufgetan hatte.

Sie ließ den Blick über den Hof gleiten. Wieder empfand sie, dass das alte, unter Denkmalschutz stehende Bauernhaus, an dem der wilde Wein ungehindert bis zum Dachgiebel wuchs, etwas Heimeliges und Beruhigendes ausstrahlte.

Aber diesmal war da noch etwas anderes. Als würde sich hinter der Kulisse ländlicher Behaglichkeit etwas verbergen. Wind war aufgekommen und fuhr ins Geäst der Eichen. Es stöhnte und flüsterte in den gewaltigen Kronen.

Als sie am Sonntagmorgen auf den Hof gekommen war, hatte sie die Bäume als beschützend empfunden. Wie ein Heer von Soldaten, dazu da, den Hof von Gefahren von außen abzuschirmen. Jetzt kamen sie ihr eher bedrohlich vor. Genau wie die hohe Steinmauer und die immergrünen, dicht gepflanzten Büsche, die keinen Blick von außen zuließen. Hier konnte alles Mögliche passieren und niemand würde es mitbekommen. Und so war es ja gewesen. Vor noch gar nicht so langer Zeit – ein gewalttätiger Ehemann, ein Totschlag, ein Selbstmord.

Meine Güte, dachte Katharina, so langsam schlägt mir die ländliche Atmosphäre aufs Gemüt. Sie hatte sich vom Stall abgewandt und war auf das Haus zugegangen. Unschlüssig blieb sie stehen, als plötzlich die alte Nachbarin in Pantoffeln und Kittel auf den Hof schlurfte. Mit beiden Händen trug sie einen Kochtopf vor sich her.

„Ach, Frau Holtmann", sagte Katharina freundlich und machte ein paar Schritte auf die alte Frau zu. „Bringen Sie Essen für Frederik?"

„Ja, ich habe etwas von meinem Linseneintopf für ihn. Ist er denn überhaupt da?"

„Nein, er ist mit dem Auto unterwegs."

„Dann stelle ich ihm den Topf einfach vor die Tür. Ich habe gedacht, jetzt wo Dorothea nicht mehr da ist, kocht ja keiner für ihn Mittagessen."

Katharina konnte sich nicht vorstellen, dass Doro zu ihren Lebzeiten jemals für Frederiks Mittagessen gesorgt hatte. „Dann freut er sich bestimmt, wenn er wieder kommt", sagte sie.

„Sie sind eine Freundin, oder?", fragte die Alte und musterte ihr Gegenüber mit klugen Augen. „Sie waren an dem Abend auch auf der Terrasse."

„Ja, das ist richtig. Ich bin eine alte Freundin von früher und ich arbeite für die Polizei."

Frau Holtmann sah Katharina neugierig an. „Ach, dann sind Sie jetzt beruflich hier?"

Katharina nickte. Die alte Frau machte einen viel weniger verwirrten Eindruck, als am Samstagabend. Eigentlich wirkte sie völlig normal. Beim Besuch von Birgit und Jörn war sie wohl derart durcheinander gewesen, dass die Kollegen sie gar nicht hatten befragen können. Die Nachricht vom gewaltsamen Tod ihrer Nachbarin hatte böse Erinnerungen in ihr geweckt und einen Schock hervorgerufen. Eine Frau aus dem Dorf, die sich um die alte Dame kümmerte, hatte Birgit und Jörn höflich, aber sehr bestimmt zu verstehen gegeben, dass sie zu einem späteren Zeitpunkt wiederkommen sollten.

Als Katharina überlegte, ob jetzt wohl ein guter Zeitpunkt wäre, der alten Nachbarin ein paar Fragen zu stellen, fragte Frau Holtmann: „Möchten Sie vielleicht mit zu mir kommen und dort auf Frederik warten? Ich mache uns einen Tee."

Die Kommissarin ergriff die Gelegenheit beim Schopf. „Danke, da sage ich nicht Nein."

In Elisabeth Holtmanns Küche gewann man den Eindruck, die Zeit sei irgendwo in den Fünfzigern stehen geblieben. „Wissen Sie, dass manche Leute viel Geld für so eine originale Küche aus den Fünfzigern bezahlen würden?", fragte Katharina ihre Gastgeberin mit Blick auf das Küchenbüfett und die darüber hängende mintgrüne Küchenuhr.

Elisabeth lächelte. „Eine Bekannte sagt immer, dass mein Sohn mir endlich eine neue Küche kaufen soll, aber ich will gar keine andere." Sie klopfte auf eine der vier Kochplatten des braun verkrusteten Elektroherds. „Hier drauf habe ich fast mein ganzes Leben gekocht und er funktioniert noch immer tadellos." Sie füllte einen Edelstahlkessel mit Wasser und stellte ihn auf den Herd.

Katharina zwängte sich auf die Eckbank und sah zu, wie Frau Holtmann esslöffelweise getrocknete, dunkelgrüne Blätter in eine Teekanne füllte. „Ich hoffe, Sie mögen Tee. Einen Kaffee kann ich Ihnen nämlich nicht anbieten. Ich trinke keinen."

Katharina, die überhaupt nie Tee trank, sagte: „Ich probiere gerne mal was Neues."

Überraschend schnell kochte das Wasser und Frau Holtmann goss es in die Teekanne. Sofort verbreitete sich ein angenehmer Duft. Sie stellte die dampfende Kanne und zwei Tassen auf den Küchentisch und stützte sich dann mit einer Hand an der Tischkante ab. Die neue Hüfte machte ihr mehr Probleme als die alte. „Schrecklich, was mit Dorothea passiert ist. Ich bin immer noch ganz fertig. Aber überraschend war es ja nicht. Ich bin ja extra noch rübergegangen, wegen dieses Unglücksvogels." Sie verzog das Gesicht, als sie sich auf einen der Küchenstühle niederließ. „Am wenigsten Schmerzen habe ich, wenn ich gehe."

„Bewegung ist immer gut", bemerkte Katharina. „Leider hat Ihre Warnung Dorothea nichts genützt."

„Nein, kann ja auch nicht. Man kann sich seinem Schicksal eben nicht entziehen." Frau Holtmann schenkte Tee ein. Ein frischer, zitroniger Duft stieg Katharina in die Nase.

„Sie müssen da noch ein bisschen Honig rein machen." Die Alte war noch einmal aufgestanden.

Sie sah Katharina ratlos an. „Was wollte ich jetzt noch mal?"

„Den Honig?"

„Ach ja, richtig. Ich bin manchmal ein bisschen tüdelig. Das ist übrigens Waldhonig hier aus der Gegend."

„Wie meinen Sie das mit dem Schicksal?", fragte Katharina und rührte sich tapfer einen Löffel von dem dunklen, klebrigen Honig in den Tee.

Frau Holtmann schaute sie überrascht an. „Wissen Sie das denn nicht? Der Hof ist verflucht! Haben Dorothea und Frederik das nicht erzählt?"

„Nein, Sie haben nur von diesem schrecklichen Unglück vor ein paar Jahren erzählt und dass Sie Ihre Nachbarn damals gefunden haben."

„Genau das ist ja das!“ Frau Holtmann zog ihre schmalen Schultern hoch. „Das ist auch nur wegen des Fluchs passiert. Im achtzehnten Jahrhundert wurde auf dem Hof eine Magd verbrannt, ein junges Mädchen. Man behauptete, sie sei eine Hexe. Während ihre Kleidung Feuer fing, hat sie den Hof verflucht. Seitdem geschehen immer wieder schreckliche Dinge dort. Und es trifft vor allem die Frauen.“

„Warum gerade die Frauen? Es waren doch sicher Männer, die das Mädchen verbrannt haben.“

„Ja, aber es waren die Frauen aus dem Dorf, die sie dazu angestachelt haben. So wird es erzählt. Ihnen war die schöne Anna ein Dorn im Auge, während die Männer, na ja, wie die Kerle eben so sind. Ich weiß das alles von meiner Großmutter. Und die weiß es von ihrer und so weiter.“

„Was ist denn da sonst noch so passiert?“ Katharina nippte an dem Tee. Er schmeckte gar nicht schlecht.

„Was noch passiert ist? Das Unglück hat sich bis heute auf Drei Eichen eingenistet. Irmchen ist eine geborene Kampmann, der Hof ist seit Generationen im Besitz dieser Familie. Die Uroma von Irmchen ist von einem Ochsen totgetrampelt worden, eine ihrer Tanten wurde von ihrem eigenen Sohn aus Versehen mit dem Trecker überfahren und ihre Mutter erlitt beim Reparieren einer Außenlampe einen tödlichen Stromschlag. Es ist noch vielmehr dort geschehen, aber ich kann mich nicht mehr an alles erinnern."

„Na, das reicht ja auch schon", sagte Katharina.

„Und dann eben Irmchen, mit ihrem schrecklichen Karl-Heinz."

„Und jetzt auch noch Dorothea", ergänzte Katharina. „Haben Sie einen guten Kontakt zu ihr und ihrem Mann gehabt?"

„Sie war ja immer arbeiten. Aber Frederik ist sehr hilfsbereit. Ich kann ihn immer ansprechen, wenn ich Hilfe brauche. Wissen Sie, mein Sohn lebt in Düsseldorf. Er arbeitet viel und kann mich deshalb nur selten besuchen kommen. Aber er bezahlt meine Bekannte dafür, dass sie sich um mich kümmert, und natürlich Malwina. Sie kommt seit Kurzem zum Putzen."

„Am Samstagabend – haben Sie da außer der Eule noch etwas anderes Ungewöhnliches bemerkt? Ist vielleicht später am Abend noch ein Auto hier vorbei gefahren?"

„Nein, ich glaube nicht. Ich war noch lange wach, weil ich mir Gedanken gemacht habe. Ein Auto hätte ich gehört."

„Und gesehen haben Sie auch niemanden?"

„Nein, niemanden."

„Wussten Sie, dass Dorothea nicht mehr hier auf dem Hof leben wollte? Sie wollte ihn verkaufen."

Frau Holtmann wand sich ein wenig auf ihrem Stuhl. „Also, sie haben mit mir nicht darüber geredet. Aber ich wusste davon, ich habe sie nämlich darüber streiten hören."

„Ach, tatsächlich?"

„Ja, ich gehe jeden Tag zweimal spazieren und komme dann an Drei Eichen vorbei. Der Weg führt hinter dem Garten entlang, und auch wenn man kaum in den Garten schauen kann, weil alles so dicht bewachsen ist, kann man doch alles hören, wenn die Terrassentür auf ist und es laut wird."

„Verstehe", sagte Katharina.

„So habe ich ja auch immer Irmchens ganzes Elend mitbekommen. Ich habe ganz oft zu ihr gesagt, Irmchen, habe ich gesagt, du musst den Kerl loswerden. Jag ihn vom Hof, es ist der Hof deiner Eltern. Es ist keine Sünde, seinen prügelnden Ehemann zu verlassen. Aber sie wollte ja nicht hören."

„Und Dorothea und Frederik haben sich angeschrien?"

„Ja. Und es ging immer um den Hof. Frederik wollte sie überreden, ihm den Hof zu überlassen. Er hat sie regelrecht angefleht. Aber davon wollte Dorothea nichts wissen. Sie hat gesagt, wenn sie sich in der Stadt etwas Schönes leisten will, dann muss sie den Hof verkaufen. Sie wollte nicht irgendwo zur Miete wohnen, wie Frederik es vorgeschlagen hat."

Katharina hörte, wie draußen ein Auto am Haus vorbei fuhr. „Ich glaube, Frederik kommt zurück."

„Sie können gerne noch ein bisschen bleiben. Möchten Sie vielleicht ein paar Kekse?"

„Nein, danke. Das ist ganz lieb, aber ich muss ja auch irgendwann wieder nach Münster zurück."

„Ja, die jungen Leute haben nie viel Zeit. Dabei ist sie so ein wertvolles Gut."

Katharina trank ihren Tee aus und erhob sich. „Vielen Dank für den Tee. Ich könnte glatt zur Teeliebhaberin werden. Ich schaue bestimmt wieder bei Ihnen vorbei, wenn ich in der Nähe bin."

Zehn Minuten später saß Katharina erneut in einer Küche. Diesmal waren Herd, Kühlschrank und Küchenschränke hochmodern. Frederik hatte ihnen beiden mit dem silberglänzenden Espresso-Vollautomat einen Cappuccino mit stocksteifer Milchschaumhaube gemacht.

„Tut mir leid, dass du warten musstest. Ich habe deinen Anruf nicht mitbekommen, sonst hätte ich mich etwas beeilt."

Katharina musterte Frederik aufmerksam. Er sah deutlich besser aus als vorgestern. Er wirkte ausgeschlafen und hatte wieder eine gesunde Gesichtsfarbe. „Warst du in der Stadt?", fragte sie und tauchte den Löffel in den knisternden Milchschaum.

„Ja. Ich habe die Anmeldung für mein Gewerbe abgegeben."

„Ach", sagte Katharina überrascht, „dann machst du jetzt Nägel mit Köpfen?"

„Ich habe die Papiere schon lange ausgefüllt bei mir auf dem Schreibtisch liegen. Ich habe nur immer gedacht, es wäre geschickter, zuerst Scheune und Stall umzubauen, einen Pflanzplan zu erstellen und so weiter, und dann das Gewerbe anzumelden. Aber jetzt mache ich es umgekehrt. Wenn das Gewerbe erst mal genehmigt ist, dann werde ich mit dem Rest sicher auch ein bisschen mehr Gas geben."

„Hatte Doro also recht, als sie sagte, du kämest nicht wirklich voran mit deiner Selbstständigkeit?"

„Das war auch so ein Reizthema zwischen uns. Als wir vor sieben Jahren hierher zogen, da war der Hof total verkommen. Drei Jahre Leerstand, dass macht sich natürlich bemerkbar. Außerdem hatten die Vorbesitzer seit Jahrzehnten nichts mehr investiert. Ich habe mit ein paar Kumpels die ganze Bude komplett renoviert. Da konnte ich nicht noch nebenbei einen Hofladen aufbauen. Als wir fertig waren, da war erst mal die Luft raus bei mir. Aber ich habe Doro immer gesagt, dass ich das mit dem Hofladen angehen würde."

„Dauerte ihr wahrscheinlich alles zu lange, oder?"

„Du weißt ja, wie sie war. Immer mit einem Fuß auf dem Gaspedal, immer powern. Sie hat ständig genervt, wann es endlich losgeht und wann ich dies machen will und wann das."

„Und dann hatte sie plötzlich gar keine Lust mehr auf dem Land zu leben."

„Ja, das war dann die Krönung. Das hat sie mir vor ein paar Wochen eröffnet."

Katharina sah Frederik über den Rand ihrer Tasse an und sagte: „Sie hatte sogar schon einen Termin mit einem Makler gemacht."

Überrascht hob Frederik den Kopf.

„Wir haben mit Frau Gülan gesprochen", erklärte Katharina. „Sie war gut informiert. Auch darüber, dass ihr euch deswegen heftig gestritten habt."

Frederik hatte die Unterarme auf dem Tisch abgelegt und die Finger ineinander verschränkt. Er sah zum Fenster hinaus. „Ja, das stimmt. Als ich diese Maklertante am Telefon hatte, da habe ich wirklich gedacht, ich bin im falschen Film."

„Du hast bei der Vernehmung nicht erwähnt, dass Doro den Hof verkaufen wollte. Das ist zwar dein gutes Recht, du musst als Zeuge nichts sagen, was dich selbst belastet. Trotzdem wäre es besser gewesen, wir hätten es von dir erfahren und nicht von Doros Geschäftspartnerin."

Frederik zuckte mit den Schultern. „Dein eingebildeter Kollege hat so viele komische Sachen gefragt, ob Doro einen Geliebten hatte und so was.“ Eine schwache Röte überzog seine Wangen. „Keine Ahnung, warum ich nichts von dem Makler gesagt habe. Vielleicht war es die Sorge, dass ihr mir daraus ein Mordmotiv dreht. Ich habe es irgendwie verdrängt. Es war ja nicht mehr relevant.“

„Genau das ist es. Nicht mehr relevant. Und das, weil Doro tot ist und dir jetzt der Hof gehört. Versteh mich nicht falsch, Frederik, ich will dir nichts in dieser Richtung unterstellen, aber es wirkt auf meine Kollegen komisch, dass du so etwas Entscheidendes verschweigst.“

„Glauben die etwa, ich hätte Doro umgebracht, um den Hof behalten zu können?“ Er starrte Katharina an.

„Nein. Aber Doros Verkaufspläne sind natürlich ein bedeutsamer Umstand in dieser Sache – und ein starkes Motiv.“

„Ich bin euer Hauptverdächtiger Nummer eins, stimmt's? Genau, wie Lorenz es gesagt hat.“

„Das kann man so nicht sagen.“

„Ich glaube dir kein Wort. Natürlich ist das so. Sei doch wenigstens so ehrlich und gib es zu.“

„Wir gehen allem nach. Ich habe gestern zum Beispiel das Alibi von Doros Sekretärin und ihrer Partnerin überprüft.“

„Und? Sind sie wasserdicht?“

„Ja.“

Frederik fuhr sich mit den Händen durchs Gesicht.

„Wir haben übrigens noch etwas von Frau Gülan erfahren“, meinte Katharina, und wieder beobachtete sie Fredriks Reaktion.

„Ja?“

„Sie sagte, dass Doro ungeplant schwanger geworden ist und eine Abtreibung hat vornehmen lassen.“

„Meine Güte, was hat Doro ihr denn noch alles erzählt? Ich dachte immer, sie macht alles mit sich selbst aus.“

„Die standen sich wohl sehr nah.“

„Das mit der Abtreibung stimmt. Es ist jetzt drei Monate her“, sagte Frederik. „Aber was hat das mit der Suche nach Doros Mörder zu tun?“

„Wart ihr euch einig über die Abtreibung?“

Frederik sah Katharina an. Etwas Eigenartiges lag in seinem Blick. Er schob seinen Stuhl zurück und erhob sich. „Ich glaube, es wird Zeit, dass du jetzt gehst.“

Katharina stand ebenfalls auf. „Entschuldige, ich wollte dir nicht zu nahe treten, Frederik, aber das sind Fragen, die ich stellen muss.“

„Das mag sein, aber diese subtile und dann gleichzeitig doch platte Art von dir, nach einem möglichen Motiv bei mir zu suchen, ist unerträglich.“

Katharina verspürte einen Stich. Sie setzte an, etwas zu sagen, aber Frederik kam ihr zuvor. „Aber um deine Frage zu beantworten: Ja, wir waren uns absolut einig. Wir wollten beide keine Kinder."

„Okay." Katharina nahm ihren Autoschlüssel vom Tisch. „Mein Kollege hatte zwar schon danach gefragt, aber ich würde es einfach noch mal gerne unter vier Augen ansprechen. Wart ihr glücklich, Doro und du? Hast du sie geliebt?"

„Lass es gut sein, Katharina." Frederik verließ die Küche. Katharina folgte ihm. An der Haustür, die er ihr aufhielt, sagte sie: „Frederik, es tut mir leid, aber es ist eben wichtig, dass wir so viel Hintergrundinformationen wie möglich bekommen, um uns ein Bild machen zu können. Wir sind darauf angewiesen, dass Zeugen so offen sind wie möglich."

„Jaja. Vielleicht habe ich da falsche Erwartungen an dich. Du bist eben nicht als Freundin hier, sondern als Kommissarin."

„Ich bin", sagte Katharina. „sowohl als Freundin als auch als Kommissarin hier."

In diesem Augenblick fiel Frederik etwas ein. „Übrigens", sagte er. „Dieser Baseballschläger, den Lorenz mit nach Hause nehmen wollte, ist verschwunden. Lorenz hat mich angerufen. Er wollte wissen, wie es mir geht, und hat nach dem Schläger gefragt. Er hat ihn hier vergessen. Aber ich kann ihn nicht finden. Er ist weg."

Nachdem Katharina gefahren war, ging Frederik in die Scheune und fing an, Maß für seinen zukünftigen Verkaufstresen zu nehmen. Er wollte bald die Holzbestellung dafür aufgeben. Er war so in seine Arbeit vertieft, dass er das Auto nicht kommen hörte, das langsam auf den Hof gefahren kam. Erst als die Autotür mit einem Knall ins Schloss fiel, horchte er auf. Mit dem Zollstock in der Hand ging er nach draußen.

Eine Frau, groß und schlank, mit grauem, kurz geschnittenem Haar kam mit dynamischem Schritt auf ihn zu. In der Hand hielt sie zwei Eierkartons.

„Frederik, hallo! Ich habe gehört, was passiert ist. Das tut mir so, so leid."

„Tag Frau Kemper." Frederik nickte und erwiderte den kräftigen Händedruck seiner ehemaligen Deutschlehrerin. Sie wohnte seit einem halben Jahr in Hoove. Beide waren sich kurz nach ihrem Umzug beim einzigen Lebensmittelgeschäft im Umkreis von zehn Kilometern über den Weg gelaufen und seitdem kam sie regelmäßig, um Eier und Kartoffeln bei Frederik zu kaufen.

„Ich habe wirklich dreimal überlegt, ob ich überhaupt herkommen soll, aber irgendwie war es mir auch ein Bedürfnis, dir persönlich mein Beileid auszusprechen."

„Das ist schon in Ordnung", sagte Frederik.

Sie gingen gemeinsam in Richtung Hühnerstall.

Seit anderthalb Jahren hielt Frederik seine Hühner in einem Hühnermobil, einem Anhänger, den man mithilfe eines Traktors von einem Standort zum anderen ziehen konnte.

„Ich weiß nicht viel über die näheren Umstände", sagte Frau Kemper. „Beim Bäcker wurde darüber geredet, aber Zugezogene weiht man nicht gerne in den Dorftratsch ein."

„Moment eben." Frederik kletterte in den Anhänger. Holzwolle und Einstreu blieben an seinen Schuhen hängen. Auf der oberen Ebene befanden sich die Legeplätze und Sitzstangen. Nur drei Hühner saßen auf den Stangen, alle anderen spazierten draußen herum. Sie gackerten leise, als Frederik die Eier einsammelte.

Mit den gefüllten Eierkartons entstieg er dem mobilen Hühnerstall. Frau Kemper drückte ihm einen Zehneuroschein in die Hand und Frederik kramte in seiner Hosentasche etwas umständlich nach Wechselgeld.

Zwischen pickenden Hühnern hindurch bahnten sie sich den Weg zurück zu Frau Kempers Auto. Frederik erzählte von der Wiedersehensparty, davon wie Katharina am nächsten Morgen vor der Tür gestanden hatte und welchen Anblick Doro geboten hatte, als er zum Tatort gekommen war.

Frau Kemper rieb sich mit einer Hand über ihr Kinn, bis es ganz rot war. „Mein Gott, das ist ja furchtbar. Ein Verrückter. Gibt es schon irgendeinen Hinweis auf den Täter?“

„Nein, gar nichts.“

Frau Kemper öffnete die Autotür und legte die Eierschachteln auf dem Beifahrersitz ab. Sie wandte sich wieder Frederik zu.

„Da habt ihr euch nach zwanzig Jahren mit der alten Clique getroffen und dann endet das so. Wie geht’s denn den anderen? Ihr wart ja damals für mich immer ‚Die Unzertrennlichen‘.“

Frederik berichtete kurz von Katharina, Lorenz, Rieke und Manu.

„Ach Gott, die Manuela“, erinnerte sich die alte Lehrerin. „Das war ja auch ein Ding damals. Ich muss wirklich sagen, da war ich zum ersten Mal richtig hilflos in meiner Rolle als Vertrauenslehrerin. Ich war so hin und her gerissen, weil ich mir nicht sicher war, ob Manuela mir die Wahrheit gesagt hatte.“

„Wahrheit? Worüber?“, fragte Frederik mit verständnisloser Miene.

Frau Kemper sah Frederik erstaunt an. „Sag bloß, du weißt gar nichts davon?“

„Wovon reden Sie denn?“

„Von dem, was auf der Party passiert ist, zwischen Manuela und Dorothea – das muss kurz nach dem Ertrinken von Ulrich gewesen sein.“

„Ich weiß von keiner Party. Was soll da passiert sein?“

Frau Kemper schüttelte den Kopf. „Ach, vergiss es, Frederik. Wenn Manu damals nichts gesagt hat, muss ich jetzt auch nicht darüber sprechen. Machs gut, und wenn ich irgendwas für dich tun kann, dann lass es mich wissen."

„Danke, das werde ich machen." Frederik schaute Frau Kemper hinterher, bis ihr rotes Peugeot Cabrio nicht mehr zu sehen war.

Eine Party, auf der etwas passiert war, an das sich Frau Kemper noch nach über zwanzig Jahren erinnerte? Und sie war überfordert gewesen? Die Kemper? Frau Ich-weiß-für-alles-eine-Lösung herself?

Ob Katharina mehr über diese Party wusste? Ich sollte sie anrufen, dachte Frederik und ging ins Haus.

—

Katharina überhörte Frederiks Anruf. Sie hatte ihr Handy auf lautlos gestellt. „Wie lange bist du schon in Münster? Du hast kaum Akzent."

Klaas ten Venne trank einen Schluck Bier und wischte sich mit der Hand den Schaum von der Oberlippe. „Ach, ewig. Warte mal. Ich bin jetzt sechsundvierzig. Mit Anfang zwanzig bin ich hierhergezogen."

„Warum zieht man denn von Amsterdam nach Münster?"

„Ich mag's ja kaum sagen, weil es so stereotyp klingt, aber es war tatsächlich wegen einer Frau."

„Ach du liebe Güte. Dass es aber auch immer die Liebe sein muss, die unseren Lebensweg dirigiert."

„Es hat dann nicht mal lange gehalten. Knapp zwei Jahre, genau wie mein Studium. Sie war BWL-Studentin und ich hatte mich dann auch für diesen Scheiß eingeschrieben. Ich und mit mir dreihundert andere. Ich glaube, ich habe noch nie so viele Schnösel auf einem Haufen gesehen. Grässlich."

Katharina musterte Klaas verstohlen. Seinen Dreitagebart, das im Nacken ausgeleierte Langarmshirt und sein noch volles, braunes Haar, das mal wieder geschnitten werden könnte. Sie wusste natürlich nicht, wie er mit zwanzig ausgesehen hatte, aber als klassischen BWL-Studenten konnte sie ihn sich nicht vorstellen.

„Lass uns doch mal demnächst im Kling Klang ein Feierabendbierchen trinken", hatte Klaas vorgeschlagen, nachdem sie durchnässt und schlammbespritzt von ihrer Radtour zurückgekehrt waren. Und nun saßen sie sich gegenüber an einem der verkratzten Holztische, zwischen sich einen flackernden Kerzenstumpen auf einem Unterteller und ein Schälchen mit Knabberzeug.

„Und dann bist du umgeschwenkt auf den medizinischen Bereich?" Katharina nahm ein paar Erdnüsse.

„Ja genau. Der menschliche Körper, vor allem unser Bewegungsapparat hat mich schon immer fasziniert. Aber keine Sorge“, er prostete Katharina zu, „ich bin kein Gesundheitsapostel. Im Gegenteil. Ich trinke und esse zu viel und mache zu wenig Sport.“

Katharina erhob ebenfalls ihr Glas. „Das klingt sympathisch.“

„Gehen denn die Ermittlungen voran? Ich weiß, du darfst nichts sagen, aber gibt es inzwischen eine heiße Spur?“

Katharina schüttelte den Kopf. „Nein, leider nicht.“

Sie bestellten ein zweites Bier, plauderten noch eine Weile und verabschiedeten sich schließlich vor der Kneipe mit einer Umarmung und Küsschen auf die Wange. Auf dem Nachhauseweg stellte Katharina fest, dass sie die letzten anderthalb Stunden nicht über Doros Ermordung nachgedacht hatte.

– 14 –

Auf dem Whiteboard prangten vier eingekreiste Namen. Unter den Namen Pfeile, die wie starre Zeiger in verschiedene Richtungen wiesen.

Katharina saß schon kurz vor halb acht mit einem Kaffeebecher in der Hand auf einem der Tische im Besprechungsraum des Präsidiums. Vor acht Uhr würde hier niemand auftauchen.

Sie betrachtete die Stellwand, auf der KD mit seiner eckigen Handschrift unter den Namen Stichpunkte zum Ermittlungsstand festgehalten hatte. An einem weiteren Whiteboard waren Fotos vom Tatort befestigt.

Viel hatte KD noch nicht notiert. Unter Frederiks Namen stand „Verkauf Drei Eichen“. Außerdem hatte er etwas weiter unten das Wort „Baseballschläger“ geschrieben, mehrmals unterstrichen und mit Fragezeichen versehen. Dessen Verschwinden war von allen als ein bemerkenswerter Umstand angesehen worden.

Sie hatten verdammt wenig. Das Auftauchen eines eindeutigen Hinweises, auf den Katharina gehofft hatte, war ausgeblieben. Kein Fußabdruck im aufgeweichten Boden, kein genetischer Fingerabdruck an der Leiche, nichts in dieser Richtung. Wurde es nun tatsächlich Zeit, mit dem herauszurücken, was sie wusste? Rieke hatte von Hass gesprochen. Die Ausführung der Tat legte genau diese Emotion nahe. Auch Uli hatte Doro ins Gesicht gezischt, dass er sie hasste.

Katharina rutschte vom Tisch und trat ans Fenster. Es lag nach hinten hinaus und gewährte freien Blick in die Wohnungen der umliegenden Mietshäuser, die um diese Zeit zum Leben erwachten. Jalousien wurden hochgezogen, Kaffee gekocht, am engen Küchentisch Zeitung gelesen.

Katharina trank einen Schluck von dem lauwarmen Kaffee. Mit der freien Hand drückte sie auf eine Stelle, etwas oberhalb ihres Steißbeins. Das Schmerzzentrum in ihrem Kreuz hatte sich seit der Übernachtung bei Johann ausgebreitet. Sie lächelte vor sich hin. Von Radfahrten im strömenden Regen und in der Kneipe hocken – auch wenn das in Begleitung eines Physiotherapeuten geschah – wurde es natürlich auch nicht besser.

Katharina lenkte ihre Gedanken zurück auf den Fall. Wenn sie die Kollegen über Riekes verbale Attacke gegenüber Doro informieren wollte, dann musste sie auch von Uli erzählen. Bislang hatte Katharina sich noch nicht ernsthaft damit auseinandergesetzt. Würde sie es überhaupt fertigbringen, den versammelten Kollegen die Wahrheit zu erzählen?

Allein bei dem Gedanken daran zog sich ihr Brustkorb zusammen. Dabei ging es nicht nur darum, wie Uli gestorben war, sondern auch darum, dass sie die Hälfte ihres Lebens die Unwahrheit gesagt hatte. Sie und die anderen hatten bewusst und vorsätzlich alle getäuscht. Eltern, Lehrer, Polizei und die Sobowskis, weil sie Angst davor gehabt hatten, zur Verantwortung gezogen zu werden.

Was würden ihre Kollegen und KD von ihr halten, wenn das herauskam? Was würden Eva und Tim, ihre Kollegen und einzigen richtigen Freunde, von ihr denken? Zumal sie sich bei ihnen wochenlang über die Unehrlichkeit ihres Exfreundes ausgelassen hatte. Waren sie sich damals im Kling Klang nicht einig gewesen, dass Ehrlichkeit innerhalb zwischenmenschlicher Beziehungen das Wichtigste war? Musste sie nun gestehen, dass sie ihnen die ganze Zeit die Sache mit Uli verschwiegen hatte, obwohl das für die Aufklärung des Falls von Bedeutung sein könnte?

In einer der gegenüberliegenden Wohnungen wurde ein Fenster geöffnet und eine Frau schüttelte ihr Geschirrhandtuch aus. Krümel rieselten in die Tiefe und lockten eine Handvoll Meisen an.

Nein! Katharina entschloss sich erneut dazu, nichts von all dem zu erzählen. Sie konnte es nicht.

Sie wandte sich vom Fenster ab und schaute wieder zum Whiteboard. Ihr Blick blieb an Manus Namen hängen. Es gab andere Dinge, denen sie auf den Grund gehen sollten.

Als sie gestern Abend vom Kling Klang nach Hause gekommen war, hatte Frederik sie zurückgerufen. Katharina wusste sofort, von welcher Party die Rede war. Sie erinnerte sich deshalb so gut daran, weil es der Samstag nach Ulis Trauerfeier gewesen war. Eigentlich hatte sie auch dort hingehen wollen, aber ihre Mutter hatte darauf bestanden, dass sie an dem Abend bei Johann blieb. Am folgenden Montag war Manus einziger Kommentar gewesen: „Total öde, hast nichts verpasst."

Katharina erhob sich und schrieb mit Rotstift „Party?" unter Manus Namen. Natürlich musste diese Partygeschichte in keinerlei Zusammenhang mit dem Mord an Doro stehen. Aber es war etwas zwischen Doro und Manu vorgefallen und sie musste wissen, was das war.

Am Abend ergab sich vielleicht sogar schon eine günstige Gelegenheit, Manu danach zu fragen. Sie hatten sich zum Essen verabredet. Katharina kam in den Sinn, was Frederik beim Verabschieden zu ihr gesagt hatte. Tatsächlich begannen die Grenzen zu verschwimmen. Sie war nicht mehr nur eine Freundin von Rieke, Manu, Frederik und Lorenz, sie war auch eine Ermittlerin in einem Mordfall.

Doro war erschlagen worden und alle vier hätten ohne Weiteres die Tat begehen können. Auch wenn Katharina nicht daran glaubte, sie konnte nicht mit absoluter Sicherheit ausschließen, dass einer von ihnen der Mörder war.

Die Tür öffnete sich und Birgit Prigge betrat den Raum. Sie hielt ein Croissant in der Hand und nickte Katharina kauend zu. Ihr Eintreffen hielt Katharina davon ab, weiter zu grübeln.

—

Das Bella Italia, ein kleines Restaurant mit Steinfußboden und rot-weiß karierten Tischdecken, galt als Münsters älteste Pizzeria. Es war immer gut besucht, aber nie zu voll. Aldos hausgemachte Pasta und seine Antipastikreationen waren stadtbekannt.

Lorenz drehte sein Weinglas – es war bereits das Zweite – in der Hand hin und her. „Wenn ich dich also richtig verstanden habe, dann habt ihr noch keine heiße Spur?"

„Wenn sie eine hätten", merkte Frederik an, „dürfte Katharina uns nichts darüber sagen, oder?" Er spießte das letzte Stück Pizza auf seine Gabel.

Rieke betrachtete Frederik. „Du hast dich aber ganz gut gefangen, oder?"

Frederik zuckte mit den Schultern. „Es muss weitergehen. Auf dem Hof macht sich nichts von allein."

„Darfst du denn etwas dazu sagen, wie es bei den Sobowskis war?“, fragte Manu und sah Katharina an. Sie hatte sich nur eine Tomatensuppe bestellt und knabberte jetzt noch an einem Stück Weißbrot herum.

„Ulis Vater ist vor zehn Jahren gestorben. Ich habe mit Frau Sobowski gesprochen.“

„Und? Was sagt sie?“

„Sie ist der festen Überzeugung, dass ihr Sohn tot ist, und ich hatte nicht den Eindruck, dass sie mir was vorgespielt hat.“ Katharina hatte sich dazu entschieden, vorläufig nichts von Ulis verkorkster Kindheit und Jugend zu erzählen. Einen triftigen Grund dafür gab es nicht. Sie erhoffte sich auch, dass sich die Spekulationen um ihn, die sowieso zu nichts führten, wieder etwas legten.

Es war Manu anzusehen, dass sie sich mehr erhofft hatte. „Habe ich eigentlich schon erzählt, dass mich seit einiger Zeit öfters jemand anruft, sich nicht meldet, nur ins Telefon atmet und dann wieder auflegt?“

„Nein“, sagte Katharina. „Seit wann genau ist das so?“

„Seit ich Uli gesehen habe.“

„Da muss kein Zusammenhang bestehen“, sagte Katharina.

„Vielleicht ist das einer, den du aus dem Internet kennst“, mutmaßte Lorenz.

„Die haben meine Nummer gar nicht. Das läuft doch alles übers Netz."

„Und die, mit denen du dich schon getroffen hast?", hakte Lorenz nach.

„Kann ich mir nicht vorstellen. Warum sollte mich einer von denen mit anonymen Anrufen belästigen?" Manu schüttelte den Kopf. „Aber mal was anderes." Sie sah Katharina an. „Ist das nicht ein bisschen komisch für dich, dass du nach einem Mörder suchst, der theoretisch unter uns vieren sein könnte?"

Katharina zuckte die Achseln. „Mit diesem Umstand müsst ihr ja auch leben."

„Der Unterschied ist aber", wandte Manu ein, „dass wir uns nicht gegenseitig verdächtigen. Wir können einfach voraussetzen, dass es keiner von uns war. Während du uns von Berufs wegen ein gewisses Misstrauen entgegenbringen musst."

„Vielleicht ist das ja auch genau richtig so", meldete sich Frederik zu Wort. „Ich denke darüber schon eine ganze Weile nach."

„Wie jetzt? Worüber denkst du nach?" Manu runzelte die Stirn.

„Darüber, dass die richtige Lösung oft die ist, die am nächsten liegt. In diesem Fall: Einer von uns hat Doro umgebracht. Alles andere ist doch von hinten durch die kalte Küche gedacht. Und da ich es nicht war, bleibt nur noch ihr drei."

„Was ist denn jetzt in dich gefahren?“, brauste Manu auf.

„Ich glaube einfach nicht, dass es Uli war, den du gesehen hast“, sagte Frederik. „Auch wenn jetzt zeitgleich noch ein anonymer Anrufer aufgetaucht ist. Für mich kommt Uli als Mörder von Doro nicht in Betracht.“ Er machte eine kurze Pause. „Ihr drei dagegen schon.“

„Das wird ja immer schöner.“ Manu verschränkte entrüstet ihre Arme vor der Brust.

„Vor allem, dass so etwas vom Tatverdächtigen Nummer eins kommt“, sagte Rieke und zog eine ihrer schmalen rötlichen Augenbrauen nach oben. „Wer musste sich denn Sorgen machen, dass man seinen Lebenstraum zerstört? Das hing doch alles an einem seidenen Faden. Doro hat am Samstagabend mehr als deutlich gesagt, dass ihr das Landleben bis hier steht.“ Rieke führte ihre flache Hand zum Kinn. „Sie hätte das früher oder später alles verkauft. Und es wäre ihr scheißegal gewesen, was du dazu gesagt hättest. Für dich hat sich alles sehr gut gefügt. Fast schon zu gut.“ Angriffslustig schaute sie Frederik an.

„Es stimmt“, sagte Frederik ruhig. „Doro wollte den Hof tatsächlich verkaufen. Katharina hat es inzwischen von Doros Teilhaberin erfahren.“ Er warf Katharina einen Blick zu. „Ich hatte das bei der Befragung nicht erwähnt, weil ich es einfach nicht mehr präsent hatte in dem Moment.“

Rieke gab ein schnaubendes Geräusch von sich. „Das glaube ich im Leben nicht!“

„In meinem Kopf war nur Doro“, versicherte Frederik. „Doro, mit zertrümmertem Schädel und das viele Blut. Es bestand tatsächlich die Gefahr, dass ich den Hof verliere, denn ich hätte ja niemals die finanziellen Mittel gehabt, ihn Doro abzukaufen. Wir haben deshalb viel gestritten. Aber deswegen bringe ich Doro doch nicht um.“ Er sah zu Rieke hinüber. „Übrigens, wer im Glashaus sitzt, sollte nicht mit Steinen werfen.“

„Redest du jetzt von meiner kleinen Auseinandersetzung mit ihr?“

„Na ja“. Das kam von Lorenz. „Es war doch wohl etwas mehr als eine kleine Auseinandersetzung, da hat Frederik schon recht. Du bist ziemlich steil gegangen und hast von Hass gesprochen und Doro dafür verantwortlich gemacht, dass dein Leben ein einziger Scherbenhaufen ist.“

Aus Riekes Augen schossen Blitze. „Was wird das denn jetzt hier? Im Zweifel halten wir Männer zusammen, oder was? Kati, kannst du vielleicht auch mal was dazu sagen?“

„Es macht nicht viel Sinn, wenn ihr anfangt, euch gegenseitig zu verdächtigen und …“, versuchte Katharina die Diskussion zu versachlichen.

„Apropos. Ich wollte übrigens noch erzählen“, fiel Frederik ihr ins Wort, „dass Frau Kemper bei mir auf dem Hof war. Ihr erinnert euch sicher noch an sie."

„Frau Kemper? Unsere Frau Kemper? Von früher?" Rieke schob die Kerze, deren weiches Wachs sie mit den Fingern bearbeitet hatte, zurück zur Mitte des Tisches.

„Frederik, ich weiß nicht, ob das so gut ist, wenn du jetzt …", versuchte Katharina Frederik zu stoppen.

„Genau die", fuhr Frederik ungerührt fort. „Sie lebt neuerdings auch in Hoove und kauft bei mir ihre Eier. Gestern war sie auf dem Hof und da hat sie etwas von einer Party erzählt, auf der Doro war – und zwar mit dir, Manu. Damals, kurz nach Ulis Tod."

Manu konnte noch nie gut ihre Gefühle verbergen. Empfand sie Scham, wurde sie rot, Wut ließ sie erbleichen und war sie nervös, zuckten ihre Mundwinkel. Jetzt aber spiegelte ihr Gesicht weder Scham, noch Wut, noch Unruhe wider. Es war der blanke Schreck, der aus ihren Augen sprach, die riesig und starr wirkten wie bei einer Puppe. „Was hat Frau Kemper erzählt?"

„Nichts im Detail", sagte Frederik. „Aber sie hat Andeutungen gemacht, dass da etwas passiert ist. Dass dir dort etwas passiert ist. Sie hat sich als Vertrauenslehrerin überfordert gefühlt und den Eindruck gehabt, du verheimlichst etwas."

„Was denn für eine Party?“, fragte Rieke.

„Das würde ich auch gerne wissen“, klinkte sich Lorenz ein.

„Eine Party am Hawerkamp. Eine Woche nach Ulis Trauerfeier“, sagte Manu. „Keiner von euch hatte Zeit. Nur Doro und ich waren dort. Passiert ist da gar nichts. Das war einfach nur stinklangweilig.“

„Aber was meinte Frau Kemper dann mit dem Verheimlichen?“, fragte Katharina, wo das Thema nun schon auf dem Tisch war. „Irgendetwas musst du ihr doch erzählt haben. Etwas, was dort geschehen ist. Sonst würde sie doch so eine Bemerkung nicht machen.“

Manu zuckte mit den Schultern. „Keine Ahnung. Ich kann mich überhaupt nicht daran erinnern, mit Frau Kemper über diese Party gesprochen zu haben. Die muss mich verwechseln. Die ist doch jetzt bestimmt auch schon über xxx siebzig, oder nicht?“

„Kann schon sein“, sagte Frederik. „Aber die ist noch absolut fit. Ich glaube nicht, dass sie Schwierigkeiten mit ihrem Gedächtnis hat.“

„Weißt du was, Frederik?“ Manu war aufgestanden. „Ich habe überhaupt keine Lust mehr, mit dir hier am Tisch zu sitzen. Es ist eine Frechheit, was du gerade von dir gegeben hast. Auf dieser beschissenen Party ist rein gar nichts gewesen.“ Manus

Stimme zitterte leicht, als sie weiter sprach. „Nur so viel. Deine Frau war ein Aas. Egozentrisch, kaltblütig und so emphatisch wie ein Presslufthammer. Und soll ich euch sagen, was ich gedacht habe, als ich Doro auf den Pflastersteinen in all ihrem Blut hab liegen sehen?“ Manu wartete die Antwort nicht ab. „Ich habe gedacht, wenn jemand so etwas verdient hat, dann Doro.“

„Warum dachtest du, dass gerade sie das verdient hat?“, fragte Katharina.

Manu lächelte bitter auf Katharina herab. „Netter Versuch, aber vergiss es, Kati.“ Sie wandte sich zum Gehen und drehte sich dann noch mal um. „Ich zahle vorne.“ Sie sah Katharina an. „Ich bin übrigens ganz anderer Meinung als Frederik. Oft ist der einfache Weg eben nicht der richtige. Man muss um die Ecke denken, um die Wahrheit zu finden, und die liegt häufig im Absurden. Macht's gut.“

Rieke stand auch auf. „Warte Manu, ich komme mit.“ Zu den anderen sagte sie: „Ich habe morgen die erste Stunde und außerdem finde ich deine Anschuldigungen auch ziemlich daneben, Frederik. Du könntest es genauso gut gewesen sein wie wir. Also, was soll das? Schönen Abend noch.“

„Liebe Güte“, sagte Lorenz. „Die haben dich aber wirklich beim Wort genommen, Frederik. Und was, um Himmels willen, hat Manu für ein

Problem mit Doro? Das klingt ja …“ Er brach ab.

„Es muss was mit dieser Party zu tun haben, auf der sie zusammen waren“, sagte Frederik.

„Sie war komisch zu dieser Zeit, daran erinnere ich mich“, sagte Katharina. „Kam kaum noch zu unseren Treffen und wenn, dann immer zu spät und schlecht gelaunt.“

„Hat sie euch Mädels denn nichts erzählt?“, fragte Lorenz.

„Nein, nichts“, sagte Katharina. „Ich habe ihre schlechte Laune auf die anstehenden Klausuren geschoben. Sie hatte ja immer etwas Prüfungsangst.“

Frederik gähnte und gab der Bedienung ein Zeichen. „Ich werd jetzt auch mal los.“

Die Angestellte bedankte sich für das Trinkgeld und Frederik holte seine Jacke von der Garderobe. „Okay, dann bis bald.“ Er hob die Hand zum Gruß. „Ach, Lorenz, das war übrigens keine Theorie von mir. Ich bin der festen Überzeugung, dass Doros Mörder die Nacht auf Drei Eichen verbracht hat.“

Lorenz schaute ihm verblüfft hinterher. „Er meint es tatsächlich ernst.“

Katharina schüttelte den Kopf. „Ich mache mir Gedanken, weil ihr so empfindlich auf meine Ermittlungen reagiert habt – und da kommt er mit so was um die Ecke.“

Lorenz zuckte mit den Schultern und grinste Katharina an. „Vielleicht ist es genauso, wie er sagt, und das, was am nächsten liegt, ist die Lösung. Er selbst hat Doro umgebracht und versucht jetzt von sich abzulenken.“ Lorenz trank mit einem Zug sein Glas leer. „Kleiner Scherz“, sagte er dann. „Glaubst du Manu eigentlich, dass da nichts war auf der Party?“

„Na ja, sie hat ziemlich heftig darauf reagiert“, sagte Katharina.

„Ich würde wohl noch einen Wein trinken, wenn du mitziehst“, sagte Lorenz.

Sie bestellten noch zwei Gläser Rotwein, stießen an und tranken schweigend den ersten Schluck.

Plötzlich fiel Katharina der verschwundene Baseballschläger ein und sie fragte Lorenz danach.

„Den habe ich hinten im Flur in der Garderobe abgestellt. Ich dachte, dass es da am wahrscheinlichsten ist, dass ich ihn am nächsten Morgen nicht vergesse.“

„Und als du gefahren bist, stand er da nicht mehr?“

„Sonst hätte ich ihn ja gesehen und mitgenommen, als ich meine Jacke anzog, habe bei der Aufregung aber nicht mehr daran gedacht.“

„Weißt du noch, wann du ihn zuletzt gesehen hast?“

„Als wir nach oben gingen, stand er zumindest noch da. Oh Gott! Du meinst, Doro wurde mit dem Baseballschläger umgebracht?“

„Das weiß ich nicht. Aber es ist komisch, dass er nicht mehr aufzufinden ist."

„Mal ganz unter uns", sagte Lorenz. Er beugte sich verschwörerisch zu Katharina vor. „Wem von uns würdest du am ehesten den Mord zutrauen?" Mit glasigen Augen versuchte er, Katharinas Blick festzuhalten.

„Das kann ich so spontan gar nicht sagen."

„Ach komm schon, Kati", Lorenz nahm einen tiefen Schluck. „Halt dich doch nicht immer so bedeckt. Du kannst mir doch nicht erzählen, dass du das in Gedanken nicht schon durchgespielt hast. Rieke, Manu oder Frederik? Wenn ich das richtig sehe, bin ich ja der Einzige, der kein Problem mit Doro hatte."

Es stimmte, was er sagte. Katharina betrachtete Lorenz nachdenklich, wie er selbstzufrieden lächelte. „Ich würde ja auf Manu tippen – oder Rieke", fügte er hinzu.

„Und wieso nicht Frederik?"

Lorenz legte seine Arme auf dem Tisch ab und verschränkte seine Finger ineinander. Ein nachsichtiger Ausdruck lag auf seinem Gesicht. „Ich will jetzt keinen von den beiden in die Pfanne hauen und ich sage das jetzt auch nur rein hypothetisch: Das könnte so ein Frauending sein. Ich meine, weil doch da so ein emotionales Ding abgelaufen ist. Hast du doch gesagt."

„Starke Emotionen schließen doch einen Mann als Täter nicht aus. Was stellst du denn da für eine schräge Theorie auf?"

Lorenz leerte sein Glas mit einem Zug und bestellte noch eines. Er beugte sich zu Katharina vor. Mit gedämpfter Stimme sagte er: „Dieses immer wieder Zuschlagen, da ist doch Hysterie mit im Spiel. Ich kann das regelrecht vor mir sehen, wie zwei Weiber sich erst in die Haare kriegen, sei es wegen unerfüllten Kinderwunsches oder wegen einer ungeklärten uralten Geschichte, die eine die andere blöd stehen lässt, zu den Abfalltonnen geht und dort von der Abservierten in einem hysterischen Anfall von hinten erledigt wird."

„Ich schiebe diese Bemerkung jetzt mal auf deinen Weinkonsum, ansonsten würde ich sagen, du hast sie nicht mehr alle. Hysterische Weiber! Ich bitte dich!"

Lorenz griff nach dem neuen Weinglas und prostete Katharina zu. „Ist nur 'ne Theorie, Sweetheart. Aber vielleicht ist ja was dran."

Eine knappe Stunde später verließen sie das Restaurant, persönlich verabschiedet von Aldo, der seine Küche verlassen hatte, um an der Theke einen Espresso zu trinken.

Lorenz hatte ziemliche Koordinationsschwierigkeiten. Katharina hakte ihn unter und bugsierte ihn aus dem Lokal. „Du solltest dir ein Taxi nehmen“, sagte sie. „Ich kann noch mitkommen bis zum Taxistand. Da ist einer gleich um die Ecke.“

Sie hatten die erleuchteten Taxen schon fast erreicht, da kam ihnen auf dem Gehweg eine Frau mit geschulterter Sporttasche entgegen.

„Lorenz!“, sagte sie überrascht. „Was machst du denn hier?“

Lorenz kniff die Augen zusammen. „Ach, du bist's. Hallo Dagmar“, sagte er mit hörbar schwerer Zunge. Die Frau schaute aufmerksam von Lorenz zu Katharina und wieder zurück. Sie trug schwarze Jazzpants, eine Kapuzenjacke und Turnschuhe.

„Das ist meine Schwägerin Dagmar“, stellte Lorenz die Frau vor. „Und das“, er zeigte auf Katharina, „ist eine alte … äh … Bekannte von mir, von früher, also noch von der Schule.“ Er schwankte leicht und Katharina verstärkte ihren Griff unter seinem Arm.

„Aha, na dann.“

„Und du? Kommst du vom Sport?“

Katharina spürte, wie Lorenz den Rücken durchdrückte und die Schultern straffte.

„Ja, vom Zumba. Und Anja? Ist sie zu Hause? Ich habe sie beim Sport vermisst.“ Dagmar ließ Katharina nicht aus den Augen.

„Sie ist bei den Kindern. Sie will ja keinen Babysitter. Du weißt ja, wie sie ist.“

„Hast du getrunken?“ Dagmar sah ihren Schwager stirnrunzelnd an und fixierte dann wieder Katharina.

Lorenz setzte ein reumütiges Lächeln auf. „Der Wein da“, er machte eine ungelenke Bewegung mit dem Arm Richtung Bella Italia, „ist einfach zu gut. Im Grunde ist es ihre Schuld.“ Er nickte mit dem Kopf zu Katharina. „Sie hat den Laden vorgeschlagen.“

„Eine alte Bekannte sind Sie also? Waren Sie auch dabei, als der Mord passiert ist?“

„Dagmar!“, sagte Lorenz entrüstet.

„Was denn?“ Dagmar wandte den Blick von Katharina ab und schaute Lorenz an. „Anja hat mich direkt angerufen. Sie hat gesagt, dass das ein Treffen mit alten Freunden war. Deshalb frage ich.“

„Ja, war ich“, sagte Katharina.

„Jetzt sagen Sie nicht, dass Sie die Kommissarin sind. Anja erzählte, dass da auch eine Polizistin war.“

„Doch, das bin ich.“

Lorenz verlagerte sein Gewicht von einem Fuß auf den anderen. „Wir müssen dann mal weiter.“

„Ja, na klar.“ Anjas Schwester machte einen Schritt zur Seite und ließ die beiden passieren.

„Ciao Dagmar.“

„Fährst du mit dem Taxi oder bringt dich deine Bekannte nach Hause?“, rief Dagmar hinter ihnen her.

„Taxi“, rief Lorenz zurück, ohne sich umzudrehen.

Seine Schwägerin sagte mehr zu sich selbst: „Lorenz, Lorenz! Deine Dates mit alten Freundinnen, die nehmen langsam überhand! Sei bloß vorsichtig! Meine Toleranzschwelle ist niedrig.“

Katharina rollte auf ihrem Mountainbike die Straße entlang. Zwei Straßenzüge war sie noch von ihrer Wohnung entfernt. Wenn sie sonst im Dunklen fuhr, spähte sie gerne im Vorbeifahren in die erleuchteten Fenster, fing Schnappschüsse aus dem Leben fremder Menschen ein, die den Tag im Wohnzimmer, Arbeitszimmer oder in der Küche ausklingen ließen.

Aber heute Abend hatte sie keinen Blick dafür. Ihr Gehirn lief auf Hochtouren, denn während der kurzen Unterhaltung mit Lorenz' Schwägerin, hatte ihr Unterbewusstsein eine Pforte geöffnet und eine vergessene Erinnerung durchschlüpfen lassen. Als Lorenz' Schwägerin ihnen das über Dates mit alten Freundinnen hinterhergerufen hatte, war Katharina wieder eingefallen, welche Bemerkung sie an dem Abend vor dem Mord irritiert und wem sie gegolten hatte.

– 15 –

„Ich kann es nicht fassen. Wir haben uns so auf den Welpen gefreut und dann haben wir sie nur drei Wochen gehabt." Der jungen Frau liefen die Tränen übers Gesicht. Ihr Freund legte seine Arme um ihre Schultern und zog sie an sich.

„Ja, das ist traurig. Tut mir sehr leid, dass ich nichts mehr für Siri tun konnte." Manu betrachtete den leblosen Körper des Hundebabys, der auf dem Behandlungstisch aus Edelstahl sehr verloren wirkte. „Aber wenn Salmonellen erst mal in die Blutbahn geraten, dann hat man kaum noch eine Chance."

„Aber wie kommt sie denn an Salmonellen?" Die junge Frau strich mit einem Finger durch das braune, weiche Hundefell. „Sie hat kein rohes Fleisch bekommen und auch keine Eier."

„Sie wird draußen etwas aufgenommen haben. In Tauben- und Igelkot können sich zum Beispiel Salmonellen befinden", erklärte Manu. Sie wickelte den toten Welpen in ein altes Handtuch und legte ihn behutsam in die Arme seines blassen Herrchens. „Und bei einem so kleinen Geschöpf reicht schon eine winzige Menge. Das ist wie bei uns Menschen. Babys und alte Menschen sind besonders gefährdet bei einer Salmonellenvergiftung."

Manu hielt den beiden jungen Leuten die Tür des Behandlungszimmers auf. „Wenn ich Ihnen einen Tipp geben darf, beerdigen Sie das Hündchen im Garten und dann schaffen Sie sich in zwei, drei Wochen ein neues Hundebaby an. So etwas wird Ihnen kein zweites Mal passieren. Sie werden sehen, beim nächsten Mal läuft alles gut."

Nachdem das Pärchen die Praxis verlassen hatte, desinfizierte Manu den Behandlungstisch. Der strenge antiseptische Geruch erfüllte sofort den ganzen Raum.

Die Uhr über der Tür zeigte kurz nach neun an. Die Besitzer des toten Welpen hatten sie über die Notrufnummer erreicht. Die offizielle Sprechstunde begann erst um elf Uhr. Manu setzte sich an ihren Schreibtisch. Sie fuhr den Rechner hoch, tippte den Behandlungsbericht ein und erstellte die Abschlussrechnung.

Das plötzliche Läuten des Telefons ließ sie zusammenzucken. Sie warf einen Blick auf das Display. Die Rufnummer war unterdrückt. Sofort schlug ihr Herz einige Takte schneller. Reiß dich zusammen, ermahnte sie sich. Da will nur jemand einen Termin haben. Manu starrte auf den Hörer. Das Display blinkte auffordernd. Gleich würde das

Band anspringen. Ich bin schon total schizophren; ich trau mich nicht mal mehr ans Telefon zu gehen, schalt sie sich selbst. Beherzt griff sie zum Hörer. „Tierarztpraxis Meißner." Ihre Stimme kam ihr selbst fremd vor. Dünn und kratzig.

Am anderen Ende meldete sich ein Mann. Er stellte sich als Olaf Mischko vor – Journalist bei der Westfälischen Zeitung – und redete so schnell, dass Manu Mühe hatte, ihm zu folgen. Sie verstand aber immerhin so viel, dass er sich mit dem Mord auf Drei Eichen befasste und ein Interview mit ihr machen wollte.

„Nur ganz kurz. Es geht lediglich um ein paar Informationen. Wo darf ich hinkommen?", drängte Mischko.

Manu nannte ihm die Adresse der Praxis und legte auf. Sie erhob sich von ihrem Schreibtischstuhl und trat ans Fenster. Ein kleiner Hinterhof. Ungemähter Rasen, betupft mit kleinen rotgelb verfärbten Blättern.

Sie dachte daran, was Frederik gestern gesagt hatte. Noch immer spürte sie heiße Wut in sich. Was bildete er sich ein, sie alle miteinander zu verdächtigen? Und wenn sie dreimal mit Doro auf einer Party gewesen war, war das doch lange noch kein Grund, sie für eine Mörderin zu halten!

So ein dummer Zufall aber auch, dass die Kemper ausgerechnet nach Hoove ziehen musste, um dort ihren Lebensabend zu verbringen. Irgendwo hatte Manu mal gelesen, dass das Leben nichts anderes war, als eine Aneinanderreihung von Zufällen.

Katharina oder einer ihrer Kollegen würden schon bald mit ihrer alten Lehrerin sprechen. Manu konstatierte, dass es blöd von ihr gewesen war, den Besuch bei Frau Kemper abzustreiten. So wirkte es erst recht verdächtig.

Aber sie würde sich nicht selbst verrückt machen. Viel erzählt hatte sie Frau Kemper damals sowieso nicht. So weit hatte sie sich immerhin noch im Griff gehabt.

Manu wandte sich vom Fenster ab. Gleich würde der Journalist aufkreuzen. Sie spürte ein Kribbeln im Magen. Sie war noch nie interviewt worden.

Wenn sie es recht bedachte, tat sich da gerade eine Chance auf. Eine Chance, lang Verheimlichtes endlich offenzulegen und damit den Ermittlungen eine andere Richtung zu geben. Sie würde diese Gelegenheit nutzen!

—

„Wo bleibt KD?“ Hauptkommissar Jörn Kutter, unrasiert mit dunklen Schatten unter den Augen, warf einen genervten Blick auf seine Armbanduhr. „Wenn ich gewusst hätte, dass wir später anfangen, dann wäre ich noch liegen geblieben.“ Jörn war vor sechs Wochen Vater geworden und litt seitdem unter Schlafmangel.

Birgit Prigge, gestandene Mutter dreier Teenager, warf ihm einen mitleidigen Blick zu. „Das sind nur die ersten Monate, glaub mir. Danach wird alles besser."

Jörn rieb sich mit der Hand über die Augen. „Dein Wort in Gottes Ohr – oder noch besser in das süße Ohr von Leni."

Er trank geräuschvoll einen Schluck Kaffee aus seiner Henkeltasse. Der Aufdruck *I don't like mondays* blätterte bereits ein wenig ab. „Die Jahnke aus der Kantine hat mir erzählt, dass KD's Frau schon wieder im Krankenhaus ist. Die Bestrahlungen haben wohl nicht viel gebracht."

KD betrat den Besprechungsraum und sah mindestens so übernächtigt aus wie Jörn. „Guten Morgen. Wir können gleich loslegen." Er sah in die Runde. „Wo ist denn unser Praktikant?"

„Der Herr Praktikant kommt später. Verschlafen!", sagte Jörn.

„Aha. Was haben wir sonst?"

„Ich würde gerne mit der Ehefrau von Lorenz Hofmann reden", sagte Katharina. „Ich war gestern Abend mit ihm unterwegs und da haben wir seine Schwägerin getroffen. Sie machte so eine Andeutung, als ob Lorenz sich häufiger mit anderen Frauen treffen würde und genau in diese Richtung ging eine Bemerkung, die Dorothea zu Lorenz an dem Abend vor dem Mord gemacht hatte."

„Dann mach das. Jörn und Birgit, ihr hört euch weiter in dem privaten Umfeld der Ermordeten um. Und nehmt den Praktikanten mit, wenn er auftaucht. Eva, hast du diese Lehrerin inzwischen erreicht?"

„Gestern war sie den ganzen Tag in Dortmund bei ihrer Schwester. Aber heute ist sie zu Hause."

„Fahr da bitte hin. Mit Tim zusammen. Sie soll mal etwas konkreter werden mit dieser Partygeschichte."

Sie erhoben sich und verließen gemeinsam den Besprechungsraum. Jörn ging hinter Katharina, beugte sich etwas zu ihr herab und meinte: „Wirst sehen, der Mörder ist immer der Gärtner. Und wenn es keinen gibt, dann war es der Ehemann."

—

Buchenweg. Lindenweg. Kastanienweg. Katharina fuhr im Schritttempo durch das Neubaugebiet und hielt Ausschau nach dem Ahornweg. Den Straßennamen entsprechende Bäume konnte sie nicht entdecken. Die Bebauung war dicht und in den kleinen Vorgärten war allenfalls Platz für Ziersträucher.

Es war später Nachmittag und einige Mütter standen in Grüppchen vor den Häusern, plauderten und behielten ihre Sprösslinge auf deren Bobby Cars und Laufrädern im Auge. Einige schoben mit monotoner Bewegung Kinderwagen auf der Stelle vor und zurück.

Katharina erreichte den Ahornweg und hielt vor der Nummer elf. Lorenz' Haus unterschied sich von den Nachbarhäusern nur durch eine rote Haustür. Auch im Ahornweg gab es eine kleine Gruppe von Müttern, die auf der Straße zusammenstand. Sie hörten auf zu reden, als Katharina ausstieg, und schauten zu ihr hinüber. Katharina grüßte und wie aus einem Mund schallte ihr ein neugierig-freundliches „Hallo“ entgegen.

Niemals hätte Katharina sich träumen lassen, dass Lorenz mal so leben würde. Ihn hatte sie sich immer in Berlin-Kreuzberg vorgestellt. Zum Beispiel in einem dieser Gründerzeithäuser in der Bergmannstraße, die sie bei ihrem letzten Berlinbesuch so beeindruckt hatten.

Katharina klingelte und kurz darauf öffnete ein blond gelocktes, ungefähr sechsjähriges Mädchen die Tür.

„Hallo, ist deine Mutter da?“

„Jaaaa.“ Das Mädchen neigte den Kopf zur Seite und betrachtete Katharina neugierig.

„Kannst du sie mal an die Tür holen?“

„Ja, das kann ich“, sagte das Mädchen, rührte sich aber nicht von der Stelle.

„Leonie! Hast du schon wieder einfach so die Tür aufgemacht? Das sollst du doch nicht.“

Im Hintergrund tauchte eine Frau auf. Anja Hofmann war nicht ganz so groß wie ihre Schwester, aber sie hatte das gleiche spitz zulaufende Gesicht und die gleiche schmale Nase. Ein Küchenhandtuch lag über ihrer rechten Schulter. „Ja, bitte? Ich sag's gleich. Ich kaufe nichts an der Tür. Auch nicht von den Samaritern."

Ein angespannter Zug lag um ihren Mund, der Katharina bei Dagmar nicht aufgefallen war. Die Kommissarin stellte sich vor und erläuterte, warum sie gekommen war.

„Sie möchten mit mir über Lorenz sprechen? Warum? Steht er unter Verdacht?"

„Nein, nein", beschwichtigte Katharina. „Es ist reine Routine, dass wir auch mit den Angehörigen sprechen. Vielleicht hat Lorenz Ihnen gegenüber etwas erwähnt, was wichtig sein könnte."

„Dann kommen Sie kurz herein. Das ganze Haus kühlt ja aus, wenn wir hier bei offener Tür stehen bleiben." Anja trat einen Schritt zur Seite und ließ Katharina herein. „Lorenz hat übrigens von Ihnen erzählt. Er hat gesagt, dass eine aus der alten Truppe bei der Polizei ist." Sie ging voraus und sagte über die Schulter: „Am besten gehen wir in die Küche. Unser Sohn sitzt im Wohnzimmer und macht Hausaufgaben und du, junge Dame, gehst jetzt nach oben und übst Geige." Anja stupste ihrer Tochter auf die Nase.

Die Küche war weiß, großzügig geschnitten und öffnete sich zum Wohnzimmer. An einer Wand hingen selbst gemalte Kinderbilder in Glasrahmen.

Im Wohnzimmer saß Lorenz' Sohn über ein Schreibheft gebeugt und schaute hoch, als Katharina und Anja die Küche betraten. Er grüßte kurz zurück und wandte sich dann wieder seinen Aufgaben zu.

„Was möchten Sie wissen?"

Sie hatten sich an den Küchentisch gesetzt. Anja hatte das Geschirrtuch noch immer über der Schulter und verschränkte die Arme vor der Brust.

Ich halte sie auf, denn sie würde viel lieber zu Ende abtrocknen und dann das Abendessen vorbereiten, dachte Katharina. Sie zog ihr Notebook aus der Tasche. „Lassen Sie sich nicht irritieren. Ich halte unser Gespräch stichwortartig fest. Das erleichtert mir nachher die Arbeit im Büro."

Anja nickte.

„Sagen Sie doch einfach mal, was Lorenz Ihnen nach dem Wochenende erzählt hat?"

„Gar nicht viel. Er war leichenblass, als er nach Hause kam. Ich habe ihm sofort angesehen, dass etwas passiert ist. Er sagte, dass Dorothea erschlagen worden ist. Zuerst konnte ich den Namen niemandem zuordnen." Anja zog sich das Handtuch von der Schulter und faltete es auf ihrem Schoß zusammen. „Ich kenne Lorenz' Schulfreunde ja gar nicht. Dann sagte er, dass die Tote die Gastgeberin war. Er meinte, diesen Anblick würde er nie vergessen und er hätte noch nie so viel Blut gesehen."

„Hat er sonst irgendwas gesagt? Über den Abend oder ist ihm vielleicht etwas Besonderes aufgefallen?"

„Nein, das war alles. Er meinte nur noch, dass man mit Sicherheit gegen ihn und die anderen drei ermitteln würde." Sie sah Katharina vorwurfsvoll an. „Und damit hat er ja auch recht behalten. Können Sie sich vorstellen, wie schrecklich es für die Kinder ist, wenn der Vater unter Mordverdacht steht?"

Katharina blieb nach außen völlig reglos. „Können Sie sich sonst noch an etwas erinnern? Hat er einen Baseballschläger erwähnt, den er mitbringen wollte?"

„Einen Baseballschläger? Nein, davon hat er nichts gesagt. Wieso? Was ist damit?"

Katharina ging nicht auf die Frage ein und überlegte stattdessen, wie sie eine geschickte Überleitung zu Anjas Schwester finden konnte. Sie hatte nicht vor, Lorenz' ohnehin angespannte Ehefrau mit Doros zweideutiger Anspielung zu konfrontieren. Aber Dagmar hätte sie sehr gerne über Lorenz Verabredungen mit alten Freundinnen befragt.

Anja kam ihr unerwartet zur Hilfe, indem sie auf ihre Uhr sah, aufsprang und zu ihrem Sohn hinüber rief: „David, es ist schon viertel nach! Du musst noch deine Tasche packen und außerdem musst du mit dem Rad zum Tennis fahren, ich kann dich heute nicht hinbringen."

„Das ist aber total scheiße. Ich hab keinen Bock, da mit dem Rad hinzufahren und nachher wieder zurück! Max wird auch immer gefahren", maulte David genervt.

„Sag mal, wie redest du denn?" Anja stemmte eine Hand in die Hüfte. „Ich muss Leonie zum Geigen fahren, weil die Mutter von Jette heute nicht kann. Deshalb könnte ich dich höchstens abholen, aber dann hast du ja das Rad an der Tennishalle. Abmarsch nach oben jetzt und mach dich fertig, sonst kommst du noch zu spät und dann regt Dagmar sich wieder auf."

„Dagmar?", entfuhr es Katharina.

„Meine Schwester. Ihr Sohn Max und David bekommen zusammen Tennisstunden."

Katharina überlegte nur eine Sekunde. Von Anja würde sie wohl nichts mehr erfahren. „Wenn es hilft, könnte ich ihren Sohn im Auto mitnehmen und beim Tennis absetzen, ich habe sowieso keine Fragen mehr." Sie klappte ihr Notebook zu.

Anja zögerte. Man sah ihr an, was sie dachte. Eine wildfremde Frau? Mit meinem Sohn? Andererseits eine alte Bekannte von Lorenz und eine Polizistin dazu. „Wenn Sie das machen würden …

So schlecht wäre das nicht. Er muss dann nachher nicht im Dunkeln allein nach Hause fahren. Abholen kann ich ihn ja. Und er wäre auch etwas eher zu Hause und kann noch ein bisschen Vokabeln lernen."

Als Katharina mit dem maulfaulen David im Fond auf den Parkplatz der Tennishalle fuhr, dämmerte es bereits. Die halbrunde Halle duckte sich unter einer Ansammlung von Pappeln, die im Abendwind rauschten. Vor der Halle stand ein Junge in Davids Alter und neben ihm eine Frau. Katharina erkannte Lorenz' Schwägerin.

Die Jungs klatschten sich ab, David brummte seiner Tante einen undeutlichen Gruß zu und dann verschwanden sie, die Tennistaschen lässig geschultert, im Eingang der Halle.

Katharina schaute den beiden mit einem leichten Grinsen hinterher. „Dann muss ich es also nicht persönlich nehmen, dass man die ganze Fahrt über kaum mit mir spricht." Katharina streckte Dagmar die Hand hin. „Hallo! Wir kennen uns ja schon. Ich war zufällig bei Hofmanns und habe David hergefahren, weil Ihre Schwester nicht konnte."

Dagmar erwiderte den Handschlag mit einem festen Händedruck. „Nein, das müssen Sie nicht persönlich nehmen. So sind sie halt in dem Alter."

Katharina rieb sich die Hände. „Unangenehm, dieses Herbstwetter. Gibt es da drinnen vielleicht Heißgetränke?"

„Es gibt nur einen erbärmlichen Aufenthaltsraum für wartende Eltern und einen Getränkeautomaten mit lauwarmem Kaffee und Cola in der gleichen Temperatur. Ich werde mich da jetzt für die nächste Stunde niederlassen. Nach Hause zu fahren lohnt sich für mich nicht."

„Wenn Sie nichts dagegen haben, leiste ich Ihnen auf einen Kaffee Gesellschaft. Schlechter als der bei uns im Präsidium kann er nicht sein."

Dagmar warf Katharina einen skeptischen Blick zu, bevor sie die Tür zur Halle öffnete. „Interessieren Sie sich für Tennis?"

Katharina folgte ihr. „Nein, gar nicht."

„Also möchten Sie beruflich mit mir sprechen!"

Sie fackelt nicht lange, dachte Katharina. „Ich habe da tatsächlich etwas, das ich Sie fragen will."

Sie setzten sich an einen der vier runden Tische, jede mit einem Plastikbecher in der Hand. Der Raum war quadratisch, kahl, mit gefliestem Boden und unbeheizt. Durch eine Glasscheibe konnte man auf die Tennisplätze sehen. David und Max alberten am Netz herum, während ihr Trainer die Ballmaschine befüllte.

„Was möchten Sie wissen? Ob ich mir vorstellen könnte, dass mein Schwager jemanden umbringt?"

„Wenn Sie schon so direkt fragen – dann sagen Sie doch mal, was Sie denken."

Dagmar trank einen Schluck von ihrem Kaffee und verzog angewidert das Gesicht. „Natürlich kann ich mir das nicht vorstellen, aber es gibt da was anderes, was mich bei ihm auf die Palme bringt."

„Seine Dates mit alten Freundinnen?"

Dagmar nickte. „Leider ist es so, dass mein Schwager in seiner Ehe nicht gerade glücklich ist. Und sicher auch nicht mit meinem Vater als Chef."

Katharina nickte.

„Anja und er sind in erster Linie zusammengeblieben, weil Anja schwanger wurde. Ungeplant, soweit ich weiß. Lorenz hat ein großes Verantwortungsgefühl gegenüber seinen Kindern und er liebt sie auch über alles."

Dagmar riss eines der Papiertütchen auf und kippte den Zucker in ihren Kaffee. Gedankenverloren rührte sie mit dem Plastikstäbchen in ihrem Becher herum. „Zuerst haben sie noch mit David in der Stadt gewohnt, gar nicht weit von uns. Aber dann meinte Anja, sie müssten unbedingt in Randlage ein eigenes Haus bauen. Das wäre unverzichtbar für die gesunde Entwicklung der Kinder. Ein eigenes Haus, ein Garten und viele Kinder in der Nachbarschaft. Lorenz wollte nie in einem Neubaugebiet wohnen, aber er hat sich nicht gegen

Anja durchsetzen können. Und soviel ich weiß, hat unser Vater dabei noch ordentlich mitgemischt. Auch finanziell."

Katharina probierte einen Schluck Kaffee, stellte fest, dass er noch ungenießbarer war als der im Präsidium, und wartete ab. Dagmar erzählte bereitwillig weiter.

„Die beiden haben sich bis über beide Ohren verschuldet mit dem Haus, trotz der Finanzspritze meines Vaters. Das ist sicherlich auch eine Belastung. Deshalb ist es aber noch lange nicht okay, wie Lorenz seinen Frust mit Anja kompensiert. Das erste Mal hatte er vor fünf Jahren ein Verhältnis mit einer Kollegin. Ich weiß nicht wie, aber Anja ist dahintergekommen. Sie hat ihm verziehen und Lorenz hat geschworen, dass so etwas nie wieder vorkommt. Ich weiß, dass er nicht ohne seine Kinder kann, deshalb war ich ziemlich sicher, dass das eine einmalige Sache war."

„Aber er müsste ja gar nicht ganz auf seine Kinder verzichten. Selbst bei einer Scheidung nicht. Das lässt sich doch alles regeln. Notfalls gerichtlich."

Dagmar warf Katharina einen skeptischen Blick zu. „Sie haben keine Kinder, oder?"

„Nein."

Dagmar nickte und sah versonnen zu ihrem Sprössling hinüber.

„Aber es ist nicht bei diesem einen Verhältnis geblieben", mutmaßte Katharina.

„Versprechen Sie mir, dass meine Schwester nichts davon erfährt, was ich Ihnen jetzt erzähle?" Dagmar sah auf einmal sehr ernst aus.

Katharina zögerte kurz. „Wenn es sich irgendwie vermeiden lässt, erfährt sie nichts von mir."

„Meine Schwester ist sowieso schon so angespannt wegen der Kinder, wegen des Hauses, ach, wegen allem eigentlich. Und Lorenz' Seitensprung hat sie ganz schön fertiggemacht." Dagmar hielt kurz inne und kratzte sich an der Nase. „Ich weiß nicht, was in den letzten fünf Jahren gewesen ist, aber ich weiß, dass Lorenz aktuell wieder etwas mit einer Frau am Laufen hat."

„Woher wissen Sie das?"

„Ich habe ihn gesehen. Als ich mal mit meinen Sportschwestern beim Italiener war. Sitzt der da ganz ungeniert in einer Ecke und knutscht und flirtet mit einer Frau herum. Allein diese Dreistigkeit hat mich schon steil gehen lassen. Ich meine, wie blöd ist das denn, sich mit seiner Geliebten in einem Restaurant zu treffen." Sie schüttelte den Kopf. „Gut, es war ein gutes Stück außerhalb, Weseler Straße. Ein absoluter Zufall, das ich dort war, aber mit genau solchen Zufällen muss man doch rechnen."

„Und – haben Sie ihn zur Rede gestellt?"

„An dem Abend nicht. Ich habe mich nicht zu

erkennen gegeben, denn das war mir echt zu peinlich vor den anderen. Ich habe ihn am nächsten Tag angerufen. Er hat es überhaupt nicht abgestritten, sondern mich beschworen, Anja nichts zu sagen. Anja ist, wie sie ist, aber sie ist immer noch meine kleine Schwester. Ich habe mich mit Lorenz richtig gefetzt. Schließlich habe ich ihm gesagt, wenn er das Verhältnis sofort beenden würde, dann würde ich nichts zu Anja sagen. Aber wissen Sie was? Ich glaube nicht, dass er das gemacht hat."

„Wann haben Sie ihn denn gesehen?"

„Das ist noch nicht lange her. Vorletzte Woche am zweiten Oktober. Ich weiß das deshalb so genau, weil ja am nächsten Tag frei war."

Also drei Tage vor dem Mord, überschlug Katharina im Kopf. Es passte alles zusammen. Ein Abendessen in weiblicher Begleitung beim Italiener. Mit Sicherheit hatte Doro genau das gemeint. Mit Hilfe von Frederik konnte geklärt werden, ob Doro am zweiten Oktober ausgegangen war. Nun fragte sich, woher Doro wusste, dass es nicht Lorenz' Frau war, mit der er dort geturtelt hatte?

Dagmar sah auf ihre Armbanduhr. „Die Jungs haben gleich Schluss. Wie kommt David denn nach Hause?"

„Ihre Schwester holt ihn ab. Deshalb fahre ich jetzt auch, sie muss mich ja nicht unbedingt mit Ihnen sehen. Vielen Dank für Ihre Offenheit."

„Verstehen Sie mich nicht falsch, ich will meinen Schwager nicht schlecht machen, aber das musste einfach mal raus.“

„Machen Sie sich keinen Kopf, ich weiß das richtig einzuordnen.“

„Ach so, eins noch. Lorenz’ Geliebte …“

Katharina hatte sich schon erhoben, setzte sich aber noch einmal hin.

„Das ist ja noch das Beste an der ganzen Sache. Ich kenne sie. Gut sogar. Sie ist die Schulleiterin der Grundschule, auf die meine Kinder gehen. Vielleicht ist sie Ihnen ja bekannt. Sie stand in den letzten Wochen öfters in der Zeitung, weil die Schule eine Ausschreibung zu lebensnahem Lernen gewonnen hat. Was auch immer das heißen soll.“

„Wie heißt die Dame denn?“

„Angela Reiter“, antwortete Dagmar. Mit einem krachenden Geräusch zerdrückte sie den leeren Kaffeebecher in ihrer Hand.

– 16 –

„Noch ganz schön flott für ihr Alter, deine frühere Lehrerin.“ Eva spitze anerkennend die Lippen.

Sie und Katharina saßen sich an ihren Schreibtischen gegenüber. Die Tür des Büros stand offen. Auf dem Flur herrschte wenig Betrieb. KD hatte sich für zehn Uhr mit den beiden verabredet. Die anderen würden erst mittags kommen. Trotz laufender Ermittlungen wurde immer versucht, die Überstunden im überschaubaren Rahmen zu halten. Das war eine Anweisung von oben.

„Ja, die Frau Kemper“, erinnerte sich Katharina. „Sie war eine der Beliebtesten. Ansonsten war mit dem Lehrerkollegium allerdings nicht viel los. Völlig überaltert. Was sagt sie denn zu Manu und dieser Party?“

Eva stützte die Ellenbogen auf dem Tisch ab. „Sie sagte, dass Manu am Montag nach dieser besagten Party völlig aufgelöst bei ihr zu Hause aufgekreuzt sei. Sie habe weinend vor ihrer Tür gestanden. Frau Kemper habe sie hereingebeten und wissen wollen, was los sei. Manu habe etwas davon gestammelt, dass Doro sie hängen gelassen habe und dass sie ihr das niemals verzeihen werde."

Katharina legte den Kugelschreiber, mit dem sie herumgespielt hatte, zur Seite. „Ja? Und?"

„Manu habe angefangen, von dieser Party zu erzählen. Öde sei es gewesen und sie hätten sich gelangweilt. Dann, sagte Frau Kemper, sei ihre Tochter ins Wohnzimmer gekommen und Manu sei augenblicklich verstummt. Frau Kemper habe ihre Tochter weggeschickt, aber danach wollte Manu nichts mehr sagen. Sie hätte es auf einmal sehr eilig gehabt wegzukommen und habe zu Frau Kemper gesagt, sie sollte das alles einfach vergessen. Und vor allem dürften ihre Eltern auf gar keinen Fall wissen, dass sie auf der Party gewesen sei."

„Das ist alles? Mehr weiß Frau Kemper nicht?"

„Nein. Sie hat versucht, an Manu heranzukommen, aber die ist ihr wohl ausgewichen und zum Schluss richtig aggressiv geworden. Aber als Frau mit Lebenserfahrung hatte die Kemper natürlich eine Vermutung."

„Na ja, es ist nicht so furchtbar schwer, da was zu vermuten."

Eva nickte. „Genau. So aufgelöst, wie Manu war, und dann diese Anspielung auf Doro – Frau Kemper hatte sofort den Verdacht, dass Manu auf der Party belästigt worden ist und Doro ihr nicht geholfen hat."

Katharina griff wieder nach dem Kugelschreiber und drehte ihn zwischen ihren Fingern hin und her. „Es muss schon eine ziemlich massive Belästigung gewesen sein, sonst erklärt sich Manus Gefühlsausbruch nicht. Ebenso wenig wie ihre Reaktion, als wir im Bella Italia waren und Frederik seine Schuldzuweisungen verteilte. Das war ja Panik pur."

„Dann können wir festhalten, dass es da etwas gab zwischen Dorothea und Manu, was klärungsbedürftig ist." Eva drückte sich vom Schreibtisch ab und rollte auf ihrem Drehstuhl bis zu dem kleinen Handwaschbecken in ihrem Rücken. Darunter stand eine Gießkanne. „Was war denn mit der Schwägerin und der Ehefrau?" Eva setzte die halb vertrocknete Yuccapalme unter Wasser, der sie seit zwei Jahren neues Leben einzuhauchen versuchte. „Es sieht so aus, als ob Lorenz tatsächlich etwas mit einer anderen Frau gehabt hat. Seine Schwägerin hat ihn auch gesehen. Und das muss derselbe Abend gewesen sein, auf den sich Doros Anspielung bezog."

In diesem Augenblick passierten zwei Dinge gleichzeitig. Katharinas Handy meldete sich und KD erschien plötzlich im Türrahmen, in der Hand hielt er eine Zeitung.

Katharina warf einen Blick auf das Display des Handys, das vor ihr auf dem Tisch vibrierte. Es war ihre Mutter, doch etwas an KDs Gesichtsausdruck, hielt sie davon ab, das Gespräch anzunehmen. Sie drückte den Anruf weg.

„Ich werde nicht erst lange drum herumreden." KDs Gesicht war ausdruckslos. Aber seine Kieferknochen mahlten wie Mühlsteine. Er faltete die Zeitung auseinander und knallte sie Katharina auf den Schreibtisch. Eva war aufgestanden, ging um ihren Schreibtisch herum und spähte Katharina über die Schulter.

Da stand in fett gedruckten Buchstaben auf der Doppelseite: Ist ehemaliger Klassenkamerad der Hoove-Mörder?

„Na, dann lies mal vor, damit wir alle was davon haben", forderte KD sie auf und seine Stimme zitterte vor Wut.

Katharinas Magen zog sich zusammen. Sie räusperte sich, um den Kloß, der sich in ihrem Hals gebildet hatte, loszuwerden. Der Artikel beschrieb zunächst, dass Manuela einen gewissen Uli S. lebend gesehen zu haben glaubte. Anschließend wurde erklärt, wer das war, welche Personen involviert waren – alle wurden mit Vornamen und dem Initial des Nachnamens genannt – und warum Manu nun ein zwanzig Jahre altes Schweigen brach.

Katharinas Hals war so trocken, dass sie erst etwas trinken musste, bevor sie weiterlesen konnte. Sie spürte, wie ihr der Schweiß ausbrach.

Es folgte eine detailgetreue Beschreibung des tatsächlichen Verlaufes der Ereignisse am Baggersee, und während sie den Text fast wie mechanisch vorlas, sprudelten die sorgsam verdrängten Erinnerungen in ihr hoch: Sie und die anderen, wie sie um Uli herumstehen, Doro ihn abfüllt, er sich mit hochrotem Kopf wehrt, sie ihn drängen, endlich ins Wasser zu gehen, obwohl alle wissen, dass Uli kein guter Schwimmer ist. Frederik und Lorenz ziehen ihn auf die Füße und bugsieren ihn zum Ufer. Als Uli sich weigert, gibt Doro ihm von hinten einen kräftigen Stoß. Er landet bäuchlings im knietiefen Wasser. Noch immer will er nicht schwimmen. Lorenz fängt an zu singen: „Uli, unser Superheld, der niemals auf die Schnauze fällt!"

Katharina sieht sich selbst, Rieke und Manu am Ufer stehen. Albern kichernd und aneinander geklammert, weil sie kaum mehr gerade stehen können. „Uli! Uli! Uli!", skandieren sie im Chor.

Endlich lässt Uli sich ins Wasser gleiten. Macht ein paar hektische Schwimmzüge, prustet, schluckt Wasser, schwimmt dann weiter auf die Mitte des dunklen Sees zu, den Kopf weit aus dem Wasser gereckt. Und dann versinkt er plötzlich. Er verschwindet innerhalb eines Augenaufschlags und aus ihrem Blickfeld. Da ist nur noch schwarzes Wasser.

Ja, dachte Katharina, es war genau so, wie der Artikel es beschreibt.

Die Schilderung schloss mit der Wiederholung der Aussage, dass Ulis Leiche bis heute nicht gefunden worden sei. Doch dann kam der letzte Absatz. Katharina spürte Evas Atem in ihrem Nacken. KDs Blick fühlte sich heiß an wie ein Laserstrahl. Sie las weiter.

„Ein weiteres hochbrisantes Detail muss noch erwähnt werden. Katharina K., ermittelnde Beamtin im Hoove-Mord, gehört selbst zu dem alten Freundeskreis des Opfers, war also in jener Nacht ebenfalls am See und am Abend, an dem der Mord geschah, auf Drei Eichen. Die Kommissarin habe, so Manuela M., keinen Grund gesehen, offen mit ihren Kollegen über die Ereignisse von damals zu sprechen. Im Gegenteil, sie habe alle Beteiligten vehement aufgefordert, weiter Stillschweigen zu bewahren.

Soll hier etwas vertuscht werden? Fürchtet da jemand um seine Karriere? Lebt Uli S. tatsächlich noch? Und ist er der Täter? Schützt die Polizei also vielleicht einen Mörder?“

„Puuuh“, hörte Katharina Eva hinter sich sagen. Sie blickte hoch zu KD. „Ich hatte keine Ahnung, dass Manu …“

„Was ist das für eine Scheiße!“, brüllte KD. „Das hättest du nicht verschweigen dürfen! Ich sollte dich augenblicklich feuern und dir ein Disziplinarverfahren an den Arsch hängen! So ein verfluchter Mist, verdammt! Was denkst du dir eigentlich?" Kleine Speicheltröpfchen flogen Katharina entgegen. „Bist du komplett vorn Schrank gerannt? Wie stehen wir jetzt da?"

Hinter KD erschien Tim im Türrahmen. „Was'n los, Chef?"

„Raus!", brüllte KD in seine Richtung.

Erschrocken zog Tim sich zurück.

Eva hatte sich wieder an ihren Schreibtisch gesetzt. Sie schaute Katharina ernst an. „Es wäre nicht nur ermittlungstechnisch gut gewesen, wenn du das erwähnt hättest."

„Ich habe darüber nichts erzählt, weil es mir zunächst völlig unwahrscheinlich vorkam, dass Manu tatsächlich Uli gesehen hat. Ich bin davon ausgegangen, dass sie jemanden verwechselt hat. Und diese Geschichte mit Uli …", Katharina zögerte. „Ich schäme mich noch heute dafür. Ich wusste nicht, wie ich euch das erzählen soll."

KD fuhr sich mit einer Hand durch sein schwarzgraues Haar. „Mensch Katharina, du hast wissentlich etwas unterschlagen, auch wenn dieser Ulrich derzeit nur als Phantom existiert ", grollte er mit nur mühsam unterdrückter Wut.

„Ich sagte ja, ich bin zunächst davon ausgegangen, dass Manu sich geirrt hat, und wollte die Ermittlungen nicht zusätzlich verkomplizieren."

KD schüttelte verständnislos den Kopf. „Wir ermitteln in einem Mordfall. Wenn man die Leiche von diesem Jungen nie gefunden hat, dann besteht immerhin die theoretische Möglichkeit, dass er noch lebt und dass Manuela ihn gesehen hat. Verstehst du, Katharina? Die Möglichkeit! Nach dem, was jetzt herausgekommen ist, hätte er ein Tatmotiv. Deshalb hättest du uns das alles erzählen müssen. Es kann ja auch sein, dass dieser Ulrich tatsächlich noch lebt, Manuela ihn tatsächlich gesehen hat und er trotzdem mit dem Mord nicht das Geringste zu tun hat. Es ist einfach ein Unding, dass du uns diese Geschichte verschwiegen hast!"

Katharina hob kapitulierend die Hände und ließ sie wieder sinken. „Ja, du hast natürlich recht. Das war nicht richtig, ich weiß das."

„Und warum hast du ‚zunächst' gesagt?"

„Bitte?"

„Du sagtest vorhin, zunächst seist du davon ausgegangen, dass Manuela sich geirrt hat. Hat sich das inzwischen geändert?"

Katharina zögerte einige Sekunden, denn sie wusste, was nun auf sie zukam. „Ich war bei Frau Sobowski. Ulrichs Mutter", murmelte sie.

„Ach", sagte KD und seine Stimme klang kälter als ein Gefrierfach. „Miss Marple ist also auf eigene Faust losgezogen und hat ein wenig recherchiert. Ich fasse es nicht."

Katharina ignorierte wohlweißlich den beißenden Sarkasmus ihres Chefs. „Ich wollte der Sache einfach auf den Grund gehen, auch um selbst Gewissheit zu bekommen. Aber ich wollte das eben nicht an die große Glocke hängen, dafür war mir die Wahrscheinlichkeit viel zu groß, dass dabei nichts herauskommt."

„Und das entscheidest du? Darf man denn nun fragen, was der Besuch gebracht hat?"

Katharina berichtete, was sie von Frau Sobowski erfahren hatte.

„Mann, Mann, Mann!", brummte KD.

„Uli hätte", sagte Katharina, „ja, er hätte die Gelegenheit nutzen können. Aber es ist so verdammt unwahrscheinlich. Das wäre ja ein Blitzentschluss gewesen. Er war blau. Es war Nacht. Und wie hätte einer, der so schlecht schwimmen konnte, fünfzig Meter weit tauchen sollen? Und wohin ist er dann verschwunden?"

„Trotzdem lag die Entscheidung nicht bei dir", raunzte KD sie an.

„Es tut mir leid, dass ich nicht offen war in diesem Punkt. Ich hätte sofort berichtet, wenn sich die Spur in Ulis Richtung verdichtet hätte. Oder, wenn ich das Gefühl gehabt hätte, seine Mutter verheimlicht etwas." Katharina zuckte mit den Schultern. „Glaubt mir, ich wünschte mir nichts sehnlicher, als dass Uli noch leben würde, aber es ist einfach alles so vage. Bei den anderen dagegen kristallisierte sich ein Motiv nach dem anderen heraus. Eine Entwicklung, mit der ich so nicht gerechnet habe und die mich auch etwas überfordert hat."

KD deutete auf die Zeitung. „Das ist jedenfalls richtig dumm gelaufen. Ich hatte heute Morgen um sieben schon den Leyendecker zu Hause am Telefon. Danke schön! Du bist vorläufig vom Dienst suspendiert, Katharina. Alles andere ist nicht mehr vertretbar."

„Aber", setzte Katharina an, „ich war doch nicht diejenige, die Uli den Schnaps verabreicht oder ihn in den See gestoßen hat. Das war Doro. Ich habe zwar auch nichts unternommen, um ihm zu helfen oder Doro zu stoppen, aber man muss doch unterscheiden zwischen demjenigen, der …"

„Darum geht es nicht", unterbrach KD sie unwirsch. „Das ist eh nicht mehr nachprüfbar."

Er sah Katharina kalt an. „Manuela stellt Dorothea als Hauptakteurin dar, ja. Aber ist es wirklich so gewesen? Vielleicht. Aber vielleicht war es auch ganz anders. Frau Richards Sicht der Dinge können wir jedenfalls nicht mehr dazu hören. Abgesehen davon: Eine Kommissarin, die Zeugen manipuliert, ist einfach nicht tragbar."

„Ich habe die anderen nicht manipuliert oder vehement auf sie eingewirkt, wie da steht!" Katharina schlug mit der flachen Hand auf die Zeitung.

KD zog eine seiner buschigen Augenbrauen hoch.

„Glaubst du mir etwa nicht?“, fragte Katharina.

„Ich weiß nicht, was ich glauben soll, ehrlich gesagt. Ich weiß nur: Du bist mit dem Mordopfer, dem Ehemann und den Gästen auf eine Art verbandelt, die es nicht zu lässt, dass du noch länger an den Ermittlungen beteiligt bist.“

KD wandte sich zum Gehen. In der Tür drehte er sich noch einmal um. „Eva, dich sehe ich heute Mittag, wenn die Kollegen da sind, zur Lagebesprechung. Dir …“, KD sah Katharina an, „wünsche ich ein ruhiges Wochenende. Du bist raus.“ Beim Hinausgehen knallte KD die Tür ins Schloss.

Katharina stützte die Ellenbogen auf dem Tisch ab und fuhr sich mit beiden Händen übers Gesicht. „Scheiße! Scheiße! Scheiße! Was ist bloß in Manu gefahren? Sich an die Zeitung zu wenden. Und dann noch hinter dem Rücken von uns allen. Die muss verrückt geworden sein.“

„Man könnte sich genauso gut fragen, was zum Henker eigentlich in dich gefahren ist.“ Die Schärfe in Evas Ton ließ Katharina überrascht den Kopf heben.

„Ich habe vor KD jetzt die Klappe gehalten, aber ich finde das alles wirklich unglaublich. Dein Arzttermin am Montag war also in Wahrheit ein Besuch bei den Eltern dieses ertrunkenen Jungen, oder sehe ich das falsch?“

„Nein, da war ich bei Frau Sobowski.“

Eva schüttelte den Kopf. „Ich komme mir echt verarscht vor, Katharina. Wie lange arbeiten wir jetzt zusammen? Fast zwei Jahre, oder?“

„Jetzt mach du mir nicht auch noch Vorwürfe!“ zischte Katharina und merkte im gleichen Augenblick, dass der Ton unpassend gewesen war. Aber KDs Ausbruch und ihre Suspendierung ließen ihre Nerven vibrieren.

„Ich würde sagen, du bist nicht in der Position, so mit mir zu reden!“, explodierte Eva. „Das ist doch ein glatter Vertrauensbruch. Mir so dreist ins Gesicht zu lügen.“

„Ach, verdammt noch mal, Eva! Ich bin da doch keiner konkreten Spur gefolgt. Kannst du denn nicht verstehen, dass ich Hemmungen hatte, mit dieser Geschichte herauszurücken? Auch vor dir?“

Evas Blick war jetzt ebenso kalt wie der von KD. „Ehrlich gesagt, nein. Ich dachte, wir wären nicht nur Kollegen, sondern auch Freundinnen. Wenn es wirklich so war, dass Dorothea das alles angezettelt hat und ihr mehr oder weniger nur Statisten wart, dann hättest du das doch auch erzählen …“

„Was soll denn diese Formulierung: Wenn es wirklich so war?“, fiel Katharina Eva ins Wort. „Zweifelst du jetzt auch an meiner Glaubwürdigkeit? Und dann schwafelst du mir was vor von Freundinnen und nicht nur Kolleginnen. Jetzt sage ich es noch einmal: Es war Dorothea, die den Schnaps mitgebracht hat, Dorothea, die unbedingt dieses Spiel spielen wollte, Dorothea, die Uli den Schnaps reingekippt hat und Dorothea, die ihn ins Wasser geschubst hat. Und trotzdem …" Jetzt hatte Katharina sich erhoben. Das Blut pulsierte in ihren Schläfen, „… trotzdem fühle ich mich beschissen! Ich trage seit zwanzig Jahren mit mir herum, dass ich nichts unternommen habe, als Doro, Lorenz und Frederik Ulrich abgefüllt haben. Im Gegenteil, ich habe Doro noch die Flasche angereicht. Ich sehe mich noch immer dort stehen, an diesem scheiß See. Barfuß, mit an den Knien abgeschnittener Jeans, Kapuzenjacke und total angetrunken, wie wir Ulrich zugebrüllt haben, er solle endlich losschwimmen." Katharina nahm ihre Umhängetasche von der Stuhllehne. „Wenn du es als Vertrauensbruch ansiehst, dass ich diese Episode aus meinem Leben lieber für mich behalten wollte, dann tut es mir leid."

Eva rollte mit den Augen. „Entweder willst du es nicht verstehen oder du kannst es nicht, weil irgendwas deinen ansonsten so cleveren Verstand vernebelt."

„Okay, das reicht. Ich wünsche euch viel Erfolg bei eurer Arbeit." Katharina schulterte die Tasche, nahm ihre Jacke von der Garderobe und verließ grußlos das Büro.

– 17 –

„… und jetzt frage ich dich, Katharina: Stimmt das wirklich? Ist das wirklich so gelaufen? Ich kann das einfach nicht glauben … Wieso gehst du jetzt nicht an den Apparat? Es ist doch schon fast zwölf. Melde dich, wenn du das hier abgehört hast."

Katharina hatte die Mailbox des Handys auf laut gestellt. Während die aufgebrachte Stimme ihrer Mutter Edith durch die Küche hallte, säbelte sie eine Scheibe Vollkornbrot von einem hart gewordenen Kanten ab und inspizierte den Kühlschrank. Die letzte Scheibe Leerdammer hatte eine dunkelgelbe Farbe angenommen und wellte sich an den Rändern. Katharina legte die Plastikpackung zurück und griff nach dem Marmeladenglas, entschied sich dann aber doch für den Käse, dessen Rand sie großzügig abschnitt.

Nach dem stürmischen Abgang aus ihrem Büro war sie auf direktem Weg nach Hause gefahren. Jetzt saß sie am Küchentisch, kaute auf ihrem trockenen Käsebrot herum und verbrühte sich den Mund an heißem Kaffee. Sie verspürte eigentlich weder Hunger noch Appetit, dafür aber einen immer schlimmer werdenden Schmerz an ihrer Schwachstelle im unteren Rückenbereich, der bis in die Hüften ausstrahlte. Der nächste Termin bei Klaas war erst in zwei Tagen, aber die Packung Ibuprofen lag schon auf dem Küchentisch. Da sie Tabletten nicht auf nüchternen Magen vertrug, musste sie zuerst etwas essen.

Wie Flugzeuge am Himmel kreisten ihre Gedanken um den Zeitungsartikel, ihre Suspendierung und die Auseinandersetzung mit KD und Eva. Die Enttäuschung über Evas mangelndes Verständnis nagte an ihr. Aufkeimende Zweifel an ihrem eigenen Verhalten verdrängte sie erfolgreich. Dafür breitete sich ein anderes Gefühl in ihr aus. Wut. Wut auf Manu, die den ganzen Mist losgetreten hatte.

Sie hatte bereits versucht, sie zur Rede zu stellen, Manu aber war weder zu Hause und noch auf dem Handy zu erreichen. Ohne sich große Hoffnung zu machen, hatte sie die Nummer der Praxis gegoogelt und versuchte es nun dort. Nach drei Freizeichen wurde abgenommen. Die Sprechstundenhilfe erklärte, dass Frau Dr. Meißner bis um zwölf Uhr in der Praxis sei.

„Dann komme ich gleich vorbei“, sagte Katharina und legte auf.

Bevor sie die Wohnung verließ, drückte sie zwei der Schmerztabletten aus dem Zellophanstreifen, warf sie in den Mund und spülte sie mit einem Schluck Wasser hinunter.

Nach dem Besuch bei Manu sollte ich unbedingt einkaufen gehen. Und ich werde auch nicht darum herumkommen, mit Edith zu sprechen, dachte Katharina, als sie die Treppen nach unten lief.

Manus Praxis befand sich am Rande von Wolbeck, einem ländlich geprägten Stadtteil, idyllisch gelegen zwischen den Flüssen Werse und Angel und von Katharinas Wohnung mehr als fünfzehn Kilometer entfernt. Schweren Herzens manövrierte Katharina ihren Polo aus der Parklücke genau vor ihrem Haus, wohl wissend, dass diese bei ihrer Rückkehr besetzt sein würde.

Das Navigationssystem ihres Handys ließ sie vor einem roten, quadratischen Klinkerbau anhalten. In den beiden oberen Etagen waren eine IT-Firma und ein Consulting-Unternehmen untergebracht. Über der Tür im Erdgeschoss prangte ein Schild mit dem Symbol für Veterinärmediziner.

Katharina ging die fünf Stufen zur Praxis hinauf. In der einen Hand hielt sie ein Exemplar der Westfälischen Zeitung, die sie unterwegs am Kiosk gekauft hatte. Mit der freien Hand wollte sie gerade die Tür öffnen, da wurde diese von innen aufgedrückt und herausgesegelt kam eine dicke Frau mit einem ebenso übergewichtigen Mops auf dem Arm, der Katharina vorwurfsvoll anstarrte. „Ach, danke, danke, ich komm schon vorbei“, flötete die Frau gut gelaunt. Die Sprechstundenhilfe hielt der Kundin die Tür auf und schaute Katharina dabei fragend an. „Haben Sie einen Termin oder holen Sie nur etwas ab?“

„Weder noch“, sagte Katharina und marschierte an der Arzthelferin vorbei, die ihr eilig folgte. Im Empfangsbereich hing der Duft eines schweren Parfüms in der Luft. „Ich möchte Frau Meißner sprechen.“ Katharina sah sich um.

„Ja, aber so geht das nicht. Sie müssen sich schon anmelden.“ Die junge Frau war schnell hinter ihren Tresen gegangen und bewegte die Maus des Computers. „Ihr Name?“

Doch Katharina war schon den Flur entlang gegangen, schaute in den Röntgenraum, ins Behandlungszimmer 1 und fand Manu im letzten Raum auf der linken Seite, wo sie gerade das Fester schloss.

„Kati!“, rief sie und eine überraschte Röte überzog ihre Wangen. „Was machst du denn hier?“

Die Arzthelferin kam hinterhergelaufen. „Entschuldigen Sie, Frau Meißner. Die Dame ist einfach so durchgegangen.“

„Ist schon in Ordnung, Jessica. Schließen Sie bitte die Tür.“

Katharina war immer wieder erstaunt darüber, was ein weißer Kittel und ein um den Hals baumelndes Stethoskop aus einem Menschen machen konnten. Manu, die sonst eher fahrig wirkte, strahlte eine besonnene Autorität aus. Für einen kurzen Moment brachte es Katharina aus dem Konzept, dann begannen die Stresshormone in ihrem Blut erneut, Blasen zu werfen.

„Was ist denn in dich gefahren, mit einem Typen von der Zeitung zu sprechen? Hast du sie noch alle?“ Sie fuchtelte mit der Zeitung vor Manus Nase herum.

„Ist das heute schon drin? Ich wollte noch mit dir darüber sprechen.“

„Ja, ganz toll. Das ist wirklich das Letzte. Echt, dafür habe ich keine Worte. Ich bin suspendiert, Manu, wegen dieser Geschichte da.“ Katharina schlug mit der flachen Hand auf die Zeitung. Sie spürte plötzlich, wie ihre Wut nachließ, um einer plötzlichen Dünnhäutigkeit Raum zu geben. Ihre Augen fingen an zu brennen.

„Der Pressefuzzi hat mich plötzlich angerufen“, meinte Manu, „und dann stand er einfach bei mir vor der Tür und ließ sich nicht mehr abwimmeln. Und ich habe dann auch gedacht, dass es vielleicht ganz gut ist, wenn die Zeitung sich mit dem Fall beschäftigt. Das übt dann vielleicht auch ein bisschen Druck auf deinen Chef aus, nach Uli zu fahnden. Und außerdem“, Manu brach ab und setzte dann neu an, „habe ich das Lügen so satt.“

Die Schmerztabletten zeigten bei Katharina inzwischen auf zweierlei Art ihre Wirkung. Der stechende Schmerz oberhalb der Lendenwirbelsäule war zwar abgeklungen, dafür spürte Katharina jetzt, dass von ihrem Magen eine wellenartige Übelkeit ausging. Ein Käsebrot war anscheinend zu wenig, um ihn milde zu stimmen.

„Der Journalist hat dich angerufen? Nicht umgekehrt?" Katharina lehnte sich an die Wand und legte sich eine Hand auf den Bauch.

„Ja. Was hast du denn gedacht?"

Manu streckte die Hand nach der WZ aus, blätterte sich bis zum Lokalteil durch und überflog den Artikel. „Ich habe übrigens niemals behauptet, dass du uns vehement dazu aufgefordert hast, nichts über Uli zu sagen." Manu schaute Katharina an. „Das hat der Typ mir in den Mund gelegt. Was ist? Du bist ja blass wie die Wand."

„Alles okay." Katharina spürte gerade noch rechtzeitig, dass ihr der Mageninhalt in die Kehle schoss. Sie machte einen Schritt auf das Waschbecken zu und erbrach sich darin.

„Oh, das kam aber plötzlich." Manu trat hinter Katharina, riss ein paar Papierhandtücher aus einem Spender an der Wand und reichte sie ihr. Katharina nickte dankbar und richtete sich wieder auf.

Manu redete weiter. „Er sagte, er würde über den Mord schreiben, und deshalb wollte er mich interviewen. Dann wäre auch gewährleistet, dass alles korrekt wiedergegeben würde. Mir liegt viel daran, dass wir nicht länger als Einzige im Zentrum der Ermittlungen stehen, aber dafür musste ich mit der Wahrheit rausrücken. Und weißt du was? Es war wie eine Befreiung."

Katharina wischte sich mit dem rauen Papiertuch über den Mund. „Na, das ist ja wunderbar, dass wenigstens du dich jetzt besser fühlst." Sie spülte ihr Erbrochenes in den Ausguss und beugte sich dann hinunter, um etwas Wasser zu trinken. „Ich habe zwei Schmerztabletten auf fast nüchternen Magen genommen", erklärte sie.

Manu nickte. „Ich kann auch ein Lied von sensiblen Magennerven singen." Sie wandte sich zum Fenster und öffnete es zum Lüften. „Ich finde übrigens, du solltest dich ein bisschen zurücknehmen. Mit dem Artikel, okay, blöd gelaufen. Deine Suspendierung tut mir leid, aber ich werde einfach das Gefühl nicht los, dass du dich irgendwie auf uns eingeschossen hast. Du hast schon beim Italiener so misstrauisch nachgefragt wegen der Party. Ich meine, wir sind alte Freunde, da genießt man doch so etwas wie einen Vertrauensvorschuss."

„Ich greife nur auf, was sich im Verlauf des Falles auftut. Ob das im Zusammenhang mit Doros Tod steht, ist eine andere Frage, aber ich will diesen Dingen auf den Grund gehen. Dazu gehört auch so etwas wie diese Partygeschichte. Denn da war etwas, Manu. Das hat Frau Kemper inzwischen bestätigt. Also wenn ich dich an deine eigenen Worte von eben erinnern darf: Du wolltest nicht mehr lügen."

„Siehst du, genau das meine ich! Du kannst die Dinge einfach nicht auf sich beruhen lassen. Musst immer weiter bohren und stochern und brennst doch geradezu darauf, Beweise gegen einen von uns zu finden. Es reicht doch, wenn Frederik jetzt schon durchdreht!"

„Blödsinn. Ich brenne nicht darauf, einen von euch als Mörder zu entlarven. Das ist totaler Quatsch! Ich bin Polizistin. Mir geht es ganz allein um Fakten und die Wahrheit. Ich bewerte Tatsachen und ziehe daraus Rückschlüsse. Vorurteilsfrei möchte ich betonen."

„Aber du bist doch gar nicht mehr im Dienst!", rief Manu. „Was treibt dich denn jetzt noch dazu, alte Geschichten aufzurühren?"

Katharina schüttelte seufzend den Kopf. „Ich versuche nur …"

Das Telefon auf dem Schreibtisch läutete. Ungehalten griff Manu nach dem Hörer und hörte dann einen Moment konzentriert zu. „Ist gut, ich bin hier fertig." Sie legte das Telefon zurück und atmete einmal tief ein und aus. „Ich muss mich jetzt um meine Praxis kümmern." Sie ging zur Tür, die sie auffordernd offenhielt.

Katharina ging an Manu vorbei. „Eins noch, Manu. Auch wenn ich nicht mehr zum Ermittlerteam gehöre, ich bleib trotzdem dran an dem Fall. Nimm's nicht persönlich, sieh es als Berufskrankheit."

Der Wagen von Katharina rollte im Schritttempo vom Parkplatz. Sie ließ eine ältere Frau mit Einkaufstasche und Gehstock auf dem Gehweg vorbei, bevor sie auf die Straße fuhr. Ein Erinnerungsbild tauchte auf. Frau Sobowski! An Ulrichs Mutter hatte sie überhaupt nicht mehr gedacht! Dabei musste man doch davon ausgehen, dass auch sie Zeitung las. Was ging jetzt wohl in ihrem Kopf vor? Kurz entschlossen entschied Katharina, bei Ulis Mutter vorbeizufahren.

Sie parkte an der gleichen Stelle wie bei ihrem letzten Besuch und wie beim letzten Mal öffnete sich just in dem Augenblick die Haustür des Nachbarhauses, als Katharina auf der obersten Stufe vor Sobowskis Eingang stand. Die Nachbarin blickte von Katharina zu ihrem Auto und wieder zurück. „Sie bleiben hier ja wohl nicht länger stehen!"

„Nein", rief Katharina zurück. „Ich weiß ja von dem Parkplatzproblem, das hier im Drosteweg herrscht."

Die Nachbarin warf Katharina einen skeptischen Blick zu. Man sah ihr an, dass sie nicht recht wusste, was sie dazu sagen sollte. „Sie waren doch erst kürzlich hier, oder nicht?“

„Ja, genau.“

„Sie haben wieder kein Glück. Frau Sobowski ist heute Morgen in aller früh vom Krankenwagen abgeholt worden. Schlaganfall. Das hat jedenfalls die Lemke von gegenüber behauptet.“

Katharina ging die drei Treppenstufen wieder hinunter. „In welches Krankenhaus wurde sie gebracht?“

„Ich glaube, ins Franziskus. Obwohl ich gar nicht weiß, was Sie das angeht. Ich weiß ja nicht mal, wer Sie sind.“

„Nur eine alte Bekannte“, erwiderte Katharina in möglichst unbefangenem Ton und trat den Rückzug an.

Der Empfangsbereich des Krankenhauses erinnerte an das geschäftige Treiben einer Bahnhofsvorhalle. Nur trugen fast alle Menschen, die hier hin und her hasteten, weiße Kittel. Es roch nach Filterkaffee und Heißwürstchen. Vor dem Kiosk waren bunte Eimer aufgestellt, in denen eingeschweißte Blumensträuße steckten.

Katharina stellte sich an den Empfangsschalter und wartete geduldig darauf, dass die Frau hinter der Glasscheibe ihr privates Telefongespräch beendete, was sie bald, wenn auch nur widerwillig tat.

„Ja?"

Katharina sparte es sich, auf so viel Höflichkeit mit einem „Guten Tag" zu reagieren. „Ist heute eine Frau Sobowski eingeliefert worden?"

Eine bleistiftdünne Augenbraue hob sich. „Eine Frau Sobowski? Sind Sie eine Verwandte?"

„Nein."

„Hat die Dame denn auch einen Vornamen?"

„Hat sie. Aber ich kenne ihn nicht."

Gelangweilt tippte die Frau auf der Tastatur herum. Ihre Nägel glänzten tiefrot. „Hertha Sobowski? Geht es um die?"

„Ja, das wird sie sein."

„Ja? Und jetzt?"

Katharina platzte der Kragen bei so viel blasierter Zickigkeit. Sie zerrte ihren Ausweis aus ihrem Portemonnaie und hielt ihn der Frau unter die Nase. „Jetzt? Jetzt sagen Sie mir, was mit ihr ist, wo sie liegt und ob man sie besuchen kann. Aber zügig, wenn ich bitten darf!"

Die roten Schlauchlippen verzogen sich zu einem beleidigten Schmollmund. „Ist ja gut, ist ja gut. Ich rufe mal eben auf der Station an."

Das Gespräch dauerte nicht lange. „Frau Sobowski hatte einen leichten Schlaganfall, lag nur kurz auf Intensiv, kann aber noch keinen Besuch empfangen."

„Okay, danke."

Katharina wandte sich zum Gehen. Ein Schlaganfall? Konnte man den von psychischem Stress bekommen? Katharina hatte einen trockenen Hals und der schlechte Geschmack in ihrem Mund ließ die Übelkeit wieder aufleben. Eine Flasche Wasser wäre jetzt schön oder irgendwas zum Lutschen. Aber sie hatte kein Kleingeld und so machte sie sich auf den Weg nach Hause.

– 18 –

Katharina lag ausgestreckt auf dem Sofa unter der Wolldecke und fühlte sich elend. Der metallene Geschmack im Mund wollte trotz Zähneputzen und Mundspülung nicht verschwinden. Das Erbrochene hatte außerdem ein Brennen in ihrer Kehle hinterlassen. Sie hatte ein flaues Gefühl im Magen, aber außer einem angebrochenen Glas saurer Gurken befand sich nichts Essbares mehr in ihrem Kühlschrank.

Wie hatte das nur passieren können? Woher hatte der Journalist Manus Namen und Adresse? Sie hatten keinerlei Informationen über die näheren Umstände von Doros Ermordung an die Presse gegeben, nur das Nötigste. Aber auf keinen Fall waren Hinweise auf die Personen gegeben worden, die in der Mordnacht auf dem Hof gewesen waren. Wie also war dieser Olaf Mischko an Manus Namen gekommen? Danach hatte KD überhaupt nicht gefragt. Es hatte ihn einfach nicht interessiert, dass irgendjemand aus seinem Kommissariat mit dem Journalisten gesprochen haben könnte.

Katharina drehte sich auf die Seite. Die Rückenschmerzen waren wieder da. Sie hatte schon darüber nachgedacht, Klaas anzurufen und zu fragen, ob er ihren Termin vorverlegen könne, oder sofort zu ihm zu gehen und sich direkt behandeln lassen. Der Gedanke brachte sie kurz zum Lächeln, doch die Übelkeit bremste ihre Fantasie. Was waren außerdem schon Rückenschmerzen im Vergleich zu ihrer Suspendierung. Sie war ausrangiert. Abgemeldet. Sie gehörte nicht mehr zum Team. Was sollte sie den lieben langen Tag machen? Die Wochenenden waren schon schlimm genug. Aber wie würde sich das am Montagmorgen anfühlen? Ihr Job, das war ihr Lebensinhalt! Sie brauchte ihn, um in Gang zu bleiben. Er gab ihr das Gefühl, Teil einer Gemeinschaft zu sein, die für etwas Gutes eintrat. Der Polizeidienst war für sie immer mehr gewesen als ein Beruf. Es war Berufung.

Die Kommissarin schloss die Augen. Ihre Gedanken begannen sich im Kreis zu drehen, vermischten sich mit Alltagsgeräuschen von der Straße zu einem dicken zähen Brei. Schon jetzt, nur wenige Stunden nach ihrer Suspendierung, fühlte sie sich antriebslos und schlapp. Ich werde nur noch auf dem Sofa rumhängen und fernsehen. Den Müll runterzubringen wird mir schon zu viel sein. Das war das Letzte, was ihr durch den Kopf ging, bevor sie in die gnädige Schwerelosigkeit des Schlafs versank.

Als sie nach anderthalb Stunden die Augen wieder aufschlug, lag sie immer noch auf derselben Seite, einen Arm unter dem Kopf verschränkt. Mühsam setzte sie sich auf. Ich muss von diesem Sofa runter und mich bewegen, sonst drehe ich durch, dachte sie, stand auf, machte ein paar entlastende Rumpfbeugen und ging auf die Toilette. Im Bad roch es immer noch nach faulen Eiern. Das Kaiser Natron hatte auch nichts ausrichten können. Katharina wusch sich Hände und Gesicht und trank etwas Wasser aus dem Hahn. Immerhin war der üble Geschmack im Mund fast weg. Mit dem Zeigefinger versuchte sie, angetrocknete Zahnpasta vom Beckenrand zu beseitigen.

Irgendwas muss ich tun, und vielleicht sollte ich mit dem Nächstliegenden anfangen, dachte sie. Nach einem starken Kaffee und drei Scheiben Knäckebrot, die sie, versteckt hinter einer angebrochenen Nudelpackung, in der Vorratsschublade gefunden hatte, krempelte Katharina die Ärmel hoch und brachte die komplette Wohnung auf Hochglanz. Die zumeist monotone Tätigkeit brachte ihr Gedankenkarussell zum Stehen.

Danach fühlte Katharina sich etwas besser. Nur der Abfluss der Badewanne müffelte immer noch vor sich hin. Ihr Handy zeigt halb sieben und außerdem vier verpasste Anrufe ihrer Mutter. Irgendwann würde sie mit Edith sprechen müssen.

Warum also nicht jetzt? Sie beschloss, das aber nicht per Telefon zu tun, sondern zu Ediths Wohnung zu fahren. Vorher konnte sie dann noch beim Supermarkt halten und die dringend notwendigen Besorgungen machen.

Bevor sie das Haus verließ, klingelte sie bei Herrn Wuttke im Erdgeschoss. Er versprach, sich schnellstens den Abfluss anzusehen und falls nötig einen Klempner zu besorgen.

Aus den Fenstern im Erdgeschoss ihres Elternhauses fiel gelbes Licht nach draußen. Katharina stieg aus dem Auto. Obwohl sie nicht oft herkam, war ihr der Anblick des dunklen Altbaues sehr vertraut. Am meisten hatte sie den verwunschenen Garten geliebt, der ihr in Kindertagen unendliche abenteuerliche Spielmöglichkeiten geboten hatte. Das Baumhaus, das ein Freund ihres Vaters in eine der hohen Fichten hineingezimmert hatte, klemmte noch immer wie ein Nest zwischen den Ästen. Wie oft hatte sie dort oben gehockt und abwechselnd sich und dann wieder Johann ganz weit weg gewünscht. Wie eine Klette hatte Johann an ihr gehangen, wollte immer bei ihr im Baumhaus sitzen. Sein Quengeln und Drängen hörte erst auf, wenn Katharina es ihm schließlich erlaubte.

Beim Öffnen des schmiedeeisernen Gartentors warf sie einen Blick zum Nachbarhaus hinüber. Die

Villa der Brandts war aus dem gleichen Baujahr, aber inzwischen mehrmals renoviert worden. Die weiße Fassade leuchtete sogar im Dunkeln. Mit dem jüngsten Sohn, Martin, hatte Katharina als Kind gespielt. Aber nur bis zu dem Tag, an dem Martin mit Indianerhaube auf dem Kopf ihren Bruder Johann stundenlang als Geisel an einen Baum gefesselt hatte. Dafür hatte sie Martin um ein Haar einen Schneidezahn ausgeschlagen. Von diesem Moment an waren sie Feinde gewesen.

Katharina schüttelte die Erinnerungen ab und drückte den Klingelknopf. Als sie kurz darauf den eiligen Schritt ihrer Mutter hörte, fragte sie sich, ob sie heute Abend überhaupt in der Verfassung war, sich mit Edith auseinanderzusetzen. Wahrscheinlich würde ihre Mutter über sie herfallen, bevor sie ein Wort herausgebracht hatte.

Die schwere Holztür wurde mit Schwung aufgerissen. „Hallo! Du bist aber überpünktlich heute!" Ediths strahlendes Lächeln verschwand schlagartig. „Du?"

„Ich freu mich auch, dich zu sehen. Hallo Mama." Katharina registrierte Ediths gezupfte Augenbrauen und ihr dezent geschminktes Gesicht. Die blond gefärbten Haare waren frisch frisiert.

Edith ging nicht darauf ein. „Was machst du denn hier? Wo warst du den ganzen Tag? Ich habe tausend Mal versucht, dich zu erreichen."

„Ich war den ganzen Tag busy und dachte, bevor wir jetzt anfangen am Telefon zu reden, komme ich lieber persönlich vorbei. Du hast sicher Redebedarf."

Edith warf einen Blick über Katharinas Schulter. „Allerdings habe ich den. Nur passt es mir jetzt eigentlich überhaupt nicht." Sie warf einen Blick auf ihre Armbanduhr. „Aber wo du jetzt hier bist, komm rein."

Katharina ging an ihrer Mutter vorbei ins Wohnzimmer. Der Parkettboden knarzte unter ihren Schritten. Im Kamin prasselte ein Feuer.

„Du erwartest offenbar jemanden!" Katharina zeigte auf den festlich für zwei eingedeckten Esstisch.

„Ja, ja", antwortete Edith ungeduldig. „Lass uns mal in die Küche gehen. Ich muss den Herd etwas kleiner stellen, sonst setzt die Suppe an."

Edith stellte sich an den Herd und rührte mit einem langstieligen Kochlöffel durch ihre Kürbissuppe. „Du kannst dir sicher vorstellen, dass ich heute Morgen beim Zeitunglesen dachte, das ist ein schlechter Scherz. Das kann nicht stimmen. Meine Tochter hat mir nicht über zwanzig Jahre irgendeinen Mist erzählt."

Katharina hatte sich an den Kühlschrank gelehnt und die Arme vor der Brust verschränkt. Sie betrachtete ihre Mutter, die für ihre vierundsechzig Jahre bemerkenswert sportlich aussah. Edith trug eine dunkelblaue Jeans und ein eng anliegendes, schwarz glänzendes Langarmshirt. „Doch, Mama. Leider ist es so. Uli hat sich nicht freiwillig betrunken und er hatte auch nicht den Schnaps mitgebracht. Es stimmt auch nicht, dass er freiwillig ins Wasser gegangen ist. Es war so, wie es in der Zeitung steht."

Edith drehte sich zu Katharina um und stemmte die freie Hand in die Hüfte. „Weißt du, ich kann mich noch gut erinnern, wie das damals bei euch war. Dorothea hatte euch allesamt im Griff. Wie oft habe ich dir gesagt, dass es nicht gut ist, wenn ihr alle immer nach ihrer Pfeife tanzt."

„Ich erinnere mich daran, dass du das einmal gesagt hast", sagte Katharina, „denn besonders viel hast du dich damals nicht um mich geschert."

„Wie auch immer", fuhr Edith fort, „aber ich hätte nie gedacht, dass eure Hörigkeit ihr gegenüber so weit gehen würde." Sie legte den Kochlöffel aus der Hand und zog den Topf von der Herdplatte. Eine leichte Röte überzog jetzt ihre Wangen. „Wie konntest du nur danebenstehen und zuschauen, wie ein Wehrloser mit Schnaps abgefüllt wird?" Ediths Stimme wurde lauter. „Katharina! Ich bitte dich! So haben wir dich doch nicht erzogen! Mir macht das wirklich schwer zu schaffen, dass du nicht eingegriffen hast. Ich hätte dich nicht für so eine Mitläuferin gehalten."

Katharina starrte ihre Mutter an. „Ich weiß, es war nicht richtig und ich habe auch furchtbare Schuldgefühle deswegen. Niemals hätten wir das zulassen dürfen. Aber da war natürlich eine gewisse Gruppendynamik und eine Menge Alkohol im Spiel."

„Das ist überhaupt keine Entschuldigung."

„Nein, ist es nicht. Aber sich hier jetzt hinzustellen und mir vorzuwerfen, eine Mitläuferin zu sein und herumzujammern, wie schwer dir das zu schaffen macht, das wiederum steht dir nicht zu."

„Und wieso nicht?"

Katharina spürte, wie in diesem Augenblick die Ereignisse der letzten Tage ihre Selbstkontrolle hinwegfegten wie eine Tsunamiwelle. „Weil mein Verhalten an dem Abend auch etwas mit meiner Situation hier zu Hause zu tun hatte! Ich musste immer nur funktionieren. Nie konnte ich mich mal gehen lassen. Dann hieß es sofort, reiß dich zusammen und sei dankbar dafür, dass du gesund bist."

Edith winkte ab. „Jetzt kommt wieder diese alte Leier. Die Erkrankung deines Bruders legitimiert dein Verhalten nicht. Ich hätte gedacht, du hättest mehr Rückgrat."

Katharina machte einen Schritt auf ihre Mutter zu. Sie sprach ganz leise, stieß die Worte zwischen zusammengebissenen Zähnen hervor. „Ich wollte einfach mal nicht die Vernünftige sein, nicht die, die immer verantwortungsbewusst handeln muss, verstehst du? Ich wollte aus der Rolle fallen und außerdem war ich sternhagelvoll."

„Das hört sich an, als wäre dieser Erklärungsansatz ein Ergebnis aus einer Gesprächstherapie, die du gemacht hast."

Katharina glaubte, nicht richtig gehört zu haben. War es wirklich möglich, dass ihre eigene Mutter so redete? Nicht mal den Versuch machte, sich in ihre Lage als Siebzehnjährige zu versetzen? Überhaupt nicht zur Kenntnis nahm, dass Katharina ihre Passivität an dem Abend – auch nach zwanzig Jahren – immer noch zu schaffen machte?

Sie setzte zu einer Antwort an, spürte, wie sie vor Wut zu zittern begann. In diesem Augenblick klingelte es.

„Das ist Ben. Wir reden ein andermal weiter." Edith verschwand aus der Küche.

Katharina konnte hören, wie sie im Flur jemanden überschwänglich begrüßte. Es kostete sie all ihre Willenskraft, nicht einfach durch den Garten zu verschwinden. Sie atmete tief durch, ging ins Wohnzimmer und nahm ihre Jacke von der Stuhllehne.

Edith kam mit ihrem Besucher von der anderen Seite in den Raum und strahlte wie ein geschmückter Weihnachtsbaum. Der Besucher strahlte auch.

Alles an ihm strahlte. Seine knallblauen Augen, seine weißen Zähne und die kleine silberne Creole in seinem rechten Ohrläppchen. Er war höchstens fünf Jahre älter als Katharina, aber was Katharina viel mehr irritierte, er sah aus wie ein Bruder von Frank, ihrem Exfreund!

„Hi! Katharina, oder? Deine Mutter hat schon viel von dir erzählt. Ich bin Benedict."

Katharina schüttelte die ausgestreckte Hand. Es war ein reiner Automatismus. Sie starrte ihr Gegenüber an, als hätte sie eine Erscheinung, und versuchte ein Lächeln, das mehr zu einem schiefen Grinsen geriet. „Ja, ich bin Katharina und … äh … jetzt bin ich weg. Ich wünsche einen schönen Abend." Von ihrer Mutter verabschiedete sie sich nicht. Sie verschwand ebenso schnell aus dem Wohnzimmer, wie Edith vorher aus der Küche.

Im Flur besann sie sich noch mal. Frank, Ben. Nein, das musste sie jetzt wissen. Sie ging zurück und blieb im Türrahmen stehen.

Der neue Freund ihrer Mutter hatte Edith gerade eben in seine muskulösen Arme gezogen. Verlegen fuhren die beiden auseinander, als sie Katharina sahen.

„Nein, nein, lasst euch nicht stören. Nur eine Frage. Haben Sie einen Bruder, der Frank heißt?"

„Äh, nein. Ich kann nur mit zwei jüngeren Schwestern dienen."

„Was soll denn die Frage?" Edith runzelte die Stirn.

„Nichts. Alles gut."

Katharina stieg ins Auto und fuhr mehr als zügig los. Leichter Nieselregen benetzte die Windschutzscheibe.

Was für ein beschissener Tag. Von KD suspendiert, mit Eva zerstritten und von ihrer Mutter nichts als Unverständnis.

Katharina fuhr viel zu schnell die ruhige Wohnstraße entlang und bog dann auf die lebhaftere Warendorfer Straße ab. Bevor sie ihre Wohnung ansteuerte, hielt sie ein zweites Mal beim Supermarkt an und kaufte zwei Flaschen Rotwein.

Die erste Flasche war schon mehr als zur Hälfte geleert. Katharina hatte ihre Jeans gegen die Jogginghose getauscht und sich mit einem aufgebackenen Pizzabaguette auf dem Sofa niedergelassen. Im Fernsehen lief irgendeine amerikanische Mysteryserie, bei der sie noch nicht wusste, ob die glatzköpfigen Wesen mit den Kulleraugen die Guten oder die Bösen waren.

Doch sie war ohnehin mit ihren Gedanken ganz woanders. Während sie jeden Bissen mit einem ordentlichen Schluck Wein herunterspülte, kreisten ihre düsteren Gedanken um die letzten Ereignisse. War es richtig gewesen, einfach so aus dem Büro abzuhauen? Hatte Eva nicht jedes Recht, stinksauer zu sein? Wir sind doch Freundinnen. Das hatte Eva gesagt. Zumindest ihr hätte sie von Uli erzählen müssen. Aber jetzt war es zu spät.

Und ihr Verhalten bei ihrer Mutter? Was musste dieser Benedict von ihr denken? Absolut peinlich war ihr Abgang dort gewesen. Und dann diese Frage nach seinen Geschwisterverhältnissen. Gott, der musste ja denken, sie hätte nicht alle beisammen.

Katharina öffnete die zweite Flasche Rotwein und schenkte sich nach. Der nächste Gedankenkomplex tauchte auf. Ich will nicht mehr lügen. Manus Worte. Nun, das mussten sie alle ja jetzt nicht mehr. Jedenfalls nicht, was Uli anging. Aber schwirrten nicht noch viel mehr Lügen und Heimlichkeiten um sie alle herum? Wie sollte sie damit umgehen? Jeder von ihnen hatte auf seine Weise Probleme mit Doro gehabt. Aber deswegen war doch keiner von ihnen zum Mörder geworden. Oder doch? War es einer von ihnen oder gab es doch den großen Unbekannten?

Aber was ging sie das eigentlich noch an? Sie war doch aus dem Spiel genommen worden. Was trieb sie also dazu, in den Angelegenheiten ihrer Freunde herumzustochern? Als ihrer aller Freundin konnte sie doch ganz getrost davon ausgehen, dass sie alle unschuldig waren wie die Lämmer. Bis das

Gegenteil bewiesen war. Aber eben nicht von ihr, sondern von denen, die dafür zuständig waren.

Katharina schüttelte den Kopf. „Schluss!", sagte sie zu sich selbst und schleppte sich ins Bad, stocherte mit der Zahnbürste in ihrem Mund herum und hatte jetzt schon Horror vor den Kopfschmerzen, die sie nach fast zwei Flaschen Wein morgen haben würde. Sie stolperte ins Bett, zog sich die Decke bis ans Kinn und wollte nur noch schlafen.

– 19 –

Kein Klopfen hinter den Schläfen, keine Übelkeit, nur ein pelziges Gefühl auf der Zunge. Katharina war erleichtert. Die Folgen der zwei Flaschen Rotwein hielten sich in Grenzen.

Sie war früh aufgewacht, hatte Kaffee gekocht, ein belegtes Brot gegessen und sich um halb zehn ins Auto gesetzt, um zu ihrem Bruder zu fahren. Nun lief sie schon eine ganze Weile mit Johann durch den Barfußparcours, der im letzten Sommer hinter dem Wohnheim angelegt worden war. Sogar die Sonne schien. Eifrig, mit glühenden Wangen und blitzenden Augen schaute ihr Bruder sich immer wieder nach ihr um. Johann schienen eiskaltes Wasser, pikende Steinchen und sich in die Fußsohlen bohrende Kronkorken nicht das Geringste auszumachen. Er watete durch die Becken, als gehe er über Watte, dachte Katharina. Sie hingegen stakste wie ein betrunkener Storch mit ausgebreiteten Armen und ständig das Gewicht verlagernd nun schon zum dritten Mal durch das Becken mit den Steinen und zog vor Schmerz die Luft zwischen den Zähnen ein.

Doch sie spürte auch, wie gut ihr die Bewegung an der frischen Luft tat. Ihre gut durchbluteten Füße kribbelten angenehm. Ich müsste das viel öfter mit Johann machen, dachte sie und zog ihr klingelndes Handy in der festen Absicht aus der Tasche, den Anrufer wegzudrücken.

Im Display blinkte Evas Name. Katharina zögerte. Sie warf einen Blick zu Johann hinüber, der mit viel Getöse im Wasser herumstampfte. Katharina lachte ihm zu, hielt den Daumen nach oben und nahm das Gespräch an.

„Hallo?"

„Hi Kati."

Wärme flutete Katharinas Herz. „Hi."

„Ziehe gerade Schuhe an, ich muss ins Präsidium."

„Ah."

„Es gibt eine neue Entwicklung, deshalb Sonntagsdienst."

„Meine Güte, sonntags arbeiten, das wäre aber kein Job für mich. Und womöglich auch noch an Feiertagen! Wo bleibt da das Privatleben?", witzelte Katharina, die schon so manchen Wochenenddienst für Kollegen übernommen hatte, um bloß nicht alleine zu Hause sitzen zu müssen.

„Ich habe kein Privatleben. Genau wie du. Aber jetzt Spaß beiseite. Der Baseballschläger ist aufgetaucht."

Katharina wandte sich vom Barfußparcours ab. Sie presste das Gerät fester ans Ohr. „Ja und?“

„Eine Frau aus Hoove hat das Ding gefunden. Besser gesagt: ihr Hund. Er hat ihn aus der Uferböschung eines kleinen Tümpels gezerrt, nicht weit weg von Drei Eichen. Da das Ende rostbraun verfärbt war, hat die clevere Bäuerin den Schläger zur Polizei gebracht. Es handelt sich um menschliches Blut. Das wissen wir schon.“

Katharinas Blick verweilte auf einem schrägen Lichtbündel, das die Sonne auf einen der knorrigen Baumstämme warf. „Ein Baseballschläger, an dem menschliches Blut klebt?“

„Jawoll. Du weißt, was das bedeutet?“

„Ja“, sagte Katharina. Sie fuhr mit dem Finger über die unebene Rinde des Baumes. „Der Mörder kann nur eine der Personen gewesen sein, die auf Drei Eichen übernachtet haben. Vorausgesetzt, es handelt sich um Doros Blut.“

„There you are. Gewissheit, ob es tatsächlich ihres ist, haben wir noch nicht. Aber wir können getrost davon ausgehen. Und wir können wohl ausschließen, dass ein Fremder erst durch das ganze Haus marschiert, in einer Garderobe im letzten Winkel des Flurs zwischen Mänteln und Jacken den Holzprügel hervorholt, um dann Dorothea bis zu den Mülltonnen zu verfolgen und sie dort zu erschlagen.“

„Ja, das klingt unwahrscheinlich."

„Überrascht? Denk übrigens daran, ich habe kein Wort zu dir gesagt, du kennst KD. Aber ich wollte dir das nicht vorenthalten. Es kam mir irgendwie nicht richtig vor. Nicht, nachdem dieser Vorfall mit eurem Klassenkameraden nun doch gar keine Rolle in diesem Fall zu spielen scheint."

„Dass du dich meldest und diese Info hauen mich gerade ein bisschen um. Ich weiß deinen Anruf zu schätzen, Eva. Wirklich. Es tut mir leid, wie das alles gelaufen ist. Ich hätte dich ins Vertrauen ziehen sollen."

„Schwamm drüber. Ich muss jetzt los."

Katharina saß mit angezogenen Beinen und aufgeklapptem Notebook auf dem Sofa. Nach dem Gespräch mit Eva war ihr erster Impuls gewesen, sofort nach Hause zu fahren, um Ordnung in ihre Gedanken zu bringen, die wie in einer Wäschetrommel durcheinandergewirbelt wurden. Aber es war inzwischen eine Tradition, dass sie sonntags mit Johann im Wohnnest zu Mittag aß und damit hatte sie auch an diesem Tag nicht gebrochen.

Das Knäuel in ihrem Kopf begann sich langsam zu entwirren. Die Gewissheit, dass einer der vier der Mörder war, wühlte sie zwar auf, aber sie war nicht schockiert. Die Erkenntnis hatte vielmehr die Wirkung wie ein kräftiger Stoß in den Rücken, der sie wieder auf ihren Weg zurückbeförderte. Etwas in ihr kam in Bewegung, keimte auf, begann zu wachsen, streckte und reckte sich. Eine neu erwachte Tatkraft, gespeist von dem Willen, ohne schlechtes Gewissen und falsche Rücksichtnahme herauszufinden, wer Doro das Leben genommen hatte.

Sie war zwar vom Dienst suspendiert, aber niemand konnte sie daran hindern, Leute aufzusuchen und sich mit ihnen zu unterhalten. Und genau das hatte sie vor. Sie behinderte keinerlei Ermittlungen, wenn sie dabei gleichzeitig versuchte herauszufinden, wer von den vieren der Mörder war.

Sie überflog ihre noch ungeordneten Notizen und überlegte, wo sie ansetzen konnte. Nach einer Weile des Abwägens entschied sie sich dafür, zuerst Lorenz' heimliche Geliebte Angela Reiter aufzusuchen. Da diese gleichzeitig Riekes Vorgesetzte war, konnte sie vielleicht auch in dieser Richtung an Informationen kommen. Gleich am nächsten Morgen würde sie einen Termin machen.

Eins konnte sie aber sofort erledigen. Sie schickte eine Whatsapp an Eva mit der Bitte, ihr die bisher gemachten Aussagen der vier … Verdächtigen per Email zuzuschicken.

Eva antwortete prompt: „Kann ich machen – aber wofür brauchst du die? Du machst doch keinen Scheiß, oder?“

„Nein, natürlich nicht!“ Ein augenzwinkernder Emoji folgte. „Aber ich kann mir ja auch ein bisschen Gedanken machen, so ganz still im Hintergrund.“

Katharina streckte sich auf dem Sofa aus. Bevor sie zu einem Verdauungsschläfchen einnickte, versuchte sie nachzurechnen, wie lange sie keine Grundschule von innen gesehen hatte.

– 20 –

Noch keine neun Uhr und ich trinke schon Sekt, dachte Manu und öffnete den zweiten Piccolo. Aber ich brauche was für meinen Kreislauf.

Sie hatte schlecht geschlafen und fühlte sich gerädert. Mehrmals war sie aufgewacht, weil sie zur Toilette musste. Aufregung und Stress schlugen ihr immer auf die Blase. Und Aufregung hatte es genug gegeben. Wegen Frederiks Unverschämtheit. Wie konnte er sich nur so dreist über sie alle stellen? Und diese beschissenen Zufälle, die das Leben so oft bereithielt. Warum musste diese dämliche Frau Kemper unbedingt nach Hoove ziehen? Dann das Interview. Vielleicht war es wirklich nicht fair gewesen, ohne Absprache mit den anderen die Wahrheit auszuplaudern. Andererseits war es höchste Zeit gewesen, die Ermittlungen in eine andere Richtung zu lenken.

Manu schob die Verandatür auf und trat mit dem Glas in der Hand nach draußen. Die Luft war mild und trocken. Der Anblick der dunkelgrünen Werse, die träge dahinfloss, hatte etwas Tröstliches. Nicht weit vom Ufer quakte eine einsame Ente vor sich hin.

Nirgendwo bin ich glücklicher als in diesem kleinen Paradies, dachte Manu und spähte zum Nachbargrundstück hinüber. Von Thies war nichts zu sehen. Wahrscheinlich war es noch zu früh für ihn. Heute Nachmittag werde ich mir seine elektrische Gartenschere ausleihen, nahm sie sich vor. Höchste Zeit, die Büsche und die Hecke zu stutzen.

Manu nahm noch einen großen Schluck Sekt. Der Alkohol auf nüchternen Magen begann, seine Wirkung zu zeigen. Er belebte ihren Kreislauf und ließ gleichzeitig die Wut über Frederiks Behauptung wieder anschwellen. Aber auch ihre Zweifel. Für wie wahrscheinlich hielten Katharinas Kollegen ihre Überzeugung, Uli gesehen zu haben? Würden sie ihre Ermittlungen ausdehnen oder weiterhin den Fokus auf sie und die anderen richten? War es nicht langsam Zeit, selbst aktiv zu werden und die Dinge nicht immer nur laufen zu lassen? Sonst würde sie immer ein Spielball von Zufall und Schicksal bleiben.

In einem Zug trank Manu das Glas leer. Ihr Entschluss stand fest. Sie würde nun einen weiteren Schritt machen. Niemals wieder würde es ihr passieren, dass sie durch ihre Passivität und mangelnde Durchsetzungskraft zu Schaden kam.

Sie ging ins Haus zurück. Als ihr Telefon läutete, zögerte sie einen Moment. Nein, sie würde nicht abheben. Der anonyme Anrufer konnte sie mal.

Im Bad spritzte sie sich Wasser ins Gesicht und kämmte die Haare. Sie schlüpfte in ihre Jacke, griff nach Schlüssel, Portemonnaie und ihrer Tasche und verließ das Haus.

Auf leicht unsicheren Beinen ging sie zu ihrem Auto. Ich bin tatsächlich beschwipst, stellte sie belustigt fest und musste kichern, obwohl ihr eigentlich gar nicht danach war. Der Autoschlüssel fiel ihr aus der Hand, und als sie sich bückte, um ihn aufzuheben, hätte sie beinahe das Gleichgewicht verloren. Aus den Augenwinkeln sah sie, dass Thies aus dem Haus gekommen war. Er lächelte zu ihr hinüber und hob grüßend die Hand.

„Huhu", rief Manu ihm zu und winkte zurück. Mein Gott, ich benehme mich wie eine Vorstadttussi aus einer schlechten, amerikanischen Fernsehserie.

Sie drückte auf ihrem Autoschlüssel herum, um die automatische Türverriegelung zu aktivieren. Doch es tat sich nichts. „Was ist das denn für eine Scheiße?", fluchte sie wenig ladylike. Mit einer Hand hielt sie sich am Auto fest.

„Alles klar?" Thies kam auf sie zu. Sein Blick hielt nur kurz mit dem ihren Kontakt.

„Ja, klar. Bin noch nicht ganz wach." Der Alkohol hatte zwei kreisrunde, rote Flecken auf Manus Wangen gezaubert. Sie spürte die Hitze, die von ihnen ausging. Hektisch drückte sie weiter auf dem Schlüssel herum.

Thies streckte die Hand aus. „Soll ich mal versuchen?"

Ein Klick – und der Wagen war entsperrt.

„Ach, Gottchen." Manu stieß ein kleines Lachen aus. „Ich muss wohl auf das falsche Symbol gedrückt haben. Man erkennt das so schlecht."

Sie öffnete die Tür, warf ihre Tasche auf den Beifahrersitz und ließ sich hinter das Lenkrad plumpsen.

„Wirklich alles okay?" Thies kratzte sich am Kopf.

Manu lag schon ein „Nein" auf der Zunge, es sei gar nichts okay. Ich habe ordentlich einen sitzen und versuche jetzt meinen Arsch zu retten, war sie versucht zu sagen, aber sie schluckte die Worte hinunter.

Stattdessen meinte sie: „Ja. Heute Nachmittag komme ich kurz rüber und leihe mir deine Heckenschere. Ciao."

Sie knallte die Tür zu, ließ den Motor aufheulen und rumpelte davon.

Thies schaute ihr beunruhigt hinterher.

—

Wie ein ertapptes Schulmädchen drückte Angela Reiter hastig ihre Zigarette auf einem Unterteller aus, den sie in der Hand hielt.

Katharina trat ins Büro der Rektorin und schloss die Tür vor der Nase der verdutzten Sekretärin.

„Klein ist mein Name, guten Tag. Meinetwegen können Sie ruhig weiterrauchen“, sagte sie.

Angela Reiter wedelte schuldbewusst lächelnd mit der Hand vor sich herum, stellte den Unterteller draußen auf der Fensterbank ab und schloss das Fenster.

„Dies hier ist eine Grundschule und natürlich ist es den Lehrkräften untersagt, in den Räumen oder auf dem Schulgelände zu rauchen. Man ist schließlich Vorbild.“ Sie zwinkerte Katharina zu. „Auf den Termin mit Ihnen bin ich schon den ganzen Vormittag gespannt. Sie sind von der Polizei, sagte mir unsere Sekretärin. Nehmen Sie doch Platz. Geht es um irgendwelche Präventionsarbeit?“

„Nicht ganz“, sagte Katharina. In Lockerheit und Humor hatte Angela Reiter der Frau von Lorenz auf jeden Fall einiges voraus. „Ich arbeite für die Kriminalpolizei und ermittele in einem Mordfall, der kürzlich in Hoove, einer Bauernschaft etwas außerhalb von Münster, passiert ist. Vielleicht haben Sie davon gehört? Die Besitzerin wurde erschlagen.“

Angela Reiters Gesichtsausdruck wurde ernst – und wachsam. „Äh … ja.“ Sie hielt kurz inne. „Ich habe nicht nur davon gehört, ich habe auch darüber gelesen. Und ich glaube, gerade ist bei mir der Groschen gefallen. Katharina K., das sind dann wohl Sie, Frau Klein, oder?“

„Ja, das stimmt.“

Die Rektorin musterte ihr Gegenüber interessiert. „Krass."

„Finden Sie?"

„Ja", sagte Angela Reiter eifrig. „Total spannend die Vorstellung, dass dieser Schulkamerad, um den es da in dem Artikel geht, noch lebt. Vielleicht war er der Mörder, vielleicht nicht." Sie machte eine Pause. „Und wenn er noch lebt, wie gut wäre das für Sie und die anderen. Dann wären sie nicht verantwortlich für seinen Tod."

Katharina räusperte sich. „Wegen einem aus der Gruppe bin ich übrigens hier. Lorenz Hofmann."

„Ja?" Der Blick der Rektorin war jetzt eher neutral.

„Sie kennen ihn näher, nicht wahr?"

Ein leichte Röte überzog Angela Reiters Gesicht. Es war ihr anzusehen, dass sie abwog, ob sie die Dumme spielen sollte. Sie entschied sich dagegen. „Ja."

„Ist es richtig, dass sie ein intimes Verhältnis zu ihm haben?"

Angela Reiter lachte kurz auf. „Meine Güte, Sie fackeln ja nicht lange. Aber warum auch? Ich bin eigentlich auch immer für klare Kante. Also, ja. Habe ich. Und ich hoffe, Sie denken jetzt nicht allzu schlecht über mich. Ich weiß selbst, dass es nicht besonders rühmlich ist, etwas mit verheirateten Männern anzufangen."

Katharina hob beide Hände. „Das ist Ihre Privatangelegenheit. Wo haben Sie sich denn kennengelernt? Haben Sie übrigens was dagegen, wenn ich einiges von unserem Gespräch in meinem Notebook festhalte?“

„Nein, gar nicht. Das macht man ja wohl so. Wir haben uns in der Sauna kennengelernt. Rein zufällig. Genauer gesagt im Ruheraum. Unsere Liegen standen nebeneinander, und weil wir zufälligerweise den gleichen Roman zum Lesen dabei hatten, sind wir ins Gespräch gekommen. Eine Frage.“

„Bitte.“

„Woher wissen Sie das mit Lorenz und mir? Ich kann mir nicht vorstellen, dass er es Ihnen freiwillig erzählt hat. Er hatte immer Panik, dass wir auffliegen.“

„Ach ja? Und Sie nicht?“

„Nein. Ich bin seit drei Jahren geschieden. Ich lebe nur mit meinem sechzehnjährigen Sohn zusammen.“

„Ah, okay. Um Ihre Frage zu beantworten: Das hat sich im Rahmen der Ermittlungen herausgestellt. Mehr kann ich Ihnen dazu nicht sagen. Lorenz hat es zunächst abgestritten.“

„Das wundert mich nicht. Wie gesagt, er war manchmal völlig hysterisch, dass seine Frau dahinterkommen könnte. Aber gut, ich wusste ja von

Anfang an, worauf ich mich einlasse. Da hat er mir nichts vorgemacht."

Immerhin. Katharina versuchte, gar nicht erst an ihren Exfreund zu denken.

„Und er hat auch gleich gesagt, dass es für ihn nicht infrage kommt, seine Familie zu verlassen. Es ging ihm dabei um seine Kinder und darum, seinen Job zu behalten. Sie werden ja wahrscheinlich wissen, dass er der Juniorpartner seines Schwiegervaters ist. Er hat immer gesagt, wenn seine Frau das mit uns erfahren würde, dann wäre er auf einen Schlag arbeits-, wohnungs- und kinderlos."

„Aber ist es nicht eine unangenehme Rolle, immer nur die zweite Geige zu spielen? Sie müssen doch bestimmt oft zurückstecken für das traute Familienglück."

„Zuerst habe ich das nicht so empfunden. Na ja, wie das so ist. Verknallt bis sonst wohin, da nimmt man vieles in Kauf. Die Ansprüche steigen ja erst, wenn der Blick wieder etwas geschärft wird."

Katharina nickte. Dagegen war nichts zu sagen.

Die Rektorin fuhr fort: „In letzter Zeit habe ich allerdings öfter darüber nachgedacht, das Verhältnis mit Lorenz zu beenden. Sie haben schon ganz recht, auf Dauer ist es quälend, nur eine Randerscheinung im Leben eines Menschen zu sein, den man liebt. Am Anfang fand ich alles sehr aufregend mit einem …" Sie hielt inne. „Sind Sie eigentlich verheiratet?"

Katharina schüttelte den Kopf.

„Okay, dann kann ich ja offen reden. Also, ich gebe zu, ich fand es aufregend, eine Affäre zu haben und mein schlechtes Gewissen gegenüber Lorenz' Familie hält sich auch in Grenzen." Sie zuckte mit den Schultern. „Es ist ja seine Verantwortung, nicht meine, und ich hatte es ja nicht geplant. Es ist einfach so passiert. Herz über Kopf. Wie in diesem einen Lied. Von wem ist das noch?"

„Joris. Sie müssen sich mir gegenüber nicht rechtfertigen, Frau Reiter. Aber ich würde gerne wissen, ob Lorenz nach dem Wochenende mit Ihnen über den Mord gesprochen hat? Hat er Ihnen erzählt, was passiert ist?"

„Ja. Er hat mich noch am Sonntag angerufen und er war wirklich fix und fertig. Das ist ja auch eine schreckliche Sache."

„Hat er etwas geäußert? Einen Verdacht zum Beispiel, wer es gewesen sein könnte? Oder gab es etwas, was ihn besonders beschäftigt hat?"

„Wir waren uns beide einig, dass so etwas nur ein Psychopath fertigbringt." Angela Reiter strich sich eine Haarsträhne hinters Ohr. „Es war ihm aber klar, dass er und die anderen, die auf dem Hof übernachtet haben, sofort im Fokus der Ermittlungen stehen würden. Größere Sorgen hat ihm das aber nicht bereitet. Aber etwas anderes hat ihn sehr beschäftigt."

„Und das war?"

„Er meinte, diese Dorothea hätte gewusst, dass er ein Verhältnis hat. Sie muss wohl etwas in diese Richtung angedeutet haben und das hat ihn auch hinterher noch total aufgeregt."

„Hinterher? Aber eigentlich war das ja überflüssig. Sie konnte ihm ja gar nicht mehr gefährlich werden."

„Das habe ich ihm auch gesagt. Was machst du dir denn jetzt für einen Stress, habe ich ihn gefragt. Sie ist doch tot. Da ist er völlig ausgeflippt." Angela Reiter schüttelte bei der Erinnerung daran den Kopf. „Ob ich überhaupt wüsste, wie er sich gefühlt habe. Er hätte nach ihrer Bemerkung keine ruhige Minute mehr an dem Abend gehabt und wäre um Dorothea herumgeschlichen wie die Katze ums Mauseloch. Er wollte einen passenden Moment abwarten und mit ihr sprechen. Lorenz war sich nämlich ziemlich sicher, woher sie von uns wusste."

„Doro hat Sie und Lorenz irgendwo gesehen, stimmt's?"

Angela Reiter nickte. „Und dafür gibt es nur eine Möglichkeit. Sie kann uns nur im Delizie gesehen haben. Ich weiß nicht, ob Sie den Laden kennen?"

„Ich war noch nie drin, aber ich weiß, dass es ihn gibt."

„Wir sind bis jetzt nur ein einziges Mal ausgegangen, und zwar dorthin. Sonst haben wir uns immer nur bei mir zu Hause getroffen. Ich wollte einfach gerne mal raus und das tun, was andere Verliebte auch tun. Essen gehen, anschließend ein bisschen bummeln, dann nach Hause und den Abend gemütlich auf dem Sofa ausklingen lassen."

„Das kann ich nachvollziehen."

„Aber Lorenz hatte immer die Sorge, jemand könnte uns sehen. Ich habe das nicht verstanden, denn selbst wenn man zufälligerweise Bekannte getroffen hätte, so what? Was ist dabei, zusammen auszugehen? Aber Lorenz sah das ganz anders. Er meinte, die Leute würden einem sofort etwas unterstellen. Ich habe ihn dann schließlich doch mit viel Mühe überredet. Das Delizie ist so weit außerhalb. Es erschien mir völlig unwahrscheinlich, dass wir dort jemanden treffen könnten, dem wir bekannt wären. Wir hatten dann auch einen sehr schönen Abend." Ein Lächeln umspielte Angela Reiters Mundwinkel, verschwand aber gleich wieder. „Wie gesagt, Lorenz hatte große Vorbehalte und fühlt sich jetzt natürlich bestätigt. Wir hatten am Sonntag einen ziemlich heftigen Streit deswegen am Telefon. Er sagte zu mir, ich wüsste gar nicht, was ich angerichtet hätte mit meiner Idee zusammen essen zu gehen."

„Wissen Sie, ob Lorenz mit Doro noch mal geredet hat? Später am Abend vielleicht?"

„Er sagt ‚Nein'. Es hätte sich nicht ergeben."

Angela Reiter erhob sich und zog aus der Schublade ihres Schreibtisches die Zigarettenpackung, die sie vorhin dort hatte verschwinden lassen. „Sorry, ich muss noch eine rauchen. Mich wühlt das alles sehr auf. Rauchen wirkt da auf mich wie Baldrian.“ Sie ging zum Fenster und öffnete es.

Katharina war auch aufgestanden. „Das war’s aber eigentlich auch schon. Haben Sie sich denn mit Lorenz wieder vertragen?“

„Na ja.“ Angela Reiter hatte einen Arm vor der Brust verschränkt, den anderen darauf abgestützt und zog an ihrer Zigarette. „Ich werde Lorenz wohl sagen, dass ich dieses heimliche Verhältnis nicht mehr möchte. Entweder ganz oder gar nicht.“

„Finde ich vernünftig“, sagte Katharina.

Die Rektorin warf einen Blick nach draußen. „Ach, schauen Sie mal. Da ist ja Rieke. Ist ja auch ein witziger Zufall, dass sie Lorenz kennt.“

Katharina trat auch ans Fenster. Rieke und ein paar Kinder hatten Greifzangen aus Metall in der Hand, mit denen sie Müll aus den Beeten und Büschen rund um den Schulhof sammelten.

Angela Reiter stieß einen Seufzer aus. „Glauben Sie mir, der Lehrerberuf wäre um die Hälfte einfacher, wenn die Eltern nicht wären.“

„Tatsächlich?“ Katharina beobachtete weiter die muntere Truppe im Hof. Zwei blonde Mädchen äfften gerade eine dickliche Mitschülerin nach, die ihnen als Antwort den ausgestreckten Mittelfinger hinhielt. „Ich hätte jetzt gedacht, es läge eher an den lieben Kleinen."

„Nee, da liegen Sie falsch. Das gilt jetzt natürlich nicht für alle, aber es gibt Eltern, die einem den Lehrerberuf zur Hölle machen, weil sie ständig eine unrechtmäßige Behandlung ihrer Kinder wittern. Glauben Sie mir, Eltern können zu Furien werden, wenn es um das vermeintliche Wohl ihrer Kinder geht. Es gibt kaum etwas, wo mehr Emotionen im Spiel sind."

„Da bin ich ja direkt froh über meine Berufswahl."

Angela Reiter lachte hell auf. Dann wurde sie wieder ernst. Sie hatte sich jetzt mit beiden Armen auf dem Fensterbrett abgestützt und sah zu, wie Rieke und ihre Schüler die Zangen und einige liegen gebliebene Bälle und Springseile in einen rotweiß gestrichenen Holzschuppen räumten. „Rieke ist eine Spitzenpädagogin", sagte sie. „Sie kann so gut mit Kindern. Egal ob mit Jungs oder Mädchen. Geduldig, aber dennoch konsequent. Es ist wirklich ein Jammer, dass sie keine Kinder bekommen kann."

– 21 –

Kies spritzte unter den Rädern weg, als Manu mit Schwung durch die Hofeinfahrt von Drei Eichen fuhr.

Bevor sie ausstieg, schickte sie eine SMS an ihre Sprechstundenhilfe. Die schräg stehende Herbstsonne blendete sie und verursachte ein leichtes Ziehen in ihrer Stirnhöhle. Dafür spürte sie aber keinen Schwindel mehr.

Drei Eichen wirkte verlassen. Stall- und Scheunentor sowie die Haustür waren geschlossen. Aber Frederiks Transporter war da. Ohne Auto kam man hier nirgendwo hin. Frederik war also zu Hause.

Manu überquerte den Hof. Sie war fast am Haus angekommen, als sich die Tür öffnete und Frederik heraustrat. Er hielt inne und man sah ihm an, dass er alles andere als erfreut über den Besuch war.

„Hi“, sagte Manu.

„Hi“, antwortete Frederik und kam ihr entgegen.

Manu hatte sich keine Gedanken darüber gemacht, was sie Frederik eigentlich sagen wollte. Sie hatte sich darauf verlassen, dass ihr die richtigen Worte einfallen würden, wenn sie ihm gegenüberstand. Aber jetzt fühlte sich ihr Kopf an wie ein Luftballon voller Helium. Leicht, schwerelos und … leer.

Einfach loslegen, dachte Manu. Jetzt ist es sowieso zu spät für einen Rückzieher und du weißt doch, was du willst.

Frederik kam ihr zuvor. „Was gibt's denn?"

„Du hast Doro umgebracht."

„Wie bitte?"

„Du hast mich richtig verstanden. Ich glaube, dass du Doro im Streit den Kopf eingeschlagen hast, und ich will, dass du das Katharina sagst." Sie schwankte ein bisschen. Ganz war der Schwindel doch noch nicht verschwunden.

„Bist du betrunken?" Frederik kam näher und schnüffelte. „Du hast eine Fahne!"

„Nach zwei Gläsern Sekt bin ich noch lange nicht betrunken", sagte Manu. „Aber das ist auch gar nicht das Thema."

Frederik schaute Manu nachsichtig an. „Ich habe Doro nicht umgebracht, so viel ist sicher."

„Ach ja?", fauchte Manu. Frederiks Selbstgefälligkeit war unerträglich. „War es nicht vielleicht so, dass du, nachdem wir alle in unseren Zimmern verschwunden und eingeschlafen waren, noch mal nach unten gegangen bist? Du wusstest schließlich, dass Doro noch aufräumen würde. Kann es nicht sein, dass ihr wieder angefangen habt, über Drei Eichen zu streiten? Ich kann Doro richtig vor mir sehen, wie sie dir alle Hoffnung nimmt. Knallhart. Behutsamkeit und Rücksicht waren ja nicht ihre Stärken."

Manu machte einen Schritt auf Frederik zu. Ihr Mund war schon wieder trocken wie Sandpapier. Mit rauer Stimme flüsterte sie: „Das muss doch ganz furchtbar für dich gewesen sein, so abhängig zu sein. Alles hing an den Launen von Madame. Schrecklich!"

Mit weit aufgerissenen Augen starrte sie Frederik an. „Wie abfällig sie sich über dein Paradies hier geäußert hat." Manu machte eine Rundumbewegung mit dem Arm. „Sie wusste doch deine ganze Arbeit gar nicht zu schätzen, oder? Und hat nie verstanden, was das hier für dich bedeutet. Und nie war es gut genug. Sie hat ja noch nicht einmal daran geglaubt, dass du es schaffen könntest, hier in Hoove einen Hofladen ans Laufen zu kriegen."

Frederik fasste Manu am Oberarm. „Ist gut jetzt, Manu. Möchtest du vielleicht einen starken Kaffee. Der könnte helfen."

Manu befreite sich mit einem Ruck. „Ich will keinen Kaffee. Dein ganzer Auftritt in der Pizzeria – das war doch inszeniert. Du wolltest doch nur von dir selbst ablenken."

Frederik griff erneut nach Manus Arm und bugsierte sie sanft aber bestimmt Richtung Haustür. „Komm, ich koche jetzt einen schönen Kaffee für uns beide und dann reden wir ganz in Ruhe. Einmal tief durchatmen und dann noch mal alles auf Anfang."

Manu spürte den Druck auf ihrem Arm und gleichzeitig nahm der Schmerz in ihrem Kopf wieder zu. Vielleicht war ein starker Kaffee nicht das Schlechteste. Aber sie würde sich nicht von Frederik einlullen lassen und sie verspürte auch keinerlei Angst vor ihm. Auch nicht, als die Haustür mit einem energischen Knall hinter ihr ins Schloss fiel.

—

„Entschuldigung. Wird es noch lange dauern? Ich hatte meinen Termin um elf Uhr." Katharina hatte sich von ihrem hart gepolsterten Stuhl erhoben und stand jetzt vor dem Empfangstresen der Physiopraxis. Klaas' Kollegin schaute erst nach einigen Sekunden hoch und lächelte Katharina milde an. „Herr ten Venne ist heute ein bisschen in Verzug. Es geht gleich los. Setzen Sie sich noch einen Moment bitte."

Katharina nahm erneut in dem freundlich gestalteten Wartezimmer Platz. Die Vorhänge vor den hohen Fenstern waren farblich auf die Wandfarbe abgestimmt. Bis auf ein Bild, das mehrere chinesische Schriftzeichen auf weißem Hintergrund zeigte, waren die Wände schmucklos. Ob Klaas Kollegin wohl Chinesin war? Katharina spähte zu ihr hinüber. Heute trug Frau Lo keinen strengen Dutt, sondern hatte ihr seidiges, schwarzes Haar im Nacken locker zusammengebunden. Katharina zog ihr Handy hervor. Die Uhr im Display zeigte elf Uhr zwanzig. Außerdem war ein Anruf auf der Mailbox eingegangen. Es war Doros Partnerin Hylia Gülan, die um Rückruf bat. Katharina ließ das Telefon wieder in ihre Tasche gleiten.

Endlich ging die Tür eines der Behandlungszimmer auf. Klaas kam heraus, schaute zu ihr hinüber und machte ein flüchtiges Handzeichen, bevor er hinter der nächsten Tür verschwand. Die Warterei begann Katharina zu nerven. Doch da kam Klaas wieder aus dem Behandlungsraum. Er wechselte leise ein paar Worte mit seiner Kollegin und kam dann zum Wartezimmer hinüber. Katharina stand erneut auf und lächelte Klaas entgegen.

„Hallo." Klaas blieb mit einem angestrengten Ausdruck im Gesicht in der Tür stehen. „Wir haben hier heute Land unter. Susann wird dich heute behandeln. Sie weiß, was zu tun ist." Bevor Katharina etwas antworten konnte, drehte er sich um und verschwand.

Susann Lo kam hinter dem Tresen hervor, in ihren mandelförmigen Augen ein spöttisches Glitzern. Wie es schien, kostete es Klaas' Kollegin alle

Willenskraft, Katharina ihre Schadenfreude nicht ins Gesicht zu lachen. „Wir gehen in die drei. Machen Sie Ihren Oberkörper schon mal frei. Ich bin gleich bei Ihnen."

Katharina zerrte ihre Jacke vom Bügel und sagte: „Nee, lassen Sie mal. Es ist jetzt halb zwölf. Ich habe leider keine Zeit mehr. Schönen Tag noch und besten Gruß an Herrn ten Venne."

War der noch ganz gescheit? Katharina hantierte fluchend an ihrem Bügelschloss herum. Da ließ er sie so lange im Wartezimmer sitzen, um ihr anschließend so blöd zu kommen? Keine Entschuldigung, nur eine fadenscheinige Erklärung. Danke, hat sich erledigt, Herr ten Venne. Mit einem letzten ungeduldigen Ruck bekam sie das Bügelschloss auf. Bevor sie sich aufs Rad schwang, holte sie ihr Handy heraus. Ihr war Frau Gülans Rückrufbitte wieder eingefallen, doch jetzt hatte sie kein Glück. Es war besetzt. Sie versuchte es ein zweites und drittes Mal, aber vergeblich. Ich fahr direkt zur Agentur, entschied Katharina. Sie wollte ihr Handy gerade wieder verstauen, da fing es an zu klingeln.

„Ja?"

„Oh, du klingst gestresst. Passt es gerade nicht? Hier ist Frederik."

„Nein, alles gut. Was gibt's denn?"

„Manu war gerade hier und wollte mir ein Geständnis entlocken, dass ich Doro umgebracht hätte. Sie war ziemlich angeschickert und ist trotzdem mit dem Auto gekommen."

„Sie hatte getrunken?"

„Ja, ich mache mir jetzt doch Sorgen. Hoffentlich ist ihr nichts passiert auf dem Heimweg."

Katharina hatte sich das Rad an die Hüfte gelehnt. „Eigentlich hättest du sie gar nicht losfahren lassen dürfen. Sie meint also, du hast Doro umgebracht?"

„Ja. Und beim Italiener hätte ich nur von mir ablenken wollen. Aber zum Schluss konnte ich sie davon überzeugen, dass ich es nicht war."

„Und wie das?"

„Ich habe ihr zwei Tassen schwarzen Kaffee eingetrichtert und ihr gut zugeredet, dass sie sich in was verrannt habe. Irgendwann hat sie es eingesehen, sich für ihren Auftritt entschuldigt und dann wollte sie nur noch ganz schnell wieder weg."

„So schnell hat sie sich umstimmen lassen?"

„Zumindest hat es diesen Eindruck gemacht", meinte Frederik und klang selbst etwas erstaunt.

„Mmh", machte Katharina und in ihrem Hirn arbeitete es

„Ich persönlich glaube ja, dass Manu es selbst war", mutmaßte Frederik. „Man sagt doch, der Mörder kehrt immer wieder zum Tatort zurück."

„Das ist eine Redensart."

„Ja, klar. Trotzdem. Die ganze Nummer, die sie hier vorhin abgezogen hat, das wirkte alles irgendwie so … ich weiß nicht … gekünstelt. So übertrieben. Das hatte so etwas Inszeniertes."

„Aber wenn Manu Doro umgebracht hat, was soll das dann alles?"

„Weil sie von sich ablenken will. Hat sie ja vorher auch schon versucht mit diesem Uli-Gequatsche. Und als ich damit anfing, dass wohl einer von uns Doro umgebracht haben muss, ich es aber nicht sein könne, da hat sie eben den Spieß umgedreht. Taktik. Selbstverteidigung."

„Na ja, genauso gut könnte man natürlich glauben, dass du nur von dir ablenken wolltest."

„Natürlich. Aber ich war es wirklich nicht. Doch mir kam es von Anfang komisch vor, dass Manu so vehement auf Uli gedrängt hat. Das Interview mit der Zeitung. Das wirkt doch wie eine Flucht nach vorne, oder täusche ich mich?"

„Mag sein. Ich muss jetzt los, aber ich fahre nachher mal bei ihr vorbei."

Ja, das würde sie tun. Sie hatte das dringende Bedürfnis, mit Manu über ihren Besuch bei Frederik zu sprechen. Aber jetzt wollte sie erst wissen, was Doros Partnerin ihr zu sagen hatte.

Katharina radelte Richtung Hafen. Einer von den vieren spielt falsch, dachte sie, und ich werde herausfinden, wer.

– 22 –

„Seit wann wird hier schon nachmittags ferngesehen? Mach bitte das Ding aus, David!“

„Ooooch, Mann. Kann ich das nicht noch eben zu Ende gucken?“

„Nein. Aus und Schluss! Und dann zeigst du mir die Mathe-Hausaufgaben. Wann war noch mal der Aufsatz? Morgen?“

„Den schreiben wir jetzt doch erst nächsten Montag.“

Anja Hofmann stieß ein ungläubiges Schnalzen aus. „Ach? Wieso das denn?“

„Keine Ahnung. Hat Frau Wedemeier gesagt.“

Lorenz hatte das Haus so leise betreten, dass niemand sein Kommen bemerkte. Normalerweise war vier Uhr nachmittags nicht die Zeit, an der er aus dem Büro nach Hause kam. Doch er hatte sich nicht wohl gefühlt, und da sein Schwiegervater einen Außentermin wahrnahm, nutzte er die Gunst der Stunde und war heimgefahren. Niemand rechnete mit ihm. In der Küche hörte er Anjas Stimme. Er verharrte im Flur und hörte zu, wie sie David zum wer weiß wievielten Mal vorhielt, dass er mit seiner gleichgültigen Einstellung niemals die Gymnasialempfehlung bekommen würde.

Lorenz' Blick blieb an den verschiedenfarbigen Garderobenhaken hängen. Blau für ihn, rot für Anja, grün für David und rosa für die Kleine. Wehe, wenn er seine Jacke an den falschen Haken hängte, das konnte Anja rasend machen. Wie sollten die Kinder sonst Regeln und Ordnung lernen? Er hatte das alles so satt.

„Was ist denn so schlimm daran, wenn ich auf die Realschule gehe", hörte er David fragen. „Bastian und Tom gehen auch dahin. Ich will gar nicht aufs Gymnasium mit den ganzen Strebern."

Ups! Lorenz verzog den Mund zu einem halben Grinsen. Er konnte Anja vor sich sehen, wie ihr vor Empörung das Blut in die Wangen schoss. Er kannte ihre Einstellung in dieser Frage nur zu gut. David zur Realschule? Undenkbar! Ihre beiden Nichten besuchten bereits das Gymnasium, ihr Neffe würde auch dort hingehen. Kein Kind ihrer Freundinnen war auf einer Realschule. Und ihr Sohn wollte dorthin? Demnächst mehr als die Hälfte des Tages in einem Sammelbecken für Verhaltensauffällige, Schwererziehbare und Schulverweigerer verbringen? Da sei Gott vor!

„Frau Wedemeier hat gesagt, es müssen gar nicht alle ans Gymnasium. Eine Realschule ist auch gut", legte David nach.

„Jaja, das ist ja schön, dass Frau Wedemeier das sagt. So weit ich weiß, sind ihre Kinder aber alle im Mauritz, einer der besten Schulen, die wir in Münster haben."

Lorenz hatte immer noch den Blick auf die Garderobenhaken gerichtet. Und wie er da so unbemerkt im Flur seines noch lange nicht abbezahlten Hauses stand und zuhörte, wie David mit seiner Mutter diskutierte, da wurde ihm plötzlich klar, was die Uhr geschlagen hatte. Sein Sohn, sein zehnjähriger Sohn, machte es ihm in diesem Moment vor. Es war für ihn an der Zeit – nein, es war überfällig, Position zu beziehen, und zwar für seine Kinder, aber vor allem für sich selbst.

Bislang hatte er Anja die Erziehungsangelegenheiten überlassen. Welche Krabbelgruppe, welcher Kindergarten, welche Hobbys, welche Kontakte. Sie war näher dran und verbrachte mehr Zeit mit den Kindern als er, der den ganzen Tag nicht zu Hause war. Er hatte nicht immer alles für gut befunden, was Anja für die Kinder entschied. Aber es war ihm auch oft zu anstrengend gewesen, sich mit ihr darüber auseinanderzusetzen. Das würde sich ab sofort ändern. Und nicht nur das. Es war auch Zeit dafür, sein eigenes Leben neu zu sortieren.

Er wunderte sich, dass ihm diese Erkenntnis, die jetzt so glasklar vor ihm lag, nicht schon früher gekommen war.

Warum hatte er sich nur wegen Doro so verrückt gemacht? Andererseits war es natürlich gut, dass die Gefahr durch Doro gebannt war. Ihr Tod hatte seinen Sinn. Nun konnte er selbst für reinen Tisch sorgen, was sich viel besser anfühlte, als wenn Doro ihn verpfiffen hätte.

Plötzlich verspürte er keinerlei Angst mehr vor den Folgen seiner Entscheidung. Er hatte keine Erklärung dafür, warum sie ihn vorher so hatte blockieren können. Wenn sein Schwiegervater ihm kündigte? Na und? Er war gut qualifiziert und würde einen neuen Job finden. Seine Kinder? Er würde sie nicht ganz verlieren. Selbst wenn Anja die Scheidung forderte, was wohl sicher war, gab es gesetzliche Regelungen, die ihm den Umgang mit seinen Kindern möglich machen würden. Auch wenn das nicht mehr täglich war. Aber alles war besser, als das hier, dieses krampfhafte Festhalten an einer Familienidylle, die es nie gegeben hatte.

Er hängte seine Jacke an Davids Garderobenhaken und stieß die Küchentür auf. „Anja, ich muss mit dir reden."

„Lorenz? Was machst du denn schon hier? Und siehst du nicht, dass ich gerade mit David ..."

Lorenz unterbrach seine Frau: „David, geh bitte auf dein Zimmer, ich muss mal mit deiner Mutter reden." David verstand blitzschnell und intuitiv. Er sauste an Anja vorbei und verschwand.

„Lorenz, was soll …“, begann Anja entrüstet.

„Würdest du mir bitte mal zuhören“, unterbrach sie Lorenz.

„Ich sprach gerade mit David, da kannst du doch nicht …“

„Würdest du jetzt mal den Mund halten? Ich habe dir etwas zu sagen“, unterbrach Lorenz Anja erneut. Diesmal war sein Ton so barsch, dass ihre Augenbrauen vor Überraschung in die Höhe schossen. Überrascht schloss sie den Mund.

—

Vier Kilometer Luftlinie entfernt schob Rieke ihre Lesebrille ins Haar und rieb sich die Augen. Dann beugte sie sich vor und zog an dem Bändchen der altmodischen Schreibtischlampe. Gerade mal halb fünf und draußen machte sich schon die Herbstdämmerung bemerkbar.

Sie saß in ihrem Arbeitszimmer am Schreibtisch und korrigierte Diktate.

Mit Arbeit hatte Rieke sich schon immer gut ablenken können. Obwohl sie das Vorbereiten des Unterrichts, das Korrigieren von Arbeiten und Tests, das Schreiben von Zeugnissen und was sonst noch zum Lehreralltag gehörte, gar nicht als Arbeit empfand. Es war eine Passion. Sie liebte es, mit Kindern zu tun zu haben, ihre Fortschritte zu beobachten, an ihrer Entwicklung teilzuhaben, die sich im Grundschulalter in Riesenschritten vollzog.

In diesem Alter waren Kinder wissbegierig, aufnahmefähig und hoch motiviert. In ein paar Jahren sah das schon anders aus, wie einige stöhnende Kollegen gern betonten, die in den Klassen sieben bis neun unterrichteten.

Nein, die Kinder waren kein Problem. Dann schon eher die Eltern, die in den letzten Jahren immer mehr zu Helikoptern geworden waren, die ständig über ihren Kindern kreisten.

Die Eltern von Charlotte waren ein gutes Beispiel dafür. Was hatten sie nur für ein Problem? Sie dachten wohl, man wolle ihnen ihre Tochter abspenstig machen. Was für ein Blödsinn! Sie war Lehrerin und keine Kinderdiebin.

Riekes Gedanken wanderten weiter zu Angela Reiter. Seit dem fluchtartigen Verlassen des Büros hatte sie die Rektorin nicht mehr gesprochen. War ihr auch auf den Fluren und im Lehrerzimmer ausgewichen. Bestimmt würde Angela noch mal auf das Thema Charlotte zurückkommen.

Sie erhob sich und streckte ihren Rücken durch. Noch stand im Arbeitszimmer auch der Schreibtisch von Christoph. Es befanden sich sowieso noch in der ganzen Wohnung Sachen von ihm. Stille Zeugen vergangenen Glücks. Genau wie die gesammelten Erinnerungsstücke ihrer gemeinsamen Asienreisen. Ihre ungewollte Kinderlosigkeit hatte alles kaputt gemacht.

Christoph hatte an jenem Abend nur einen kleinen Koffer gepackt und ihr gesagt, dass er zu einem Freund gehen würde. Vorläufig. Zwei Tage später hatte er ihr eine SMS geschickt, dass er vier Wochen Urlaub beantragt habe und dann für drei Wochen weg sei. Wohin? Das hatte er ihr nicht gesagt. So weit war es gekommen. Dafür informierte er sie aber noch darüber, dass er nach dem Urlaub seine Sachen holen würde. Bei seinem Kumpel im Haus wurde zufälligerweise ab Dezember eine Dachgeschosswohnung frei.

Rieke ging in die Küche, um sich einen Tee zu machen. Während sie darauf wartete, dass das Wasser zu kochen anfing, warf sie einen Blick aus dem Fenster. Ihre Wohnung lag im zweiten Stock eines alten Jugendstilhauses im Kreuzviertel. Eine wunderschöne Altbauwohnung mit meterhohen, stuckverzierten Decken, Holzdielen und einer Flügeltür zum Wohnzimmer. Eine Wohnung, um die sie alle beneideten, die sie aber aufgrund der hohen Miete ohne Christoph nicht würde halten können.

Rieke goss das sprudelnde Wasser in einen Becher und ließ den Teebeutel an dem Bändchen auf und ab hüpfen. Sie war so in ihre Gedanken vertieft, dass sie das Klingeln an der Tür erst beim zweiten Mal registrierte. Sie öffnete.

„Manu! Das ist eine Überraschung. Komm rein. Ist alles klar? Du siehst abgekämpft aus.“

Manu schälte sich aus ihrer Jacke, hängte sie an die Garderobe und folgte Rieke in die Küche. „Bin ich auch. Mir ist ein bisschen flau im Magen. Ich habe heute noch nicht viel gegessen."

„Ich könnte uns eine Tiefkühlpizza in den Ofen schieben, wenn du Lust darauf hast. Ich habe auch Hunger."

„Wenn es keine Umstände macht." Manu blickte sich um. „Nette Wohnung."

„Das macht gar keine Umstände. Setz dich doch. Hattest du so viel zu tun heute oder warum bist du nicht zum Essen gekommen?" Sie holte zwei Pizzaschachteln aus dem Eisfach und schaltete den Ofen ein.

„Ich war heute gar nicht arbeiten", sagte Manu. „Ich bin völlig durch den Wind." Sie spürte plötzlich, wie sich ihre Kehle verengte. Ihre Stimme brach und Rieke schaute erschrocken zu ihr hinüber. Als Manu ihrem Blick begegnete, einem freundschaftlichen, teilnahmsvollen Blick, da konnte sie sich nicht länger zusammenreißen. Die Tränen, die ihr schon den ganzen Tag hinter den Augen brannten, begannen zu fließen. Sie legte ihren Kopf auf ihre verschränkten Arme und weinte hemmungslos.

„Oh, Manu!", sagte Rieke erschrocken. Hastig ging sie zu ihr und legte den Arm um ihre Schultern. „Was ist denn los?"

„Mir ist das alles zu viel", schluchzte Manu. „Ich habe das Gefühl, alles bricht über mir zusammen, ich habe nichts mehr unter Kontrolle. Der Mord an Doro, die Verdächtigungen, die Ungewissheit, die alten Erinnerungen an Uli. Ich kann nicht mehr. Hast du den Artikel nicht gelesen?"

„Wieso? Nein. Welchen Artikel denn?"

„In der WZ."

„Nein, wir haben eine überregionale Tageszeitung im Abo."

„Ach so." Manu erzählte Rieke die ganze Geschichte von dem Gespräch mit dem Journalisten bis hin zu Katharinas Suspendierung.

„Mein Güte, das ist ja was." Rieke sah ratlos aus. „Der Journalist ist einfach so bei dir aufgetaucht? Wo hatte der deine Adresse her? Komisch eigentlich."

„Ja, das fand Katharina auch. Weißt du, was ich heute gemacht habe?"

„Was denn?"

„Ich war bei Frederik. Auf einmal war ich absolut sicher, dass er Doro umgebracht hat. Alles erschien mir logisch. Wegen des Hofes und weil er so vehement behauptet hat, einer von uns anderen wäre der Mörder."

„Und was hat er dazu gesagt?"

„Dass er es nicht war, natürlich." Manu zog die Nase hoch und wischte sich mit dem Handrücken über die Augen. „Vielleicht war er es ja auch wirklich nicht. Ich weiß überhaupt nichts mehr. Das macht mich ja gerade so fertig. Frederik hat ja völlig recht. Es könnte jeder von uns gewesen sein. Du, Lorenz, Frederik. Vielleicht war ich es sogar selbst."

„Manu!"

„Ja, was denn? Ist doch so."

„Und was ist mit Uli? Du warst doch die ganze Zeit so sicher, dass du ihn gesehen hast. Und somit käme ja auch er infrage."

Manu nahm dankbar das Papiertaschentuch entgegen, das Rieke ihr anbot. „Ja. Aber das Komische ist, je mehr Zeit vergeht, desto unsicherer werde ich, ob er es wirklich war."

Rieke setzte sich Manu gegenüber. „Nun sag mal, was ist eigentlich damals auf dieser Party passiert?"

Manu schnäuzte sich ins Taschentuch und schaute Rieke aus verweinten Augen an. Es war ganz still in der Küche. Nur das monotone Brummen des Umluftofens war zu hören.

Manu atmete ein und stieß die Luft mit einem tiefen Seufzer wieder aus. „Also schön." Sie hielt einen Moment inne und sammelte ihre Gedanken. Rieke sagte nichts, sah ihren Gast nur an.

„Wir waren auf dieser Party am Hawerkamp", begann Manu schließlich. „Vielleicht erinnerst du dich? Keiner von euch hatte Zeit und ich hatte eigentlich gar keine Lust, mit Doro alleine dort hinzugehen. Aber sie hat keine Ruhe gegeben. Auf der Party war nichts los. Da war kaum jemand von unserer Schule, alles nur Typen, die ich noch nie gesehen hatte. Wir standen da herum mit unserem Bier in der Hand und versuchten gegen den Krach anzuschreien. Da lief die ganze Zeit Hardcore-Musik. Ich hatte Doro gerade ins Ohr gebrüllt, dass ich nach dem Bier nach Hause fahren würde, als sie von einem Typen angequatscht wurde. Ob wir nicht Lust hätten, uns mit ihnen an den Kanal zu setzen. Sie hätten was zu rauchen dabei."

Rieke stand auf. „Erzähl ruhig weiter." Sie schob die Pizzen in den nun vorgeheizten Ofen, stellte die Uhr auf fünfzehn Minuten und setzte sich wieder.

„Doro war natürlich sofort Feuer und Flamme. Der Typ hatte Ähnlichkeit mit Johnny Depp, also mit Johnny Depp vor zwanzig Jahren natürlich."

„Ah, okay."

„Als wir draußen standen, wollte ich mich absetzen. Mir war das kalte Bier schon nicht besonders gut bekommen. Und jetzt noch einen Joint, darauf hatte ich überhaupt keine Lust. Aber Doro fing an, auf mich einzureden: Jetzt stell dich nicht so an! Was willst du denn jetzt schon zu Hause? Zieh den Stock aus dem Hintern und komm mit. Du kennst ja ihre Sprüche."

Rieke nickte.

„Ich hab mich dann überreden lassen und bin mit an den Kanal", fuhr Manu fort. „Der Johnny-Depp-Verschnitt baute eine Riesentüte und seine beiden Freunde tranken Dosenbier und machten blöde Sprüche. Wir hatten uns direkt ans Ufer gesetzt. Alle nebeneinander. Wie die Hühner auf der Stange. Ich saß zwischen Doro und einem von diesen Typen. Erst fand ich das sogar noch ganz cool, so am Wasser zu sitzen. Diese blinkenden Signalanlagen, das hatte so was Surreales."

Manu machte eine Pause und Rieke nickte aufmunternd mit dem Kopf.

„Ich habe das gar nicht richtig mitbekommen, aber irgendwie hatte sich da was zwischen Doro und Johnny angebahnt. Jedenfalls standen sie nach einer Weile auf, beziehungsweise Johnny stand auf und zog eine kichernde Doro auf die Füße. Er gab seinen Kumpels zu verstehen, dass sie für eine Weile weg wären. Ich fand das total bescheuert, denn ich hatte schon die ganze Zeit damit zu tun, dem Typ neben mir klar zu machen, dass seine Hand nichts auf meinem Oberschenkel zu suchen hätte, aber er wollte das einfach nicht kapieren. Ich habe Doro zugerufen, dass sie bleiben soll. Aber sie hat nur gelacht. Ich habe versucht aufzustehen, aber der Grapscher hat mich festgehalten."

Manu fuhr sich mit der Hand über den Mund. „Doro meinte, ich solle mal schön entspannt bleiben. Schließlich wäre ich doch seit ewigen Zeiten auf der Suche und jetzt hätte ich gleich zwei Stecher zur Auswahl. Ich habe sie angeschrien. Ich weiß gar nicht mehr, was ich zu ihr gesagt habe, aber sie ist nur winkend abgezogen, Arm in Arm mit Johnny. Inzwischen hatte sich der zweite Kumpel an meiner anderen Seite niedergelassen. Ich habe um mich geschlagen, gestrampelt, geschrien, aber sie hielten mich fest, mit aller Gewalt. Und dann …" Manu verstummte.

Rieke legte eine Hand auf Manus. „Oh Gott, Manu. Was haben sie gemacht? Haben die dich vergewaltigt?"

Manu umklammerte Riekes Hand und drückte so fest zu, dass es Rieke schmerzte, aber sie zog ihre Hand nicht zurück.

„Ja", flüsterte Manu. „Beide. Ich habe mich so schmutzig danach gefühlt. Schmutzig. Verstehst du? Mir war zum Kotzen. Zu Hause habe ich stundenlang unter der Dusche gestanden, aber es half nichts. Ich konnte das Gefühl, schmutzig zu sein, nicht abwaschen. Irgendwie … bis heute nicht."

Rieke erwiderte sanft den Druck von Manus Hand. „Warum hast du keinem etwas gesagt, Manu?", flüsterte sie. Ihre Augenbrauen waren zusammengezogen vor Betroffenheit. „Warum hast du dich Frau Kemper nicht anvertraut, wenn du schon bei ihr warst? Sie hätte dir doch geholfen und die beiden Typen – du hättest Anzeige erstatten müssen!"

Manus Blick schweifte wieder zum Fenster und verlor sich irgendwo in der Dunkelheit, die schwer vor dem Fenster hing. „Ja, ich war bei Frau Kemper. Ich wollte ihr alles erzählen, aber ich habe es nicht aussprechen können. Und dann wollte ich auch auf gar keinen Fall, dass meine Eltern etwas erfahren. Meine Mutter wäre durchgedreht. Frau Kemper hätte es aber meinen Eltern gesagt, sagen müssen."

Rieke hatte Manus Mutter noch gut vor Augen. Ein ganz anderer Typ als ihre eigene, vergeistigte und schnell überanstrengte Mama. Frau Meißner war eine resolute, bodenständige Frau. Mutter von vier Kindern, sehr katholisch und aktiv in der Kirchengemeinde. Aber eine vergewaltigte Tochter hätte sie mit Sicherheit in ihren Grundfesten erschüttert.

„Ich habe mich immer schuldig gefühlt. Schuld und Hass, das war es, was ich gefühlt habe. Aber nicht Hass auf diese beiden erbärmlichen Hansel, sondern Hass auf Doro, eine meiner besten Freundinnen, die sich lachend verpisst hat, um eine Nummer zu schieben und mich mit zwei besoffenen und bekifften Arschlöchern allein gelassen hat."

„Hast du ihr jemals erzählt, was passiert ist?"

„Bist du wahnsinnig? Weißt du, was sie gesagt hätte? ‚Cool – gleich zwei Lover! Da hast du mir ja jetzt was voraus' oder etwas in der Art." Manu schüttelte den Kopf. „Sie hat mir erzählt, dass sie mit ihrem Johnny einen Quickie irgendwo im Gebüsch geschoben hat. Danach war ihr sofort klar, dass sie ihn nicht wiedersehen muss. Wo ich an dem Abend abgeblieben bin, hat sie gar nicht gefragt. Es war ihr einfach scheißegal."

„Hast du nicht jedes Mal, wenn du sie gesehen hast, den Drang verspürt ihr ins Gesicht zu springen?", fragte Rieke, als die Uhr am Ofen piepte.

„Ja und nein", sagte Manu. „Ich bin ihr aus dem Weg gegangen, aber das ließ sich natürlich nicht konsequent durchziehen. Außerdem habe ich versucht, alles total zu verdrängen, was mir für den Rest der Schulzeit sogar ganz gut gelang." Sie beobachtete, wie Rieke die Pizzen aus dem Ofen auf zwei große Teller bugsierte. „Schlimm wurde es erst, als wir nach dem Abitur alle unser eigenes Ding gemacht haben. Ich habe Doro ja dann nicht mehr gesehen, aber komischerweise ließ sich der Abend am Kanal auf einmal nicht mehr verdrängen. Es kam alles wieder hoch. Ich habe mein Studium für zwei Semester unterbrechen müssen und stattdessen mehrere Therapien gemacht."

Rieke kam mit den Tellern zum Küchentisch. Bevor sie sich setzte, nahm sie aus einer Schale, die auf dem unteren Regal über der Arbeitsplatte stand, einen angebrochenen Zellophanstreifen heraus und drückte zwei Tabletten heraus. „Dass du keinen festen Freund hast, ist das wegen dieser Sache damals?“, fragte sie und nahm die Tabletten mit einem Schluck Wasser.

„Ich kenne einige Frauen, die Single sind. Ich glaube nicht, dass die alle als Jugendliche vergewaltigt wurden. Was nimmst du da? Hast du Kopfweh?“

„Nein, das ist nur etwas gegen meine Nahrungsmittelunverträglichkeit. Mir fehlt ein Enzym, das muss ich zuführen. Sorry, meine Frage nach dem festen Freund war blöd.“

„Nein, schon gut. Ist ja berechtigt. Ohne ins Detail zu gehen, ich tue mich tatsächlich schwer mit Männern. Aber das liegt nicht nur an der Vergewaltigung. Es hat auch mit mir selbst zu tun, meinen Ansprüchen an eine Beziehung und so weiter.“ Manu versuchte ein Lächeln. „Das habe ich jedenfalls mit meiner Therapeutin erarbeitet.“

„Ah ja. Das ist sicherlich gut, dass du jemanden Professionellen zum Reden hast.“ Rieke biss in ein Stück Pizza und verbrannte sich den Gaumen. Sie ließ das angebissene Stück auf den Teller fallen und griff nach ihrem Wasserglas. „Aaah, scheiße, das passiert mir jedes Mal. Eigentlich verwunderlich, dass du zuerst Doro angerufen hast, nachdem dir Uli über den Weg gelaufen ist.“

Manu ließ ihr Messer über der Pizza schweben und sah Rieke verständnislos an. „Warum hätte ich sie nicht anrufen sollen? Bei dir habe ich es zuerst versucht, aber du warst nicht zu erreichen und von Katharina hatte ich nur die Dienstnummer." Sie setzte sich aufrechter hin und straffte die Schultern. „Nicht, dass du das jetzt falsch verstehst. Das Ganze ist über zwanzig Jahre her. Ich bin darüber längst hinweg. Es fällt mir zwar schwer, darüber zu reden, aber was Doro angeht, da haben die Therapien wirklich was gebracht. Mit ihr hatte ich kein Problem mehr." Sie säbelte energisch an ihrer Pizza herum. „Mmmmh. Spinaci ist übrigens meine Lieblingssorte. Guten Appetit."

„Danke gleichfalls." Rieke blies ein paarmal auf das Pizzastück und probierte diesmal vorsichtiger. Sie betrachtete Manu nachdenklich, die ihren Blick auffing. „Du glaubst mir nicht, oder? Es war aber so. Wenn ich noch ein Problem mit ihr gehabt hätte, dann hätte ich sie ja wohl kaum angerufen. Und ich wäre mit Sicherheit nicht ihrer Einladung gefolgt."

„Als du ihr auf Drei Eichen plötzlich wieder gegenüberstandest – wie war das da für dich? War das nicht komisch?"

„Nein." Manu zuckte leicht mit den Schultern. „Wie gesagt, als ich sie da liegen sah, da hatte ich so einen Moment, wo ich völlig emotionslos dachte, geschieht ihr recht. Aber vorher war alles okay."

Nach dem Essen stellte Rieke die Teller in den Geschirrspüler. Manu verschwand zur Toilette. Als sie wieder kam, stellte sie sich ans Fenster. Das Licht einer Straßenlaterne erhellte einen Teil des Gartens. „Die Schaukel da unten ist ja eigentlich überflüssig", bemerkte sie. „Oder gibt es hier Kinder im Haus, von denen man weder was sieht noch hört?"

Rieke spürte, wie ein Ziehen einmal quer durch ihre Brust verlief. „Nein, du hast recht. Sie ist noch von unseren Vormietern und völlig überflüssig."

Eine halbe Stunde später verabschiedete Manu sich. Sie nahm Rieke fest in den Arm. „Danke für die Pizza und deine Zeit."

Rieke ging anschließend in ihr Arbeitszimmer und setzte sich wieder an ihren Schreibtisch. Aber sie konnte sich nicht mehr auf die Rechtschreibfehler ihrer Viertklässler konzentrieren.

Sie ließ ihren roten Fineliner zwischen den Fingern hin und her schnellen. Im Grunde war es keine große Überraschung gewesen, was Manu erzählt hatte. Etwas in der Richtung hatte man sich nach ihrer Reaktion beim Italiener denken können. Aber dass sie gleich von zwei Typen vergewaltigt worden war, das war einfach schrecklich, absolut unvorstellbar. Die arme Manu! Und wie recht sie hatte. Wenn jemand es verdient hatte, so zu sterben, dann Doro. Mitleid war hier überflüssig.

Mitgefühl hatte jemand anderes verdient, denn eins war sonnenklar: Manu konnte behaupten, was sie wollte, sie war keineswegs über diese furchtbare Geschichte hinweg. Im Gegenteil, sie war immer noch traumatisiert. Da war Rieke sich völlig sicher. Und nicht nur deshalb war es notwendig, dass Katharina davon erfuhr. Sie legte den Stift zur Seite und griff zum Telefon.

—

Während Manu bei Rieke in der Küche gesessen hatte, stand Katharina im Büro von Doros Partnerin. Sie kam ungelegen, das war offensichtlich. Hylia Gülan hastete zwischen Schreibtisch und einem Rollschrank mit Hängeregistern hin und her und suchte Unterlagen zusammen. Sie sah nur flüchtig auf, als Katharina das Büro betrat, nahm einen mehrseitigen Ausdruck von ihrem Schreibtisch und drückte ihn der Kommissarin in die Hand. „Entschuldigung, ich bin etwas im Stress. Schauen Sie mal, ist das interessant für Sie? Ich wusste nichts davon."

Katharina warf einen Blick auf die erste Seite und las sie quer. Dann zog sie die Augenbrauen hoch. „Können Sie mir das kopieren?"

Was sie da in den Händen hielt, war nicht nur interessant, es war geradezu brisant!

„Es wäre gut, wenn Sie sich deshalb auch noch bei meiner Kollegin Frau Eva Mertens melden könnten. Die Nummer gebe ich Ihnen", fügte sie hinzu.

Falls Hylia Gülan sich darüber wunderte, dass es nicht ausreichte, eine Kommissarin zu informieren, ließ sie es sich nicht anmerken. Vielleicht war sie auch einfach zu beschäftigt, um sich darüber Gedanken zu machen.

Draußen schloss Katharina ihr Fahrrad auf und wägte ihre nächsten Schritte ab. Sie warf einen Blick auf das Papier in ihrer Hand, das vom Schein der Straßenlaterne erleuchtet wurde. Ein Name und eine Adresse prangten gleich auf der ersten Seite: Helmut Rolfes, wohnhaft in der Klausenerstrasse. Katharina beschloss, auf gut Glück Herrn Rolfes einen Besuch abzustatten und danach bei Manu vorbeizufahren.

Die Klausenerstraße gehörte zu den Straßenzügen, die direkt am Aasee lagen, ein langgestreckter künstlich angelegter Stausee mit viel Grün an den Ufern. Münsters größtes Naherholungsgebiet und fußläufig vom Stadtzentrum aus erreichbar. Wer hier wohnte, residierte in einer von Münsters Toplagen.

Das Haus Nummer neun war ein quadratischer Kasten mit schlichter Fassade, verglasten Giebeln und Balkonen aus Stahlrohr, die einen Traumblick auf den Aasee versprachen.

„Ich muss sagen, ich bin wirklich schockiert über Ihre Nachricht", sagte Herr Rolfes und fuhr sich mit der Hand über sein sorgfältig rasiertes Kinn. Katharina hatte ihm zu verstehen gegeben, dass sie ihn nur kurz sprechen wolle und so waren sie im Flur stehen geblieben. „Aber", fuhr Herr Rolfes fort, „ich verspüre auch eine gewisse Erleichterung. Ich hoffe, Sie verstehen das jetzt nicht falsch."

Katharina versicherte ihm, dass sie das richtig einordnen könne, und saß nach knapp zehn Minuten wieder auf ihrem Rad.

Es war bereits stockdunkel, als sie bei Manus Häuschen ankam. Riekes Anruf, der sie in dem Moment erreichte, als sie ihr Rad an den Gartenzaun lehnte, überhörte sie. Von Manus Volvo war nichts zu sehen. Grundstück und Bootshaus wirkten verlassen. Kein Licht, keine Bewegung hinter den beiden Fenstern, die nach vorne lagen.

Im Nachbarhaus hingegen tat sich was. Katharina konnte drinnen jemanden hantieren sehen. Sie öffnete das klapprige Gartentörchen und ging auf die Holzveranda zu, die einmal um das ganze Haus führte. Plötzlich flammte mattes, gelbes Licht auf und die Veranda mit einem Teil des Gartens lagen nicht länger im Dunkeln. Zeitgleich öffnete sich die Tür vom Nachbarhaus und ein hochgewachsener, schmal gebauter Mann kam heraus. Sein dunkelblondes Haar hatte er am Hinterkopf zu einem rasierpinselartigen Zopf zusammengebunden. Als er erkannte, dass es nicht seine Nachbarin war, die dort im Lichtkegel stand, blieb er unsicher stehen.

„N'Abend", rief Katharina ihm zu.

„N'Abend. Wollen Sie zu Frau Meißner?"

„Ja, aber sie scheint nicht da zu sein."

Thies Martens kam zu Katharina hinüber. Winzige Farbspritzer befanden sich an seinem Kinn und auf der Stirn. Hatte Manu nicht gesagt, ihr Nachbar sei Künstler? „Sie ist heute Morgen mit dem Auto weggefahren und noch nicht wieder zurück. Sind Sie eine Freundin?"

„Ja."

Er zögerte einen Moment. „Ich mache mir Sorgen. Sie war heute Morgen in einem komischen Zustand."

„Wie meinen Sie das?"

„Sie wirkte durcheinander und ziemlich fahrig. Ich glaube, sie hatte etwas getrunken. Hoffentlich ist ihr nichts passiert."

„Bestimmt nicht. Sie wird schon wieder auftauchen."

Thies nickte zweifelnd, verabschiedete sich und verschwand wieder in seinem Haus.

Katharina wartete, bis er die Tür hinter sich geschlossen hatte. Sie ging zur Haustür und legte ihr

Ohr an die Tür. Kein Laut drang nach draußen. Aus Neugier drückte sie die Klinke nach unten. Die Tür öffnete sich. Katharina hielt inne. Was sollte sie tun? Hier bot sich eine Gelegenheit. Sie zu ergreifen, war zwar einerseits falsch, andererseits wollte sie sich diese Chance nicht entgehen lassen. Sie wog ab: Hausfriedensbruch begehen und beim Erwischtwerden juristische Konsequenzen bis hin zum Jobverlust riskieren – oder die Gunst der Stunde nutzen, einen heimlichen Blick hinter die Kulissen werfen zu können, der für die Aufklärung eines Mordes von immenser Wichtigkeit sein könnte. Sie traf ihre Entscheidung schnell, schlüpfte ins Haus und tastete nach dem Lichtschalter. Wenn sie sich beeilte, würde kein Mensch ihr Eindringen bemerken. Katharina durchquerte den Flur und betrat einen L-förmig geschnittenen Raum. Auch hier machte sie Licht. Im kleineren Teil war eine Küche mit einem Tresen als Raumteiler untergebracht. Das Wohnzimmer war überwiegend in weiß und dunkelblau gehalten und verlieh dem Raum ein maritimes Ambiente.

Katharina war sich nicht im Klaren darüber, was genau sie eigentlich bei Manu wollte. Lorenz hatte sie gefragt, wem sie den Mord am ehesten zutrauen würde. Sie hatte seine Frage nicht beantworten können und auch jetzt konnte sie sich selbst keine eindeutige Antwort geben.

Katharina sah ihre vier Freunde wie Kulissen vor sich, die sich, je nachdem wie gerade der Ermittlungsstand war, wie auf einer Bühne hin und her schieben ließen.

Im Moment stand Manu im Vordergrund. Obwohl das Papier, das sie von Hylia Gülan erhalten hatte, wiederum einen Hinweis in eine ganze andere Richtung enthielt.

Katharina sah sich weiter um. Ordentlich war es bei Manu. Es lag kaum etwas herum. Manus Jugendzimmer war auch immer so aufgeräumt gewesen.

Auf dem Couchtisch lagen eine Fernsehzeitung, ein Kalender in schwarzem Einband und ein Kugelschreiber. Daneben stand ein Schälchen mit Schokoladenpralinen. Katharina nahm den Kalender in die Hand und blätterte ihn flüchtig durch. Er war unbenutzt und galt schon für das nächste Jahr. Sie schaute sich noch kurz in der Küche um. Ein Sektglas stand im Spülbecken, sonst war alles picobello. Auf dem Tresen lagen zwei Fachzeitschriften über Tierheilkunde.

Ein Knacken im Flur ließ Katharina den Kopf heben und lauschen. Hatte sie das Motorengeräusch von Manus Wagen überhört? Sie hatte eigentlich nicht vorgehabt, sich von Manu dabei erwischen zu lassen, wie sie in ihren vier Wänden herumschlich. Da war es wieder. Ein lautes trockenes Knacken. Sie konnte von der Küche aus den Flur nicht einsehen. War dort vielleicht jemand? Katharina spürte ein Kribbeln im Nacken. Auf Zehenspitzen näherte sie sich der Tür, die von der Küche aus zum Flur führte, zog sie langsam auf und sah jemanden, der ihr mit weit geöffneten Augen entgegenstarrte.

Erst auf den zweiten Blick realisierte Katharina, dass sie sich selbst im Ankleidespiegel sah. Ihr Herzschlag verlangsamte sich wieder.

Sie ging in den Flur und öffnete nacheinander die anderen beiden Türen. Die eine führte in ein winziges Bad, die andere in Manus Schlafzimmer. Ein quadratischer Raum, mit einem breiten Bett direkt unter dem Fenster, einem altmodischen Bauernschrank und einer filigranen Frisierkommode.

Katharina zog die Tür wieder zu und wollte gerade das Haus verlassen, da blieb ihr Blick an einer Pinnwand aus Kork hängen, die im Flur neben dem Spiegel angebracht war. Mit bunten Stecknadeln waren verschiedene Dinge daran geheftet. Eine hellblaue Visitenkarte sprang ihr ins Auge. Sie las den Namen, der in weich geschwungenen Buchstaben darauf stand: Margarete Horstkamp – Gesprächstherapeutin und psychosoziale Beraterin.

Eine halbe Stunde später betrat Katharina ihre Wohnung, schloss hinter sich die Tür und blieb wie angewurzelt im Flur stehen. Was war das? Etwas irritierte sie. Dann wurde ihr klar: Es war der Gestank. Er war verschwunden. Dafür hing ein schwacher Chlorgeruch in der Luft. Herr Wuttke hatte sich also um den Abfluss gekümmert.

Katharina legte eine Tüte Tomaten, frische Gambas und eine Knoblauchzehe auf dem Küchentisch ab und schaltete das Radio an. Auf dem Rückweg von Manu hatte sie der Appetit auf Pasta überfallen und sie hatte noch schnell dafür eingekauft.

Warum mache ich das eigentlich so selten? Eine Kleinigkeit kochen, ein Glas Wein dazu, Jazzmusik im Hintergrund. Es gibt doch eigentlich nichts Entspannenderes. Katharina schnitt die vollreifen Tomaten in Stücke, drückte den Knoblauch durch die Presse und sah zu wie beides zischend im heißen Öl vor sich hin schmurgelte. Dabei nippte sie an ihrem Wein.

Was für ein kurioser Zufall. Katharina schüttelte den Kopf. Es war einfach nicht zu glauben. Margarete Horstkamp – die beste Freundin ihrer Mutter. War Manu in Behandlung bei ihr? Hatte es vielleicht mit etwas zu tun, was in der Vergangenheit passiert war? Der Vorfall auf einer Party, der Manu noch heute so emotional reagieren ließ?

Katharina goss das Nudelwasser ab, häufte sich dampfende Spaghetti auf einen Teller und gab zwei

Esslöffel von der Gamba-Tomaten-Knoblauch-Mischung darauf. Sie setzte sich an den Küchentisch, und während sie aß, scrollte sie sich durch die Notizen in ihrem Notebook. Sie musste da mehr Systematik hineinbringen, sonst verlöre sie wohl bald den Überblick.

Schon auf dem Nachhauseweg hatte sie darüber nachgedacht, dass ihre Ermittlungen bislang weniger Erkenntnisse als vielmehr immer neue Verdachtsmomente hervorbrachten, die sich inzwischen zu einem undurchdringlichen Gestrüpp verflochten hatten.

Katharina schob ihren Teller zur Seite, trank noch einen Schluck Wein und hielt dann stichwortartig ihren Besuch bei Doros Partnerin und in Manus Haus fest.

Während ihre Finger über die Tastatur flogen, klingelte das Handy in ihrer Umhängetasche im Flur. Beim Abnehmen sah sie, dass Rieke es bereits zweimal versucht hatte. Das Gespräch dauerte nicht lang und anschließend stellte Katharina sich mit ihrem Weinglas ans Fenster. Es sah ganz so aus, als läge sie mit ihrem Gefühl im Hinblick auf Manu richtig. So war es meistens. Im Großen und Ganzen war ihr Bauchgefühl ein verlässliches Instrument.

Wie schrecklich, was Rieke von Manu erzählt hatte. Katharina beobachte, wie der Rentner von gegenüber aus dem Haus kam, um seinen übergewichtigen Dackel Gassi zu führen.

Wie jetzt weiter vorgehen? Margarete Horstkamp. Sie konnte helfen, Gewissheit zu bekommen. An diesem Punkt ihrer Überlegungen wurde Katharina bewusst, dass das Eindringen in Manus Wohnung sie durchaus die Karriere kosten könnte. Andererseits war die offene Tür eine schicksalhafte Fügung gewesen. Sie fühlte sie sich gar nicht gut dabei, aber trotzdem konnte sie diesen Hinweis einfach nicht ungenutzt lassen.

Sie trank einen weiteren Schluck Wein. Als Erstes würde sie morgen zu Margarete fahren. Doch obwohl Katharina sicher war, auf der richtigen Fährte zu sein, gab es da eine ganz kleine Irritation. Ein latentes Gefühl, etwas übersehen zu haben.

– 23 –

„Und du kannst mir wirklich gar nichts dazu sagen?“, fragte Katharina zum zweiten Mal nach.

Margarete schüttelte den Kopf und blies in ihr dampfendes Teeglas mit malzfarbenem Inhalt. Sie saßen sich in zwei Korbstühlen gegenüber. Zwischen ihnen ein kniehoher Tisch, ebenfalls aus Korbgeflecht, auf dem nichts lag, außer einem weißen Bastdeckchen. „Ich unterliege selbstverständlich der Schweigepflicht, Kati. Das war dir doch sicher klar, bevor du hierher gekommen bist.“

Katharina nickte. Sie kannte Margarete schon ihr ganzes Leben, in ihrer Praxis war sie bislang jedoch nur einmal gewesen. Als Vierzehnjährige zur Eröffnung.

„Ja, sicher. Ich will ja auch gar keine Details. Nur vielleicht einen ganz kleinen Hinweis, ob es um diese Geschichte damals ging.

„Nein, Katharina. Das verbietet mir mein Berufsethos. Ich kann da keine Ausnahmen machen. Ich bin sicher, du verstehst das.“

Katharina trank einen Schluck Rhabarberschorle, die so kalt war, dass es an den Zähnen schmerzte. „Ja, klar. Das heißt, eigentlich nicht so wirklich. Gib mir doch einfach eine ganz allgemeine Einschätzung über Manu. Hat sie schwerwiegende Probleme? Traust du ihr so eine Tat zu, wie ich sie dir beschrieben habe? Ich brauche den Hinweis nur als Richtungsanzeiger für mich selbst. Die Information und meine Quelle würde ich natürlich niemals preisgeben."

„Du gibst nicht so schnell auf, genauso kenne ich dich." Margarete lehnte sich in ihrem Stuhl zurück, der unter ihrem Gewicht knarzte. „Es bleibt aber dabei. Ich werde kein Sterbenswörtchen über eine Patientin sagen. Und nebenbei, was du willst, ist ganz und gar keine allgemeine Einschätzung."

„Schade." Katharina leerte das Glas mit der Eisschorle.

„Jetzt verrate mir doch mal, wie geht's dir denn, Katharina. Wenn ich ehrlich sein darf, wirkst du etwas abgeschlagen, sehr angespannt und getrieben. Ich habe dir das ja schon vor einem Jahr gesagt, wenn du dir keine Auszeiten gönnst, dann klappst du irgendwann zusammen."

Katharina unterdrückte einen Seufzer. „Ich bin nicht getrieben, Marga, ich arbeite."

„Und wie geht es Edith? Von ihr habe ich auch ewig nichts gehört."

„Gut, würde ich sagen. Ich war gerade gestern kurz bei ihr."

„Na ja, dann scheint ja bei euch alles in Ordnung zu sein." Margarete ließ Katharinas Blick nicht los. „Aber irgendwas beschäftigt dich doch. Ist es wegen Frau Meißner? Oder gibt es noch etwas anderes, über das du vielleicht reden möchtest?"

Spielte diese Frage auf den Zeitungsbericht in der WZ an? Aber das war so gut wie ausgeschlossen. Katharina wusste, dass Margarete keine Zeitung mehr las. Sie informierte sich nur noch über das Internet. Ihrer Meinung nach berichteten die Massenmedien manipulativ, einseitig und unglaubwürdig. Eine Haltung, die nicht weit weg war von Katharinas eigener.

„Nein, sonst ist nichts. Ich ermittle in einem Mordfall, das ist harte Arbeit." Katharina stellte ihr Glas ab und stand auf.

„Du willst schon wieder los?", fragte Margarete.

„Ja. Danke für die Schorle. Ich habe jetzt einfach keine Ruhe für Plaudereien."

Margarete seufzte tief, erhob sich ebenfalls und begleitete Katharina zur Tür. Bevor sie öffnete, hielt sie inne. „Also gut, hör zu Kati. Warum Manuela Meißner meine Hilfe in Anspruch nimmt, werde ich dir nicht sagen. Aber soviel kann ich sagen: Es hat mit einem Ereignis von früher zu tun. Das muss als Information reichen."

Zügig radelte Katharina zu ihrer Wohnung zurück. Der Fahrtwind blies ihr die Haare aus dem

Gesicht und trieb ihr die Tränen in die Augen, was sie aber nicht am Nachdenken hinderte.

Ihre Ermittlungsversuche brachten sie nicht wirklich voran. Wenn sie irgendwie weiterkommen wollte, musste sie anders an den Fall herangehen. Bislang hatte sie sich vor allem mit den Motiven beschäftigt, war immer wieder auf neue Aspekte gestoßen, die diese jeweils untermauerten. Zu wissen, dass alle vier Freunde einen Grund gehabt hatten, Doro umzubringen, nutzte leider wenig.

Ein Rentnerehepaar kam Katharina entgegen. Die Frau hatte sich bei ihrem Mann untergehakt. Beide lächelten Katharina an und grüßten. Katharina lächelte im Vorbeifahren freundlich zurück. Und auf einmal lichtete sich die Nebelwand in ihrem Kopf und sie wusste, welchem Umstand sie keinerlei Beachtung mehr geschenkt hatte. Aktion, Reaktion. Ursache, Wirkung. Das war das Wichtige, das Naheliegende, mit dem sie sich beschäftigen musste. Sie fragte sich, wie sie es überhaupt aus den Augen hatte verlieren können, gab sich dann aber selbst die Antwort. Sie war zu abgelenkt gewesen, weil immer wieder neue Facetten und Hinweise aufgetaucht waren. Aber nun wusste sie, was sie zu tun hatte.

—

„Frederik!"

Der Angesprochene drehte sich im Eingang des Polizeipräsidiums um und sah Lorenz mit ausdruckslosem Gesicht entgegen, der mit eiligen Schritten die letzten Stufen der großen Steintreppe hinunterlief, die in den ersten Stock des Gebäudes führte.

„Frederik, ich wollte es wirklich nicht glauben, aber du hattest recht! Es war einer von uns! Das ist so unfassbar." Lorenz fasste Frederik am Arm.

Frederik zuckte mit den Schultern. „Für mich ist das keine so große Überraschung."

„Es will nicht in meinen Kopf." Lorenz hielt Frederik die Tür auf. „Dieser scheiß Baseballschläger. Hätte ich ihn doch nur in dem Müllhaufen stecken gelassen. Ich habe richtig Schuldgefühle deswegen." Sie traten nach draußen und blieben vor dem Eingang stehen.

„Haben sie dich auch gefragt, ob du einen Verdacht hast?", fragte Lorenz. „Am Sonntagabend, nachdem du weg warst, habe ich noch mit Katharina über deine Theorie gesprochen. Ich habe an dem Abend auf Rieke oder Manu getippt. Aber das war wohl mehr aus einer Weinlaune heraus."

„Wer sagt denn, dass es Rieke oder Manu war?"

„Du glaubst doch nicht etwa, dass ich …? Ich hatte doch nun wirklich keinen Grund Doro umzubringen."

„Ach ja?" Frederik betrachtete Lorenz kalt. „Und was sollte dann ihre Bemerkung abends auf der Terrasse? Du hättest dich mal sehen sollen. Das schlechte Gewissen und der Schreck standen dir geradezu ins Gesicht geschrieben."

Lorenz schluckte. Zeit, die Taktik zu ändern. Er kniff seine Augen zu schmalen Schlitzen zusammen. „Was ist denn mit dir, Frederik? Wer sagt denn, dass du es nicht selbst warst?"

„Ich habe sie nicht umgebracht", sagte Frederik schlicht.

„Ich auch nicht. Glaube es oder lass es." Lorenz zögerte, dann sagte er: „Übrigens werden Anja und ich uns trennen."

Die Ausdruckslosigkeit aus Frederiks Gesicht machte echter Überraschung Platz. „Ach, dann war also was dran an Doros Anspielung. Von wegen romantisches Abendessen beim Italiener. Doro hat dich gesehen, nicht wahr?"

Lorenz überlegte ein paar Sekunden. Was war jetzt geschickter? Die Wahrheit zu sagen oder sich herauszulamentieren? Er entschied sich für das Erstere. „Ja, ich habe seit einem halben Jahr ein Verhältnis mit einer anderen Frau. Ein einziges Mal sind wir ausgegangen und dabei muss uns Doro gesehen haben. Mich hat ihre Anspielung tatsächlich geschockt. Ausgerechnet Doro. Bei jedem anderen wäre ich cool geblieben, hätte ihn ins Vertrauen gezogen und um Diskretion gebeten. Aber sie war immer so unberechenbar. In meinem Kopf lief sofort ein Film ab. Ein nächstes Treffen bei euch, Anja mit dabei und Doro, die ihre Klappe nicht halten kann."

„Wieso konnte Doro eigentlich wissen, dass die Frau im Restaurant nicht deine Frau war. Sie kannte Anja doch gar nicht."

„Stimmt. Aber sie wird Angela erkannt haben. Sie ist für die Grünen im Stadtrat und steht hin und wieder mal auch mit ihrer Schule wegen irgendwelcher Umweltpreise im Lokalteil."

„Aha. Und jetzt hast du das selbst erledigt. Mit Anja zu reden, meine ich"

„Ja, es war nicht mehr zu umgehen. Ich denke, ich werde nicht mehr allzu lange in der Firma ihres Vaters beschäftigt sein. Ich habe ihr nämlich direkt reinen Wein eingeschenkt. Aber es wird sowieso Zeit, dass ich mein Leben umkremple. Ich habe bloß den Arsch nicht hochgekriegt. Na ja, und dann sind da ja auch noch die Kinder."

„Und diese Einstellung, dass es Zeit für eine Kehrtwende wird, hattest du die am Abend auf Drei Eichen auch schon? Oder war da noch die Panik vorhanden, ertappt worden zu sein?"

Lorenz betrachtete Frederik mit schief gelegtem Kopf. „Du kannst mich nicht provozieren. Ich habe nichts zu befürchten." Mit diesen Worten ließ er Frederik stehen.

Souveräner Abgang, gratulierte er sich selbst. Genau richtig.

Frederik ging in die entgegengesetzte Richtung. Für ihn stand jetzt ein Abstecher bei Holz-Hölscher an. Er würde seine Bestellung abholen und heute Nachmittag die ersten Bretter zusammennageln. Es ging eben alles weiter. Stillstand gab es nicht.

Genau eine Stunde später war es Rieke, die durch den Eingang des Präsidiums nach draußen trat. Sie hatte Schwierigkeiten, ihre Gedanken zu ordnen. Zu überraschend war gewesen, womit man sie in dem stickigen und trostlosen Raum konfrontiert hatte. Man hatte die Mordwaffe gefunden! Den Baseballschläger! Und merkwürdigerweise war das erste Bild, was ihr in den Kopf kam, Lorenz, der dieses muffige Ding aus dem Sperrmüllhaufen gezogen hatte.

—

Zu Hause hockte sich Katharina wieder einmal auf ihr Sofa, stopfte sich ein dickes Kissen in den Rücken und fuhr das Notebook hoch. Es war jetzt Zeit für die „theoretische Annäherung an praktisch erhobenen Fakten“. So hatte ihr früherer Chef das genannt. Doch bevor sie damit begann, entsperrte sie ihr Handy, rief Google auf und drückte auf das kleine Mikrofon. „Franziskus-Hospital.“

Nur ein kurzer Augenblick, dann erschienen im Display unter anderem die Kontaktdaten des Krankenhauses. Katharina drückte auf den blauen Hörer. Nach kurzem Gespräch legte sie wieder auf. Frau Sobowski war wieder zu Hause. Gut zu wissen. Sie nahm sich fest vor, Ulis Mutter noch einmal die ganze Geschichte persönlich zu erzählen. Wenn alles vorbei war.

Doch jetzt widmete sie sich ihren Aufzeichnungen. Als sie ihre sämtlichen Notizen systematisiert und gespeichert hatte, druckte sie die Aussagen aus, die alle vier Freunde bei ihrer ersten Vernehmung gemacht hatten und die Eva ihr zugemailt hatte. Sie las sie mehrere Male durch, unterstrich im Text, verglich die Antworten miteinander und machte sich Notizen. Und dann entdeckte sie etwas. Einen höchst interessanten Widerspruch.

An diesem Punkt stellte sie ihr Notebook auf dem Wohnzimmertisch ab, erhob sich und streckte sich ausgiebig. Das durchgesessene Sofa war nicht das Richtige für ihren anfälligen Rücken. Hart liegen, wenig sitzen und viel dehnen, hatte Klaas ihr geraten. Klaas. Seit ihrer Fünf-Sekunden-Begegnung in seiner Praxis am Vortag hatte sie nichts mehr von ihm gehört. Sei's drum. Katharina redete sich mit zunehmendem Erfolg ein, dass ein launischer Physiotherapeut es gar nicht wert war, auch nur einen Gedanken an ihn zu verschwenden.

Sie machte sich einen starken Kaffee. Ihre Denkarbeit war noch nicht zu Ende, denn noch fehlte ihr der entscheidende Aspekt. In einem zweiten Arbeitsgang kämmte sie ihr gesamtes Material erneut durch, legte neue Dateien an, pflückte alles auseinander, setzte es neu zusammen, vergaß ihren Kaffee und ignorierte, dass sie eigentlich auf die Toilette musste.

Und plötzlich machte es Klick in ihrem Kopf. Sie spürte dieses Kribbeln im Nacken, das sich über Ober- und Unterarme bis hin zu ihren Fingerspitzen zog. Eine Welle der Euphorie ließ ihren gesamten Körper erschauern und einmal mehr wurde ihr klar, dass es genau diese Momente waren, weshalb sie so an ihrem Beruf hing. Katharina wusste nun, wer Doro umgebracht hatte! Endlich hatte sie die Lösung aus dem Wirrwarr von Fakten, Informationen, Hinweisen und Aussagen herausfiltern können. Sie sprang auf und rannte ins Bad.

Beim Händewaschen strahlte sie sich im Spiegel an. Glückwunsch, Frau Klein! Doch dann verblasste ihr Lächeln, denn es gab noch ein Problem. Sie hatte keinerlei Beweise für ihre neu gewonnene Erkenntnis.

– 24 –

Im Starbucks war es brechend voll. Katharina quetschte sich durch eine große Schülergruppe, die um die Theke versammelt war und der gestressten Bedienung ihre Bestellungen zurief. Schließlich sah sie Eva im hinteren Bereich in einer Ecke an einem Zweiertisch. Sie hielt einen braunen Kaffeebecher in der Hand, aus dem ein übertrieben süßer Duft nach Karamell hochstieg.

„Hi." Eva nahm ihre Tasche von dem freien Stuhl. „Willst du dir nicht auch was holen?"

„Nein, da stelle ich mich jetzt nicht an. Du hast ja gesagt, dass du nur kurz Zeit hast. Was trinkst du da? Das riecht ja furchtbar."

Eva biss in ihren Blaubeermuffin. „Das ist ein Caramel Macciato. Probieren?"

„Auf gar keinen Fall. Ich würde am Zuckerschock wohl sterben", witzelte Kati, wurde aber sofort ernst, als Eva zu berichten begann.

„Das mit dem Baseballschläger ist ein Durchbruch. Wir haben es seit heute auch schwarz auf weiß. Das Blut stammt von Doro. Wir haben das offizielle Ergebnis noch abgewartet, aber jetzt knüpfen wir uns alle Verdächtigen noch mal vor. Frederik, Lorenz und Rieke waren schon da. Manu kommt jetzt gleich. Deshalb habe ich auch nur fünfzehn Minuten."

Katharina nickte. „Hat schon einer von ihnen etwas gesagt, was weiterhelfen könnte?"

„Nö. Was das angeht, sind sie alle gleich geschickt. Die gucken dich an mit großen Augen und du hast wirklich den Eindruck, die sind unschuldig wie die Lämmer. Aber einer von ihnen war es, das steht fest."

„Ich weiß auch, wer", platzte es aus Katharina heraus.

Eva verschluckte sich an einem Kuchenkrümel und begann heftig zu husten. Sie rang nach Luft, das Blut schoss ihr in den Kopf und Tränen stiegen in ihre Augen.

„Kann ich dir helfen?", fragte Katharina besorgt.

Eva schüttelte hustend den Kopf, trank dann einen großen Schluck Kaffee. „Was hast du gerade gesagt?"

„Ich weiß, wer Doro umgebracht hat. Also, zu neunzig Prozent."

Eva wischte sich mit dem Handrücken die Tränen aus den Augen. „Hat einer von ihnen sich dir anvertraut? Das hätte ich niemals gedacht. Ich dachte, das wird so eine Nummer mit leugnen bis zum Schluss."

„Nein. Ich bin so drauf gekommen. Intensiver Datenabgleich sozusagen. Aber ich habe keine Beweise.“

„Ja, und? Nun sag schon. Manu oder Frederik? Das sind meine Favoriten.“

Katharina lächelte Eva an. „Zuerst musst du mir was versprechen. Besser gesagt, du musst etwas für mich organisieren.“

„Ach so, jetzt kommen die Bedingungen.“ Eva stellte ihren Kaffeebecher ab und zog mit einem energischen Ruck ihren Pferdeschwanz wieder fest.

„Bis jetzt ist ja alles nichts weiter als eine Theorie. Ich möchte sie euch im Präsidium vorstellen und mit euch zusammen überlegen, wie es gelingen kann, den Täter zu überführen. Kannst du ein Treffen dort arrangieren und KD seelisch auf mein Kommen und mein Anliegen vorbereiten? Es ist allemal besser, du sprichst mit ihm, als wenn ich ihn anrufe.“

„Das sollte ich hinkriegen. Aber ich rühre keinen Finger, bis du mir nicht gesagt hast, wen du meinst und wie du drauf gekommen bist.“

Katharina schaute sich kurz um. Die Schülergruppe hatte sich verflüchtigt. Am Tresen stand niemand mehr und die Nebentische waren leer. „Gut. Aber vorher hole ich mir einen Kaffee“, sagte sie und grinste Eva zu.

„Miststück“, zischte Eva und grinste zurück.

—

Für mehrere Sekunden herrschte tiefe Stille im Besprechungsraum des Präsidiums Münster. Sieben Augenpaare ruhten auf Katharina. „Tja, also das war's", sagte sie und lächelte unsicher in die Runde. Es waren alle versammelt, nur der Praktikant fehlte. Er hatte vor einem anderen Praktikanten damit geprahlt, dass er es war, der mit dem Journalisten der WZ gesprochen hatte und KD hatte ihn kurzerhand an die Luft gesetzt.

Katharina warf einen Blick auf das linke Whiteboard, wo sie stichpunktartig ihre Gedankengänge festgehalten hatte. KD hatte ihr seinen Platz vorne überlassen und sich in die Runde seiner Mitarbeiter gesetzt. Mit übereinandergeschlagenen Beinen, das Kinn in eine Hand gestützt, hatte er sich mit unbewegter Miene ihre Ausführungen angehört. Nun stand er auf, ging auf sie zu und klatschte dabei im Zeitlupentempo in die Hände. Damit brach er den Bann. Ein Lächeln stahl sich auf Katharinas Lippen und Bewegung kam in die Gruppe ihrer Kollegen.

„So könnte es gewesen sein", meinte Birgit Prigge und rückte auf ihrem Stuhl zurück. „Klingt absolut nachvollziehbar."

„Das habe ich auch sofort gedacht", bestätigte Eva.

Tim drehte sich zu ihr um. „Ach, du wusstest also schon wieder Bescheid?"

Eva grinste ihn an. „Klar. Oder glaubst du etwa, ich trommle hier alle zusammen, wenn ich nur ’ne Katze im Sack habe?“

KD stand jetzt vor Katharina und schaute zu ihr hinunter. Unauffällig wischte sich Katharina die Handflächen an ihrer Jeans ab. Als sie auf einmal in die erwartungsvollen Gesichter ihrer Kollegen geschaut hatte, war sie sich gar nicht mehr so sicher gewesen, ob sie mit ihrer Theorie richtig lag. Vielleicht hatte sie sich auch komplett verrannt. Doch Eva hatte ihr aufmunternd zugenickt und so hatte Katharina losgelegt. Zuerst etwas holprig, aber dann doch klar und schlüssig.

„Ich stimme Birgit und Eva zu. So wie du es dargelegt hast, könnte es gewesen sein. Gut kombiniert“, sagte KD und übernahm wieder die Leitung.

Katharina atmete tief aus. Sie setzte sich auf ihren Stammplatz neben Eva.

„Die Frage ist jetzt nur, wie wird aus dieser Hypothese ein eindeutig nachgewiesener Mord? Wir werden wohl ein Geständnis brauchen, anders wird es nicht gehen“, konstatierte KD.

„Ich weiß ja nicht, wie es euch geht – aber ich komm mir grad ziemlich bescheuert vor“, brummte Jörn und schaute seine Kollegen der Reihe nach an. „Wir ölen uns hier einen ab und dann kommt Kati, wohlgemerkt vom Dienst suspendiert, und präsentiert uns mal eben die Lösung.“

„Euch fehlte eben dieses eine kleine Detail, über das ja auch ich die ganze Zeit hinweggesehen habe“, wandte Katharina ein. „Und wie KD gesagt hat, es fehlen die Beweise. Bei einer Vernehmung, auch wenn wir dort alle Register ziehen, wird es wohl nicht gelingen, den Mörder zu einem Geständnis zu bewegen. Da bin ich mir ziemlich sicher.“

Für eine kurze Weile herrschte Schweigen im Raum. Katharina konnte die intensive Denkarbeit der anderen fast spüren und sie genoss das Gefühl, wieder Mitglied des Teams zu sein und sich nicht mehr allein mit dem Problem herumschlagen zu müssen.

„Ich hätte einen Vorschlag“, sagte Eva.

Katharina sah sie von der Seite an. Musterte ihr klares Profil. Die hohe Stirn, die gerade Nase mit genau der richtigen Größe und das energische Kinn. Eva, die mit ihren schwedenblonden Haaren und ihrer offenen Art immer gleich alle Sympathien auf ihrer Seite hatte. Eva, ihre Freundin.

„Unsere Annahme war von Anfang an, dass es sich um eine Beziehungstat handelt und um einen Mord im Affekt. Wir haben unserem Mörder hohen emotionalen Stress unterstellt. Katharina hat recht. In einer Vernehmung wird es zu keinem Geständnis kommen, aber wir könnten einen Rahmen schaffen, der so viel Druck erzeugt, dass der Täter darunter zusammenbricht. So wie es ihm schon einmal passiert ist."

„Und wie genau soll dieser Rahmen aussehen", fragte Jörn skeptisch.

Eva holte tief Luft. „Katharina, du würdest dabei eine tragende Rolle spielen. Ich stelle mir das so vor …"

– 25 –

Das ganze Arrangement im großen Wohnzimmer von Drei Eichen hatte etwas von einem Sitzkreis im Kindergarten. Sie hatten die lederne Sitzgruppe vor dem steinernen Kamin um zwei Stühle erweitert, auf denen Eva und Tim saßen. Katharina hatte sich einen mit Polster überzogenen Klavierhocker organisiert. Auf dem Sofa saßen Rieke und Manu, links und rechts von ihnen, in klobigen Sesseln, Frederik und Lorenz.

KD stand an die Wand gelehnt, die Arme vor der Brust verschränkt; wie ein stiller Beobachter am Spielfeldrand.

Draußen verabschiedete sich ein ungemütlicher Herbsttag. Im Wohnzimmer von Drei Eichen dagegen sorgte ein gedimmter Deckenstrahler für warmes Licht.

Auf dem Nierentischchen standen Gläser und zwei Flaschen Mineralwasser. Aber niemand machte Anstalten, sich zu bedienen. Alle Blicke ruhten auf Katharina.

Sie saß auf der Kante des Hockers, mit durchgedrücktem Rücken, die Hände locker im Schoß verschränkt. Man sah ihr nicht an, wie nervös sie war. Was, wenn es nicht zu der erhofften Reaktion kam? Wenn alles ganz anders gewesen war, als sie entdeckt zu haben glaubte?

Sie schaute zu ihren beiden Kollegen hinüber. Sie waren bewusst nicht mit der ganzen Mordkommission angerückt, um die Runde nicht zu überfrachten.

Eva sagte etwas Freundliches zu Manu und fing Katharinas Blick auf. Fast unmerklich blinzelte sie ihr zu. Sie waren sich einig gewesen, dass Evas Vorschlag erfolgreich sein könnte, es dafür aber keine Garantie gab. Aber einen Versuch war es wert.

„Ich will gar nicht lang drum herumreden", begann Katharina. „Wir wissen, wie es zu dem Mord an Doro kam und wer es war."

Niemand sagte ein Wort. Es entstand auch keine Unruhe. Die Mienen blieben gelassen und undurchdringlich. Haben sie mich nicht verstanden? Für zwei oder drei Sekunden dachte Katharina daran, alles abzublasen. Sie würde sich und die Kollegen in Grund und Boden blamieren. Doch dann gab sie sich einen Ruck.

„Ich möchte nachvollziehbar machen, wie ich zu diesem Ergebnis gekommen bin. Dafür werde ich ein wenig ausholen müssen und deshalb bitte ich euch um die Geduld, mir bis zum Ende zuzuhören."

Katharina hielt kurz inne. Niemand sagte etwas. Katharina wertete das als Zustimmung und fuhr fort.

„Ich steige da ein, wo für uns als Ermittler feststand, dass der Mörder jemand aus dem Haus gewesen sein muss. Zu dem Zeitpunkt war klar, dass sich jeder von euch mit Doro in einem schwierigen Verhältnis befand, und zwar so schwierig, dass sich daraus ein Motiv ableiten ließ."

Katharina sah Rieke an. „Dein Problem mit Doro wurde bereits am Abend vor dem Mord deutlich. Du hast Doro für deine Kinderlosigkeit verantwortlich gemacht. Und nicht nur für die. Auch dafür, dass deine Ehe in die Brüche gegangen ist."

Rieke winkte ab. „Ich habe es ja schon bei den Verhören gesagt, ich habe an dem Abend etwas überreagiert. Natürlich ist Doro nicht …"

„Nein, nein", unterbrach Katharina. „Du brauchst dich nicht zu rechtfertigen. Deine Reaktion lässt sich ja durchaus nachvollziehen. Das habe ich schon an dem Abend gedacht. Du wünschst dir sehnlichst ein Kind, setzt alles in Bewegung, um schwanger zu werden, aber es will einfach nicht klappen. Ihr lasst zig Untersuchungen über euch ergehen, aber man findet die Ursache nicht. Dann setzt dir eine Heilpraktikerin den Floh ins Ohr, dass es eine psychische Blockade sein kann, verursacht durch ein früheres traumatisches Erlebnis.

Damit ist es gedanklich kein weiter Schritt mehr zu jenem verhängnisvollen Abend am See und zu Doro."

„Ja, aber ...", setzte Rieke an, wurde aber erneut von Katharina unterbrochen. „Lass mich erst mal weitermachen, Rieke. Denn noch etwas wurde uns an dem Abend vor Augen geführt." Jetzt wanderte Katharinas Blick weiter zu Frederik. „Am Samstagabend auf eurer Terrasse wurden wir alle Zeugen, dass deine Ehe mit Doro nicht rund lief. Doro machte kein Geheimnis daraus, was sie von deinem bisherigen beruflichen Werdegang und deinen Plänen hielt, einen Hofladen zu eröffnen. Und sie hat sich darüber ausgelassen, wie satt sie das Landleben hatte. Sie wollte am liebsten wieder in die Stadt ziehen, während für dich mit Drei Eichen ein Lebenstraum in Erfüllung gegangen war. Hier prallten zwei völlig gegensätzliche Vorstellungen aufeinander."

„So etwas soll in Partnerschaften vorkommen", merkte Frederik an, „führt in der Regel aber nicht zwangsläufig zu Mord und Totschlag."

„Gott sei's gedankt", murmelte KD von seinem Stehplatz aus.

„Richtig", fuhr Katharina unbeirrt fort. „Was aber die Sache so brisant macht, ist, dass es nun mal Doro alleinige Eigentümerin von Drei Eichen war und die somit auch allein entscheiden konnte, was mit Drei Eichen passieren würde. Hier war ein Ungleichgewicht und damit kommen wir auch zu deinem Motiv, Frederik. Du warst ihr völlig ausgeliefert. Und tatsächlich hatte sie ganz konkrete Pläne für einen Verkauf, von denen du nur durch Zufall erfahren hast, wie wir wissen. Es ist dann zu einem Riesenkrach zwischen euch gekommen. Du hast allerdings diese Auseinandersetzungen bei deiner Vernehmung verschwiegen, obwohl mein Kollege ganz konkret nach Problemen zwischen zwischen dir und Doro gefragt hat. Du hast bereits erklärt, warum, aber dennoch zeichnet sich hier ein Motiv ab, und zwar ein starkes.“

Frederik wiegte den Kopf hin und her. „Also …“ Er überlegte einen Moment. „Ich wusste doch schon über eine Woche von Doros Absicht, Drei Eichen zu verkaufen. Warum sollte mich das gerade an dem besagten Abend so in Rage bringen, dass ich sie erschlage, wo das Haus voller Gäste ist? Es wäre doch dann viel schlauer gewesen, sie auf eine andere, unspektakuläre Art umzubringen und das ganze dann als Unfall zu tarnen. Du kannst mich nicht ernsthaft für so dumm halten. Außerdem war es ja auch noch nicht zu spät, sie noch umzustimmen oder eine andere Lösung zu finden.“

„Das ist genau der Punkt, Frederik. Ich halte dich nämlich für kein bisschen dumm und deshalb habe ich dich als möglichen Täter zunächst auch gar nicht ernsthaft in Betracht gezogen."

Frederik hielt einen Daumen hoch. „Kluge Kati."

„Das änderte sich allerdings, als ich diese Unterlagen sah." Katharina hielt einige Kopien hoch, mehrere dicht bedruckte, aneinandergeheftete Seiten, die sie aus ihrer Umhängetasche zu ihren Füßen gezogen hatte.

„Was soll das sein?", fragte Frederik und beugte sich vor.

„Das ist ein notarieller Kaufvertrag", antwortete Katharina. „Doro hatte Drei Eichen bereits verkauft. Nicht über die Maklerfirma. Sie hatte den Vertrag bereits am Freitag vor unserem Treffen abgeschlossen".

„Na, das ist ja ein Ding", sagte Manu.

„Das sind Nägel mit Köpfen, würde ich sagen", meinte Tim.

Frederik starrte auf das Papier in Katharinas Hand, während der Rest der Gruppe ihn anstarrte. Er streckte seinen Arm aus. Seine Hand zitterte leicht. Katharina gab ihm die Papiere.

Frederik überflog die Seiten, dann hob er den Kopf. Seine Stimme klang rau, als er sagte: „Das ist doch ein Fake! Sie hat Drei Eichen nicht verkauft!"

Katharina schüttelte den Kopf. „Doch, Frederik, das ist ein gültiger Kaufvertrag."

Frederik gab Katharina die Kopie zurück. Und dann tat er etwas Unerwartetes. Er legte eine Hand über die Augen und fing an zu weinen.

Diese plötzliche Emotionalität überraschte alle. Betretenes Schweigen machte sich breit. Unsichere Blicke. War das ein Eingeständnis?

Eva ergriff das Wort. „Herr Langner, es handelt sich um einen gültigen Kaufvertrag. Aber er kann von beiden Parteien binnen vier Wochen ohne Grund gekündigt werden. Katharina hat mit dem potenziellen Käufer Herrn Rolfes gesprochen. Er hat auf dieser Klausel bestanden, weil er sich noch gar keine Gedanken über die Finanzierung gemacht hatte. Herr Rolfes ist ein langjähriger Kunde ihrer verstorbenen Frau und hatte ihr schon vor langer Zeit gesagt, wenn sie jemals Drei Eichen verkaufen sollte, er würde den Hof sofort übernehmen. Er war dann wohl vor einigen Wochen hier und hat sich alles angesehen. Als Doro ihm dann letzte Woche spontan und überraschend das Angebot gemacht hat, Drei Eichen zu kaufen, war ihm das dann doch ein bisschen zu plötzlich. Er hat auf das Einfügen der Rücktrittsklausel bestanden, die für beide Seiten gilt. Und er will von dem Kaufvertrag zurücktreten. Er hat es sich wohl noch mal überlegt."

Frederik hob den Kopf. „Was treibst du für ein hinterfotziges Spiel, Katharina?"

Katharina schaute unbeeindruckt zurück. „Hinterfotzig ist hier nur eins. Und das ist der Mord an Doro."

„Dann sage ich dir jetzt, dass ich nichts von diesem Vertrag gewusst habe."

„Lassen wir das für den Augenblick dahingestellt und schauen uns Lorenz' Motiv an."

„Ja, bitte", sagte Lorenz und lehnte sich zurück, „aber mach es kurz."

„Das mache ich. Du hattest ein Verhältnis und Doro wusste davon."

„Ja, das stimmt." Lorenz sah Frederik an. „Wusste sie das von dir?"

Frederik hob abwehrend beide Hände.

„Ist auch egal", meinte Lorenz. „Inzwischen ist es übrigens offiziell."

„Dann hast du es also Anja gesagt?", fragte Katharina.

„Ja, wir werden uns scheiden lassen."

„Darf man erfahren, um was es geht?", fragte Rieke. „Verhältnis? Scheiden lassen? Haben wir was verpasst?"

„Du hast es doch gerade gehört", sagte Frederik. „Lorenz hat ein Verhältnis und Doro wusste das."

Manu warf Lorenz einen überraschten Blick zu. „Das hätte ich jetzt nicht gedacht."

Lorenz wandte sich an Rieke. „Übrigens turtle ich mit deiner Chefin, deiner Schulrektorin, wo wir gerade schon mal in der Rubrik ‚Das hätte ich jetzt nicht gedacht' sind."

Rieke verschluckte sich an ihrem Wasser und hielt sich hustend die Hand vor den Mund. „Mit Angela? Und Doro wusste das?", stieß sie ungläubig hervor.

Lorenz nickte. „Aufgrund ihrer Anspielung beim Essen musste ich genau das annehmen. Angela und ich waren bei einem Italiener am Arsch der Welt. Aber genau an diesem Abend war nicht nur meine Schwägerin da, sondern anscheinend auch Doro. Mit dem Zufall sollte man sich eben nicht anlegen."

„Ich habe das übrigens tatsächlich nicht von Frederik", sagte Katharina mit einem Seitenblick zu Lorenz. „Mir ist Doros Bemerkung wieder eingefallen, und als deine Schwägerin so eigenartig reagierte, als wir sie getroffen haben, habe ich mit ihr gesprochen. Und nicht nur mit ihr. Auch mit Angela Reiter."

„Mit ihr auch?" Lorenz wirkte überrascht. „Okay, das war ja eigentlich klar."

„Deine Schwägerin erzählte, dass es früher schon mal eine Affäre mit einer Kollegin gab, von der Anja unglücklicherweise Wind bekommen hat. Es war klar, noch so ein Ding und Anja würde dich auf die Straße setzen und ihr Vater würde dich mit viel Vergnügen aus der Firma werfen. Auch wenn du jetzt reinen Tisch gemacht hast, es stand einiges auf dem Spiel für dich. Ich habe mich gefragt, ob Doros beunruhigende Bemerkungen dich wohl nach unten getrieben haben könnten, nachdem alle im Bett waren. Um herauszufinden, ob sie tatsächlich etwas wusste."

„Dagegen spricht die Tatsache, dass ich ziemlich viel getrunken hatte und sofort eingeschlafen bin."

„Und genau das stimmt nicht, Lorenz. Du bist nämlich noch mal unten gewesen, nachdem alle im Bett waren."

Lorenz Hände, die er vorher im Nacken verschränkt hatte, fuhren nun unruhig über seine Hosennaht. „Ach, und das weißt du, die ja an dem Abend kilometerweit weg war?"

„Verrückt, nicht wahr? Manchmal muss man gar nicht vor Ort gewesen sein und trotzdem lässt sich exakt rekapitulieren, was geschehen ist."

„Aha." Lorenz sah Katharina skeptisch an.

Sie griff wieder nach ihrer Umhängetasche. „Das hier", sie wedelte mit einem Stapel Papier in der Luft, „sind die Aussagen, die ihr am Sonntag nach dem Mord auf dem Präsidium gemacht habt. Als wir euch befragten, haben wir euch zwei Arten von Fragen gestellt. Individuell zugeschnittene Fragen, die auf euer Verhältnis zu Doro abzielten, und ein ganzes Repertoire an standardisierten Fragen. Da ging es vor allem um einzelne Abläufe des

Abends. Diese allgemeinen Fragen dienen dazu, möglichst viel an Informationen zu bekommen und die Aussagen miteinander vergleichen zu können."

Manu stieß einen ungeduldigen Seufzer aus. „Meine Güte, könntest du vielleicht mal zur Sache kommen? Wir machen doch hier keine Ausbildung zum Privatdetektiv."

„Mir ist beim Durchlesen der Akten etwas aufgefallen", fuhr Katharina unbeirrt fort. „Wir hatten gefragt, was Doro in dem Augenblick gemacht hat, als ihr auf dem Weg ins Bett wart. Bei der allerersten Befragung in der Küche von Drei Eichen war bereits klar geworden, dass ihr nicht alle gleichzeitig nach oben gegangen seid, sondern mit Differenzen von fünf bis zehn Minuten. Zuerst hat sich Frederik zurückgezogen, dann folgte Lorenz, anschließend Manu und Rieke, die trotz Doros Protest doch noch den Tisch abgeräumt haben. Frederik hat auf diese Frage geantwortet, dass Doro die Polster von draußen hereingeholt hat, als er im Begriff war nach oben zu gehen. Rieke und Manu sprachen davon, dass Doro ein Tablett mit schmutzigem Geschirr in die Küche gebracht habe. Also, Doro war dabei aufzuräumen. Sie war genau mit den Dingen beschäftigt, die man üblicherweise nach einer Party macht. Du, Lorenz, sagtest hingegen, Doro habe saubere Gläsern in den Schrank im Wohnzimmer geräumt. Zuerst habe ich darüber hinweg gelesen. Aber dann hat es mich doch stutzig gemacht. Wieso räumte sie saubere Gläser weg, wenn sich die Party gerade erst aufgelöst hatte? Außerdem hatten Rieke und Manu übereinstimmend ausgesagt, dass das dreckige Geschirr erst abgeräumt wurde, als du schon oben warst.

Wir können davon ausgehen, dass Doro nicht mit dem Wegräumen von Gläsern beschäftigt war, als du nach oben gingst. Erfahrungsgemäß ist es aber so, dass die Befragten in einer Vernehmung bei den für sie irrelevanten Fragen nicht lügen. Das macht für sie keinen Sinn. Deshalb gehe ich davon aus, dass du nicht bewusst etwas Falsches gesagt hast, sondern du dich lediglich vertan hast. Doro hat gespülte Gläser in den Schrank geräumt, aber nicht, als du nach oben gingst, sondern als du später wieder herunterkamst. Du hast der Frage nach Doros Tätigkeit keinerlei Bedeutung beigemessen, deshalb hast du das gesagt, was dir noch besonders präsent war."

Lorenz sah Katharina schweigend an. Er schien nachzudenken. „Also, saubere Gläser gab es nicht", mischte sich Rieke ein, „und solange wir unten waren, hat Doro auch keine Gläser weggeräumt, so viel ist sicher."

„Das stimmt", bestätigte Manu und sah Lorenz an. „Sie ist die ganze Zeit zwischen Terrasse und

Küche hin und her gewuselt. Sie hat auf gar keinen Fall Gläser weggeräumt."

Lorenz zuckte mit den Achseln. „Dann ist sie eben hin und her gerannt, was weiß ich denn. Jedenfalls war sie irgendwie mit Geschirr beschäftigt."

„Du warst noch einmal unten", sagte Katharina. „Und da stand Doro, die alles immer noch am gleichen Abend aufgeräumt haben wollte, im Wohnzimmer vor dem Schrank und räumte Sekt- und Schnapsgläser ein. Richtig?"

Lorenz schwieg.

„Dir hat ihre Anspielung keine Ruhe gelassen, du wolltest unbedingt wissen, ob sie dich wirklich gesehen hatte und du wolltest sie bitten, ihr Wissen auf jeden Fall für sich zu behalten. Doro merkte sofort, dass sie dich da an einem wunden Punkt getroffen hatte. Sie spielte solange ihr Katz- und Mausspiel mit dir, bis du die Beherrschung verloren hast. Wir alle wissen, wie Doro war. Sie konnte einen zur Weißglut bringen."

Lorenz hatte sich wieder zurückgelehnt. Seine Hände fuhren nicht mehr nervös auf und ab, sie lagen locker in seinem Schoß. „Also gut. Ja, ich war noch mal unten."

„Ich glaub es ja nicht." Rieke schüttelte den Kopf.

„Und natürlich habe ich Doro auf ihre Bemerkung angesprochen. Wie nicht anders zu erwarten, hat sie das richtig schön ausgekostet. Ich war wütend und ich bin sie auch angegangen, aber irgendwann habe ich dann eingesehen, dass man bei ihr sowieso nicht weiterkommt, und dann bin ich wieder nach oben." Lorenz machte eine kurze Pause, doch bevor jemand etwas sagen konnte, fuhr er fort: „Ich schwöre beim Leben meiner Kinder: Ich war es nicht, der den Baseballschläger von der Garderobe geholt und Doro derart … ungehemmt ermordet hat."

„Dann lassen wir auch das jetzt erst mal so stehen und kommen zu Ihnen, Frau Meißner", sagte Eva.

Katharina nickte. „Ja, Manu, ein paar Worte auch zu dir und deinem Motiv."

„Wenn ein Schwur dazu beiträgt, dass man für unschuldig gehalten wird, dann schwöre ich auch", sagte Manu trocken, aber ihre Augen flackerten unruhig.

„Durch Frau Kempers Besuch haben wir erfahren, dass vor zwanzig Jahren auf einer Party, wo du mit Doro warst, etwas Gravierendes vorgefallen sein muss. Du hast alles abgestritten, aber nach Rücksprache mit Frau Kemper war klar, dass da was gewesen ist. Rieke gegenüber hast du dich ja dann erklärt."

Manus Kopf schnellte zu Rieke rüber. „Du hast es ihr erzählt?"

„Natürlich habe ich das“, sagte Rieke und schaute Manu verständnislos an. „Hast du wirklich geglaubt, dass ich das für mich behalten konnte? Du hast es Doro zu verdanken, dass du von zwei Typen gleichzeitig vergewaltigt worden bist.“

Manu sprang auf. „Nein!“ Das Blut schoss ihr ins Gesicht. „Ich lasse mir deswegen nicht den Mord an Doro anhängen. Ich war es nicht! Ich war nicht mal mehr unten!“ Sie hob in einer hilflosen Geste die Hände.

„Setz dich, Manu“, sagte Katharina ruhig. „Ich bin noch nicht fertig.“

Manu nahm wieder Platz. Sie wischte sich mit dem Handrücken über den Mund.

Lorenz und Frederik sahen mitgenommen aus.

„Ich weiß, dass du bei der Therapeutin Margarete Horstkamp in Behandlung bist“, sagte Katharina. „Woher ich das weiß, spielt jetzt keine Rolle.“

Manu holte tief Luft. Konnte das überhaupt alles noch wahr sein? Konnte es nicht auch einmal glückliche Zufälle in ihrem Leben geben, nicht nur immer nur diese vertrackten, die ihr nichts als Scherereien brachten?

Katharina redete bereits weiter. „Ich war bei Frau Horstkamp, um zu fragen, ob du wegen der Geschichte auf der Party eine Therapie machst oder gemacht hast. Ich wollte wissen, wie akut dieses Thema noch ist, aber natürlich unterliegt sie der

Schweigepflicht. Um ehrlich zu sein, du warst meine Nummer eins, Manu. Du hattest allen Grund, Doro die Pest an den Hals zu wünschen."

Manu schüttelte den Kopf. „Du kannst nicht ernsthaft glauben, dass ich so was tun könnte." Hellrote Flecken hatten sich auf ihrem Hals ausgebreitet.

Katharina zuckte mit den Achseln. „Ich war ziemlich sicher. Es erschien mir das Naheliegende zu sein. Vom Motiv her, meine ich. Interessanterweise hatte ich aber trotz meiner Überzeugung, richtig zu liegen, unterschwellig das Gefühl, irgendwas übersehen zu haben. Und das ließ mich zweifeln. Als ich von Margarete Horstkamp zurück nach Hause fuhr, fiel es mir plötzlich ein."

„Na was? Nun mach es doch nicht so spannend", drängte Frederik.

„Ich will auf das Prinzip von Ursache und Wirkung hinaus. Eigentlich ganz einfach."

Lorenz stöhnte auf. „Was soll das denn jetzt heißen?"

„Ich will darauf hinaus, dass ich bei der Fülle all der Ermittlungen versäumt hatte, nach dem konkreten Auslöser der Tat zu suchen. Nach der Ursache, die eine solche Wirkung nach sich gezogen hat. Und damit meine ich nicht das Motiv an sich, denn ihr hattet ja alle eins."

„Sondern?", fragte Rieke.

„Von Beginn an waren wir uns einig, dass es sich bei dem Mord an Doro um eine Affekthandlung gehandelt hat, der extrem starke Emotionen zugrunde lagen. Doro war nicht einfach nur erschlagen worden. Man hatte ihr den Schädel zu Brei geschlagen und ihr mit Wucht Schultern und Arme zerschmettert. Für solch ein Ausrasten musste es an diesem Abend, und zwar unabhängig vom Motiv, noch einen besonderen Auslöser gegeben haben. Etwas musste zwischen Doro und ihrem Mörder bei deren Zusammentreffen vorgefallen oder zur Sprache gekommen sein, das den Täter so völlig die Kontrolle verlieren ließ. Es muss etwas für den Mörder Unvorhergesehenes oder völlig Überraschendes gewesen sein. Genau diesen überraschenden Auslöser musste ich finden, dann hatte ich den Mörder."

„Und den hast du also gefunden? Diesen Auslöser?" Manus Stimme klang belegt.

„Ja. Ich habe dazu die gesamten Ermittlungsakten noch mal systematisch durchgeschaut und nach dem einen Fakt gesucht, der an dem Abend das ohnehin bis zum Anschlag gefüllte Fass zum Überlaufen hat bringen können."

„Frederik!", rief Manu. Sie räusperte sich kräftig. „Der Kaufvertrag!"

„Exakt. Der Kaufvertrag. Er könnte, von Doro an dem Abend überraschend präsentiert, der Auslöser gewesen sein. Ich musste daran denken, wie Frederik auf einmal behauptete, nur einer der drei Gäste könne Doro umgebracht haben. Ein Ablenkungsmanöver? So wie er es später Manu unterstellte? Hinzu kam, dass mir, wie ich es auch drehte und wendete, bei euch anderen kein so starkes Antriebsmoment zu einer solchen Tat ins Auge sprang."

Katharina beobachtete Frederik, der seine Fingerspitzen aneinandergelegt hatte und sie konzentriert betrachtete.

„Hatte ich also mit Frederik den Mörder? Ich wollte ganz sicher gehen. Deshalb arbeitete ich nochmals alle Aussagen der extern Befragten durch und stolperte dabei über eine Bemerkung, die Angela Reiter ganz zum Schluss unseres Gesprächs gemacht hatte. Sie sagte, dass es kaum etwas gibt, was emotionsgeladener ist als das Thema Kinder und dass Eltern zu Furien werden können, wenn es darum geht, das Wohl ihrer Kinder zu verteidigen.

Kinder sind also mit sehr starken Emotionen verknüpft, sagt eine erfahrene Leiterin einer Grundschule. Man darf annehmen, dass sie weiß, wovon sie spricht.

Mir fiel auf, dass das Thema Kinder im Rahmen der Ermittlungen immer wieder aufgetaucht ist. Ich musste sofort an Lorenz denken und wie sehr er an seinen Kindern hängt. Er hatte große Befürchtungen, seine Kinder nicht mehr zu Gesicht zu bekommen, sollte sein Verhältnis zu Angela Reiter auffliegen. Von ihm wusste ich genau, dass er noch mal unten gewesen war. Was, wenn Doro ihm – sie liebte ja solch perfide Späßchen – gedroht hatte, seiner Frau einen kleinen Wink zu geben. Eine solche Drohung könnte, falls man sie ernst genommen hätte, ebenfalls der von mir gesuchte Auslöser gewesen sein. Eltern können zu Furien werden, wenn sie Nachteiliges für ihre Kinder wittern. Das hatte Angela Reiter gesagt. Und ich war mir sicher, dass Lorenz es neben allem anderen als extrem nachteilig für seine Kinder empfand, nur bei ihrer Mutter aufzuwachsen."

Katharina machte eine kurze Pause. Sie griff nach einer Flasche Wasser und drehte sie auf. Keiner sagte etwas. Die Atmosphäre im Raum war mit einer Spannung aufgeladen, die fast körperlich zu fühlen war. Die Kommissarin trank ein halbes Glas Wasser. Nun galt es.

„Beim Thema Kinder ist mir aber auch noch jemand anderes eingefallen. Und zwar du, Rieke."

Rieke begegnete Katharinas Blick. „Wieso ich? Ich habe doch gar keine."

„Eben. Du hast an dem Abend vor dem Mord sehr offen davon erzählt, zu was die ungewollte Kinderlosigkeit bei dir geführt hat. Also, was hatte ich nun? Es gab Lorenz, der Angst hatte, seine Kinder zu verlieren, es gab Rieke, die erst gar keine bekommen konnte und es gab in diesem Zusammenhang noch einen sehr interessanten Umstand, der Frederik und Doro betrifft.

„Hä?" Lorenz sah Frederik verblüfft an. „Wieso euch?"

Frederik beachtete ihn nicht. „Meinst du die Abtreibung?", fragte er Katharina.

Lorenz' Augen wurden kugelrund. „Ihr habt ein Kind abgetrieben?"

Frederik wischte ungeduldig mit der Hand durch die Luft. „Doro hat einen Schwangerschaftsabbruch in der vierten Woche vornehmen lassen. Da kann man ja wohl noch nicht von Kind reden."

„Aber warum um Gottes willen?", fragte Lorenz.

„Weil wir kein Kind wollten und weil wir nicht dazu bereit waren, den Fehler zu machen, den du gemacht hast, Lorenz. Kinder in die Welt setzen, wenn die Beziehung das gar nicht hergibt."

Lorenz schüttelte sprachlos den Kopf.

Katharina ergriff wieder das Wort. „Die Abtreibung begann mich zu interessieren, denn sie hatte fast zeitgleich mit Riekes Fehlgeburt stattgefunden. Ein unerfüllter Kinderwunsch auf der einen, eine Abtreibung auf der anderen Seite. Hier Doro mit ihrer Auffassung, Kinder machten vor allem Arbeit und kosteten unnötig Nerven. Dort Rieke, für die ein Kind das größte Glück bedeuten würde. Als mir diese Gegensätzlichkeit bewusst wurde, war ich mir auf einmal sicher, den Auslöser für den Mord an Doro gefunden zu haben."

Katharina wandte sich Rieke zu, die auf einmal bleich und hohläugig aussah, und sagte: „Doro hat dir das mit ihrer Abtreibung knallhart um die Ohren gepfeffert, oder? Was genau hat sie gesagt?" Katharina beugte sich zu Rieke vor und fixierte sie. Sie sprach jetzt leise und eindringlich. „Dass es ganz easy ist, schwanger zu werden? Dass du doch froh sein kannst, keine Kinder zu haben? Unabhängig zu sein? Frei von jeglicher Verantwortung für kleine Blutsauger? Erzähl es uns, Rieke."

Es war totenstill im Raum. Alle schauten Rieke an. Sie hatte die Augen auf einen Punkt irgendwo zu ihren Füßen gerichtet, die Arme fest um ihren Oberkörper geschlungen.

„Er hat nicht an uns geglaubt", flüsterte sie kaum hörbar. „Nicht an mich und nicht an unser Kind. Ich hätte diese psychische Blockade überwinden können, aber dazu brauchte ich seine Hilfe, die Hilfe meines Mannes. Aber er wollte sie mir nicht geben. Und sie …", jetzt hob Rieke die Stimme und es war klar, wen sie meinte, „sie hat sich auch noch über mich lustig gemacht und alles, war mir heilig ist, in den Dreck getreten. Ich bin noch mal nach unten gegangen. Wollte mir eine Flasche Wasser holen, weil ich schrecklichen Nachdurst von diesem Selbstgebrannten hatte. Doro hantierte in der Küche herum. Es dauerte keine zwei Minuten, da fing sie wieder mit diesem Reizthema an. Sie wollte mich davon überzeugen, dass man ohne Kinder am Hals tausend mal besser dran ist. Wir fingen wieder zu diskutieren an. Ich sagte ihr, dass ich mir nichts Schöneres auf der Welt vorstellen könnte als eigene Kinder. Aber sie hat nur gelacht. Und dann meinte sie, sie hielte mich eigentlich für verrückt. Ich wäre völlig neben der Spur, weil ich unbedingt so einen kleinen Schreihals haben wollte. Und dann erzählte sie von ihrer Schwangerschaft und wie überglücklich sie gewesen sei, als sie ihren Schwangerschaftsabbruch hinter sich gehabt hatte."

Rieke hielt inne. Noch immer hatte sie den Kopf gesenkt. „Ich habe erst gedacht, sie macht einen Witz. ‚Das ist nicht dein Ernst', habe ich zu ihr gesagt. ‚Du warst niemals schwanger'. Und wieder hat sie gelacht und gesagt: ‚Du glaubst nicht, dass ich schwanger war? Du kannst gerne Frederik fragen. Für uns war klar, dass wir auf keinen Fall ein Kind haben wollten. Nächtelanges Geschrei, Trotzphase, Pubertät, nein danke! Ich war heilfroh, als ich die kleine Zecke aus meinem Bauch heraus hatte. Doch, meine Liebe, ich war schwanger! Und glaub mir, so schwer ist das gar nicht. Ich weiß nicht, was da bei dir nicht stimmt, aber mit Uli hat das ganz bestimmt nichts zu tun. Mach dich doch mal locker, dann klappt das auch. Und wenn nicht, dann musst du dich damit abfinden … bist halt ’ne taube Nuss.’“, stieß Rieke hervor und dabei rannen ihr vor Wut die Tränen über die Wangen. „Dann hat sie sich den Müll gegriffen. Sie meinte, ich solle froh sein, dass es so ist, wie es ist, und dann hat sie mich einfach stehen lassen.“ Rieke senkte den Blick.

„Und dann? Was passierte dann?“, fragte Katharina.

„Tief in mir ist in diesem Augenblick etwas kaputtgegangen. Einige Sekunden habe ich ihr hinterhergestarrt. Dann bin ich Richtung Garderobe gegangen. Wie ferngesteuert. Ich wollte nach oben gehen. Da fiel mein Blick auf den Baseballschläger zwischen den Mänteln. Ich habe gar nicht nachgedacht, habe ihn herausgezogen und bin hinter Doro her. Sie stand an den Mülltonnen und versuchte, die letzte Tüte auch noch in die übervolle Tonne zu stopfen. Sie hat mich nicht kommen hören. Als sie sich wieder aufrichtete, habe ich den Schläger auf ihren Kopf sausen lassen. Es hat geknackt und sie gab so ein eigenartiges Geräusch von sich. Wie einen tiefen Seufzer. Aber vielleicht habe ich mir das auch nur eingebildet. Und dann lag sie am Boden, aber ich konnte nicht aufhören, auf sie einzuschlagen. Auf ihren Kopf, ihre Arme, ihren Oberkörper." Rieke hob den Kopf. Ein nach Verständnis heischender Ausdruck lag in ihren Augen. „Mit jedem Schlag fühlte ich mich besser. Ich habe mich befreit von der jahrelangen Last und dem Frust, indem ich die Person, die Schuld an allem hatte, bestraft habe. Das könnt ihr nicht verstehen, oder? Ihr denkt wahrscheinlich, ich bin verrückt geworden."

Eva hatte sich erhoben und räusperte sich. „Alles Weitere sollten wir auf dem Präsidium besprechen. Sie können auch einen Anwalt hinzurufen."

Rieke reagierte so schnell, dass niemand in der Lage war, sie aufzuhalten. Sie stieß Eva zur Seite und stürmte, ihre Handtasche vor die Brust gedrückt, aus dem Zimmer.

– 26 –

Sie standen zu acht vor der Tür des Gäste-WCs. Tim hämmerte mit einer Hand gegen das massive Holz, mit der anderen rüttelte er an der Türklinke. „Frau Tombrink, öffnen Sie sofort die Tür und kommen Sie heraus!"

Als Rieke fluchtartig das Wohnzimmer verlassen hatte, war Eva die Erste gewesen, die reagiert hatte. Sie rannte hinterher, war aber nicht schnell genug. Rieke hatte die Tür des Gäste-WCs direkt vor ihrer Nase zugeschlagen und abgeschlossen. Eva konnte hören, wie der Wasserhahn aufgedreht wurde und eine Weile das Wasser rauschte. Danach war Stille.

Auf Katharinas Anweisung hin machten sich Frederik und Lorenz im Laufschritt auf den Weg zur Scheune, um etwas Geeignetes zum Aufbrechen der Tür zu besorgen. Die Minuten vergingen.

Tim hatte das Rütteln und Hämmern aufgegeben. Er trat ein paar Schritte zurück und warf sich dann mit Schwung gegen die Tür. „Autsch! Da ist nichts zu machen." Er rieb sich das Schultergelenk. „Das sind hier noch Türen aus einer anderen Zeit."

„Was macht sie denn da drin?“, fragte Manu. „Sie wird sich doch nichts antun?“

„Das kann man nicht ausschließen“, brummte KD. Er ließ sein Handy in die Hosentasche zurückgleiten. Ein Krankenwagen und ein Sondereinsatzkommando waren bereits unterwegs. Man konnte nie wissen.

„Aber was kann sie denn machen. Dort drinnen gibt es doch nichts. Nur Seife, Toilettenpapier und Gästehandtücher.“ Die hektischen Flecken an Manus Hals waren zurückgekehrt. „Rieke, mach bitte keine Dummheiten, hörst du?“, rief sie, erhielt aber keine Antwort.

Katharina schob Tim zur Seite und legte ihr Ohr an die Tür. Dann klopfte sie mit dem Fingerknöchel dagegen. „Rieke? Mach auf! Oder sprich wenigstens mit mir!“

Nichts. Kein Ton. Katharina spähte durch das Schlüsselloch, doch der Schlüssel versperrte die Sicht. Sie drückte ein paar Mal die Klinke herunter. „Meine Güte, wie lange brauchen die denn?“ Sie warf einen Blick den Flur entlang. Die Haustür stand auf und kalte Luft strömte ins Haus. Von Frederik und Lorenz war nichts zu sehen. KD, der mit unerschütterlicher Miene da stand, die Arme vor dem Bauch verschränkt, sagte plötzlich: „Was ist mit dem Fenster? Kann sie da raus?“

„Nein, das ist winzig. Da passt kein Mensch durch."

Frederik und Lorenz kamen zurück. Etwas außer Atem und mit feuchten Haaren, aber sie hatten ein Brecheisen dabei.

„Ich wusste gar nicht, dass ich so etwas habe", sagte Frederik und strubbelte sich mit der freien Hand durchs Haar. „Ist noch aus dem Bestand der Vorbesitzer."

„Sehr gut", sagte Katharina. „Versuchs mal. Du kannst doch bestimmt mit so einem Ding umgehen."

Frederik klemmte das Brecheisen zwischen Schloss und Türrahmen. Lautes Knacken. Splitterndes Holz. „Mist. Das sind nur ein paar Splitter vom Rahmen. Die Tür ist fast einbruchsicher."

Frederik platzierte die Eisenspitze ein ums andere Mal im Türspalt und bog das Eisen so weit es ging. „Drückt noch mal zusammen dagegen", rief er keuchend. Lorenz und Tim warfen sich gleichzeitig gegen die Tür. Es ertönte ein erschreckend lautes Knallen, als das Schloss gesprengt wurde und die Tür endlich aufflog.

Die Männer wichen zurück und ließen Katharina und Eva den Vortritt. Manu, die eigentlich als Tierärztin von ihnen allen die meisten medizinischen Kenntnisse hatte, hielt sich wie erstarrt im Hintergrund. Rieke lag zusammengekrümmt vor dem Waschbecken. Ihre Haare, dicht und tiefrot, umrahmten ihr kleines Gesicht. Katharina meinte, einen bläulichen Schatten zu erkennen, der auf Riekes Gesicht lag. Aber vielleicht war es auch nur Einbildung. In ihren Mundwinkeln klebte etwas Weißes. „Lass sie uns in die Seitenlage bringen." Eva kniete bereits neben Rieke.

Im Flur kam Bewegung auf. Zwei Sanitäter und ein Notarzt, von KD zur Eile angetrieben, drängten ins Bad. Katharina und Eva machten Platz und die Männer hockten sich neben Rieke auf den Boden. Der ältere, rotgesichtige Sanitäter mit Halbglatze fühlte nach Riekes Puls und schüttelte zweifelnd den Kopf. Inzwischen hatte der Notarzt zwei blau-weiße Röhrchen aufgehoben. „Benadryl", sagte er. „Ein Schlaf- und Beruhigungsmittel. Gibt es rezeptfrei in der Apotheke." Er schüttelte die Röhrchen. „Sind beide leer."

Riekes Augenlider wurden hochgezogen, der Mund geöffnet. Katharina konnte die erweiterten Pupillen sehen, zwei schwarze Löcher.

Dann brach unglaubliche Hektik aus. Auf Anweisung des Arztes mussten alle das WC verlassen. Der Mediziner versuchte, bei Rieke den Brechreflex auszulösen. Erfolglos. Sofort begann er mit Wiederbelebungsmaßnahmen. Herzmassage, Mund-zu-Mund-Beatmung, Herzmassage. Sein Kollege legte gleichzeitig einen Zugang und gab eine Infusion. Mit dem Stethoskop hörte er Riekes Herzschlag ab, zog auf Anweisung eine weitere Spritze auf, die vermutlich Adrenalin enthielt, und jagte sie in den Zugang an Riekes Arm. Wieder hörte er die Herztöne ab. „Herzschlag, schwach und flatternd", sagte er.

„Wir nehmen sie mit. Sie muss schnellstens in die Klinik und auf Intensiv", stellte der Notarzt fest, während die Sanitäter schon die Rollliege heranschafften. Routiniert wurde Rieke daraufgelegt und fixiert. Schnell wurde sie in den wartenden Rettungswagen gebracht, der den Hof von Drei Eichen in ein pulsierendes Blaulichtstakkato tauchte.

„Wie sieht es denn aus, Doktor?", wollte KD wissen, als der Einsatz auf Drei Eichen zu Ende ging.

„Sie war schon einige Minuten bewusstlos und hatte einen Atem- und Herzstillstand. Dafür spricht unter anderem die Blaufärbung der Haut und der Schleimhäute. Tja …"

„Wird sie überleben?", fragte Lorenz. Er war weiß im Gesicht wie ein Gespenst.

Der Notarzt zuckte die Achseln. „Das muss man abwarten. Aber es sieht nicht gut aus."

—

– 27 –

25 Tage später.

„Nimm Olga nicht immer auf den Arm, Leonie, sonst will sie demnächst immer getragen werden“, rief Manu.

„Und das dürfte in ein paar Monaten schwierig werden“, bemerkte Katharina. „Was wiegt so ein Bernhardiner, wenn er ausgewachsen ist?“

„Ach, der kann schon 60 Kilo auf die Waage bringen“, sagte Manu.

Leonie setzte den braun-weißen Hundewelpen wieder auf den Boden, wo er sofort eifrig an einem Grasbüschel schnupperte. „Aber er ist sooo süß und weich. Können wir nicht auch so einen haben, Papa?“

Lorenz winkte ab. „Das besprichst du am besten mit Mama. Jetzt müsste doch bald die Stelle mit dem kleinen Pfad kommen, oder nicht?“, wandte er sich an seine Begleiter.

„Gleich da vorn“, sagte Katharina.

Sie gingen den Schotterweg entlang, der um den See herumführte. Frederik hob einen Zweig auf und warf ihn dem Welpen zu. „Wenn mein Hofladen erst mal richtig in Gang ist, dann schaffe ich mir auch einen Hund an. Aber nicht so ein Riesenvieh. Irgendwas Kleines, Drahtiges", sagte er.

„Ich wollte schon immer einen Bernhardiner", sagte Manu. „Die sind ruhig, geduldig, gutmütig und können gut mit Katzen."

„Katzen?", fragte Lorenz. „Du hast doch gar keine Katze."

„Nein, ich nicht." Ein rosaroter Hauch überzog Manus Wangen. „Aber Thies."

„Ach so, hat sich da endlich etwas getan zwischen euch, das diesen Umstand relevant macht?"

„Ja, das kann man sagen. Also, wir sind jetzt zusammen und bei dieser Gelegenheit ... diese Anrufe bei mir ... erinnert ihr euch?"

„Natürlich", sagte Katharina. „Ich wollte dich die ganze Zeit schon danach fragen."

„Ja, also das war Thies. Er hat es mir gestanden. Ich sagte ja schon, dass er ziemlich zurückhaltend ist, und na ja, er wollte mit mir ausgehen, aber er wusste nicht recht, wie er mich fragen sollte. Er dachte, es sei leichter am Telefon, aber dann hat er sich auch da nicht getraut."

„Du liebe Güte", seufzte Lorenz mit einem Blick gen Himmel und schüttelte den Kopf.

„Lass mal, Lorenz", sagte Katharina. „Thies ist wirklich ein sympathischer Typ. Ich freu mich für dich, Manu."

„Erst war ich ein bisschen sauer“, meinte Manu, „weil mir diese Anrufe wirklich zugesetzt haben. Ich war so sicher, dass es Uli war. Mich hat das total kirre gemacht. Als Thies dann noch sagte, er habe auch öfters bei mir im Garten gestanden und mich beobachtet, da habe ich für einen kurzen Augenblick gedacht, super, jetzt habe ich mich in so einen Psycho verguckt.“

„Offensichtlich“, grinste Frederik.

„Ach, Quatsch.“ Katharina schüttelte den Kopf. „Es gibt einfach so schüchterne Menschen.“

„Das habe ich mir dann auch gesagt“, meinte Manu. „Ich mag ihn wirklich sehr.“

„Schaut mal“, sagte Katharina plötzlich. „Hier ist unser kleiner Pfad. Ist ziemlich zugewachsen, aber es sieht so aus, als wäre er weiterhin benutzt worden.“

Sie gingen hintereinander her. Katharina voran, hinter ihr Manu mit Bernhardinerwelpe Olga auf dem Arm. Hin und wieder mussten sie wegen herabhängender Zweige einen Arm schützend vor das Gesicht halten.

„Was ist eigentlich mit dir und diesem Physiofritzen?“, fragte Manu von hinten.

„Nichts ist damit. Als ich das letzte Mal in der Praxis war, hat mich seine Kollegin behandelt und jetzt brauche ich erst wieder ein neues Rezept.“

Genauso war es. Seit Klaas sie das letzte Mal so herzlich abserviert hatte wie eine Vertreterin für

Wartezimmerzeitschriften, war sie nicht wieder in der Praxis gewesen und Klaas hatte sich auch nicht bei ihr gemeldet. Ein paar Mal war Katharina drauf und dran gewesen, ihm eine Whatsapp zu schicken, aber dann erinnerte sie sich an sein unterkühltes Auftreten und ließ es bleiben. Sie würde nicht hinter ihm herrennen.

Nach kurzer Zeit erreichten sie die Lichtung am Ufer. Den Geheimplatz. Manu hatte die Idee gehabt, sich zum gemeinsamen Sonntagnachmittagsspaziergang am See zu treffen und noch einmal den Ort des Geschehens aufzusuchen.

„Meine Güte!“, rief sie. „Das gibt's ja gar nicht! Das sieht ja noch fast genauso aus wie früher. Und seht mal, es werden noch immer Lagerfeuer gemacht.“ Sie deutete mit der Fußspitze auf ein paar verkohlte Holzscheite.

„Aber wir saßen immer weiter drüben“, bemerkte Frederik.

Sie traten nah ans Ufer und schauten über das ruhige dunkle Wasser. Ein tiefer, grauer Himmel spannte sich über ihren Köpfen. Es war erst halb vier nachmittags, aber die Winterdämmerung sickerte bereits von Osten herein. Eine Weile sagte niemand etwas.

Jeder von ihnen hing seinen eigenen Erinnerungen nach, während Leonie und David in ihrem Rücken mit Olga spielten.

„Hier hat alles seinen Anfang genommen“, brach Katharina das Schweigen. „An diesem einen verhängnisvollen Abend.“

„Der drei Menschen das Leben gekostet hat“, fügte Lorenz hinzu.

„Wenn wir alle uns damals nur ein ganz kleines bisschen anders verhalten hätten, dann würde jetzt nicht nur Uli noch leben, sondern auch Doro und Rieke“, sagte Manu.

Frederik hob einen flachen Stein auf und ließ ihn über das Wasser hüpfen. „Das hört sich jetzt vielleicht seltsam an“, sagte er, „aber die Beerdigung von Rieke hat mich viel mehr aufgewühlt als die von Doro. Irgendwie empfinde ich Riekes Tod als tragischer. Keine Ahnung, warum.“

„Rieke war so in Not“, sagte Katharina. „Vielleicht liegt es daran.“

Für kurze Zeit herrschte wieder Schweigen. Ohne Olgas welpenhaftes Gekläffe und die Stimmen der Kinder wäre es totenstill gewesen.

Frederik suchte nach einem weiteren Stein. „Frau Sobowski hat uns nicht wirklich verziehen. Sie hat unsere Entschuldigung angenommen, aber richtig verziehen hat sie uns nicht.“

„Was hast du denn gedacht?“, fragte Manu, ohne eine Antwort zu erwarten.

Frederik zuckte mit den Schultern. „Keine Ahnung.“

„Aber es war richtig, sie zu besuchen“, sagte Katharina. „Uns endlich offiziell unserer Schuld ihr und Uli gegenüber zu stellen.“

Die anderen nickten.

„Diese Anrufe bei dir“, Frederik drehte sich zu Manu, „haben so schön deine Überzeugung untermauert, du habest Uli in der Stadt gesehen und er könnte noch leben.“

„Ja, das stimmt, aber es war wohl doch nur jemand mit wahnsinnig viel Ähnlichkeit und wohl auch Wunschdenken, Uli wäre nicht ertrunken. Aber damit müssen wir wohl weiterhin leben.“

„Gib mir mal den Stein“, wandte sich Lorenz an Frederik. „Ich will das auch mal probieren.“ Er versuchte, den Stein so locker aus dem Handgelenk zu werfen wie Frederik, aber anstatt über das Wasser zu springen, versank er sofort und hinterließ kleine Kreise auf der Oberfläche. „Das konnte ich noch nie. Übrigens, kleiner Themensprung, Angela und ich, wir haben erst mal Funkstille.“

Katharina, Manu und Frederik sahen Lorenz überrascht an. „Jetzt? Wo Anja Bescheid weiß und ihr euch nicht mehr verstecken müsst?“, fragte Manu.

„Ja, Angela hat darum gebeten. Ich hab es nicht genau verstanden, aber sie sagte etwas davon, dass sich die Umstände geändert hätten und dass sie sich erst daran gewöhnen müsse, dass ich jetzt ein ungebundener Mann sei. Obwohl es ja immer genau das war, was sie wollte."

„Ist nicht immer ganz einfach mit diesem Beziehungskram", meinte Frederik.

„Dafür habe ich eine nette, kleine Wohnung direkt über der eines Kumpels gefunden und mit Anja scheint es auch nicht so kompliziert zu werden, wie ich befürchtet hatte. Erst hat sie eine Woche jeden Kontakt mit mir vermieden, aber dann hat sie wohl eingesehen, dass das so nicht funktioniert, schon wegen der Kinder. Vielleicht hat Dagmar auch auf sie eingewirkt oder sie hat sich eingestanden, dass unsere Ehe im Grunde schon vor meinen Affären kaputt war."

„Und was ist mit deinem Schwiegervater?", fragte Frederik. „Hast du schon die Kündigung?"

„Bislang nicht. Aber ich bin sicher, das kommt noch. Bin auch schon dabei, mir was anderes zu suchen. Habe einiges an Bewerbungen abgeschickt. Vielleicht klappt ja was davon."

„Ich drück dir die Daumen", sagte Manu und schob Olga sanft zur Seite, die knurrend an ihren Schnürsenkeln zerrte.

Frederik trat mit verschränkten Armen von einem Fuß auf den anderen und zog die Schultern hoch. „Es wird langsam kalt hier. Wie wäre es mit heißem Tee und Apfelkuchen auf Drei Eichen? Elisabeth hat gebacken."

Im Gänsemarsch verließen sie den kleinen versteckten Platz. Diesmal ging Katharina als Letzte. Ihr Handy meldete den Eingang einer WhatsApp. Sie zog es aus der Jackentasche und las die Nachricht. Sie war von Klaas: Heute Abend auf ein Bier im Kling Klang?

Katharina zögerte einen Moment. Dann schickte sie einen hochgereckten Daumen zurück und ließ das Handy mit einem leichten Lächeln in ihre Jackentasche zurückgleiten.

Sie wandte sich nicht mehr zum See um, der hinter ihr lag wie eine ovale Scheibe. Dunkel und still.

* * *

Es ist ein brütend heißer Sommer im kleinen Eifelstädtchen Nettersheim. Für die Freunde Thomas und Robert sowie ihre Mitschüler ist es nur noch ein Jahr bis zum Abitur – und dann wird ihnen die Welt offen stehen. Wie überall stellen viele der Jugendlichen sich die Frage: Was ist wichtig im Leben?

Thomas' Freundin Alexa beschließt – vom freidenkerischen Philosophen Robert bestärkt – für ein Jahr nach Australien zu gehen. Thomas, der sie über alles liebt, will sie begleiten. Doch dann geschieht auf ihrer Geburtstagsfeier etwas, das ihre Pläne zunichtemacht und das Leben aller Beteiligten für immer verändert.

• **Taschenbuch ISBN 978-3-944972-27-5 • € 11,90**

• **E-Book ISBN 978-3-944972-28-2 • € 6,90**